멜랑콜리아

MELANCOLIA by Mircea Cărtărescu
© 2019 by Mircea Cărtărescu / Paul Zsolnay Verlag Ges.m.b.H., Wien
Korean Translation © 2025 by EunHaeng NaMu Publishing Co., Ltd.
All rights reserved.
The Korean language edition is published by arrangement with
Paul Zsolnay Verlag through MOMO Agency, Seoul.

이 책의 한국어판 저작권은 모모 에이전시를 통해
Paul Zsolnay Verlag사와의 독점 계약으로
(주)은행나무출판사에 있습니다.
저작권법에 의해 한국 내에서 보호를 받는 저작물이므로
무단전재와 무단복제를 금합니다.

Support for this publication has been provided by a grant from the
Romanian Cultural Institute's Translation and Publication Support program.
이 출판물에 대한 지원은 루마니아 문화원의
번역 및 출판 지원 프로그램의 보조금으로 제공되었습니다.

멜랑콜리아

미르체아 커르터레스쿠

백승남 옮김

은행나무세계문학 에세 • 24

은행나무

차례

프롤로그

춤 • 9

멜랑콜리아

다리 • 27

여우 • 93

껍데기 • 157

에필로그

감옥 • 311

옮긴이의 말 • 321

일러두기
1. 원문의 이탤릭체는 고딕체로 표기했습니다.
2. 본문의 각주는 모두 옮긴이의 것입니다.

프롤로그

춤

나는 다도해를 셀 수 없을 정도로 많이 여행했다. 한번은 초록빛 바닷물로 둘러싸인 섬 하나를 만났다. 바다엔 태양이 쏟아내는 육각형의 빛줄기가 내리고 있었고, 그 빛은 바다에 녹아들지 않고 수면에 반사되어 눈부시도록 밝았다. 앨버트로스 새들은 구름 한 점 없는 하늘을 미끄러지듯 가로지르면서 거대한 날개를 펼쳐 그림자를 만들었고, 섬에 그늘이 졌다. 그 광경은 모든 사람의 눈길을 사로잡았을 것이다. 바위투성이 섬에 혹시 사람의 손으로 짓지 않은 궁전이 있지나 않을까 하는 생각이 들지 않을 수 없었다. 붉은 벽돌색 펠트 모자를 쓰고 시미터 단검을 매단 양털 허리띠를 찬 그 동네 평범한 사람들은 낮잠 시간에 그 궁전에 관해 이야기하곤 했다. 그들은 눈을 게슴츠레 뜨고 담장 앞에 쭈그린 채 물 담뱃대를 당기면서 예전에 들은 이야기를 끄집어냈다. 그 궁전엔 방이 아주 많이 있다고. 이 세상에서 결코 본 적 없는 놀라운 광경으로 가득 차 있다고. 하지만 그 방들이 당신의 목숨을 걸 만큼 가치가 있는 것은 아니고, 사람들이 말할 만한 가치가 있지는 않다고. 궁전 한가운데에 '출구'가 있었다. 출구는 무섭게 생긴 문지기가 지키고 있고, 누구도 지나갈 수 없었다. 그 누구도 문지기를 물리치지 못했다. 그곳에서 돌아온 사람들은 패배한 싸움으로 인해 늙은 것처럼 몸이 굽어버렸다. 그 출구 너머에 무엇이 있는지는 아무도 알지 못했다. 천사들이 종종 섬 하나에 내려오곤 했는데, 그들은 눈물을 흘리는 성상의 행렬을 축성하거나 혹은 아내가 불결한 기간에 동침하는 어떤 경솔한 인간을 질책하거나 혹은 단순히 바쁘게 움직이거나 했다. 천사들은 바다의 깊은 바닥에 관해 이야기하곤 했다. 그 바닥엔 보물로 가득 찬 부서진 큰 배들과 뾰족한 주둥이의 물고기와 문어가 있었고, 매끈한 대리석으로 만들어진, 매우 오래된 석상들이 있었다.

어부는 누구나 일생에 한 번은 그 섬에 가게 된다고들 한다. 그의 탄생 별자리가 그를 안내하기 때문이다. 그러니 나이 오십에 소금과 폭풍으로 딱딱하게 굳은 피부를 가진 남자가 집으로 배를 몰 때, 동화 속 그 섬의 뜨거운 모래 해변에 발을 내딛는 일이 나에게도 일어난 것은 놀랄 만한 일은 아니었다. 나는 두렵지 않았고, 아주 기쁘지도 않았다. 새로운 날들 앞에서, 새로운 여자 앞에서, 자기 자신을 찔러 죽인 낯선 이 앞에서 내가 늘 나 자신에게 말하곤 했던 대로, 그렇게 일어날 일이 일어났다. 사람은 하늘에서 정해준 것 외에 다른 일은 할 수 없다. 마지막 순간에 각자는 자신의 인생을 바라보며 일어날 일이 일어난 것임을 이해한다.

나는 섬의 바위에서 200여 미터 떨어진 바다에 배를 두고 카누로 해변까지 갔다. 해가 하늘 꼭대기에 있어서 그림자가 생기지 않았다. 무화과나무들이 가지마다 보라색 열매로 가득한 채 자라고 있었다. 섬 한가운데에 굽은 모양을 한 바위들이 고르지 않은 거인의 이빨처럼 고리를 이루었다. 나는 여기저기 헤매다가 이가 벌어진 틈을 어렵게 찾았다. 바위 사이에 두개골 모양으로 둥근 지붕이 솟아 있었는데, 그 안에 노란색 담으로 둘러싸인, 사람의 손으로 만들어지지 않은 궁전이 있었다. 태양 빛에 내 정신은 몽롱해졌고, 조끼와 머리카락은 해변까지 헤엄쳐서 온 듯 젖어 있었다. 그래서 나는 모험보다는 그늘을 찾아 문 안으로 들어갔다. 광활한 실내에서 그늘을, 진한 그늘을, 가장 양질의 어마어마한 그늘을 찾았다.

궁전은 거대한 폐허였다. 사방의 벽은 아라베스크 문양으로 꽉 차 있었다. 안쪽 마당에는 오래전에 말라버린 연못이 그 자리에 굳은 것처럼 형태만 남아 있었다. 연못 바닥에 거미가 먼지로 뒤덮인 그물을 짜고 있었다. 복도를 따라서 문들이 일렬로 줄지어 있었고, 나는 할 수 있는 한 방문을 많이 열어보았다. 각각의 방엔 바다가 보이는 창문이, 그리고 방 한가운데에는 돌로 만들어진 정육면체가 하나씩 있었다. 그 위에는 뭔지 모를 기계가 하나씩 윙윙 소리 내고 있거나 혹은 금붕어 한 마리가 몸부림치고 있거나 수정 볼이 공중에 떠 있거나 이상하게 생긴 갑각류처럼 분홍빛 자개로 만들어진 갑옷을 입은 여자아이가 따분한 얼굴로 나를 쳐다보면서 다리를 뻗은 채 앉아 있었다. 큰 개만 한 메뚜기 한 마리가 양 볼에 물을 머금고 다른 방에서 먼눈으로 나를 노려보고 있었다.

다른 복도들도 똑같은 모양으로 이어져 있었다. 하지만 문 너머에 아무리 많은 놀라운 상황이 나를 기다리고 있다 할지라도 나는 곧 문 닫힌 방들을 더 조사하는 것을 포기했다. 출구에 도착하고 싶어서 애가 달았기 때문이다. 나는 광택이 도는 아름다운 돌바닥을 따라서 한참 걸어갔다. 외벽 곳곳에 대칭을 이루는 큰 창문이 있었고, 모든 방향에서 하늘과 바다가 보였다. 넓은 창턱 위에 빨간 눈알의 갈매기들이 앉아서 안을 들여다보고 있었지만, 감히 날아서 그늘을 침범하지는 못했다. 섬에 관해 들은 동화 같은 이야기들을 더는 믿지 못하게 되고, 그래서 배로 돌아가야겠다고 결심하려던 즈음에 반암을 끌로 깎아낸 높은 아치 아래를 지나 넓은 홀로 들어섰다. 홀은 완벽하게 둥글었고, 홀과 똑같은 검붉은색 돌로 만들어진 다른 입구들이 있었는데, 세어 보니 열한 개였다. 반대편에 있는 입구들은 광대한 홀 너머로 간신히 보였다. 가늠해보건대 나는 드넓은 바다에서 보이던, 인간의 두개골과도 같은 둥근 지붕 아래, 궁전의 한가운데에 있었다. 놀랍게도 반구 모양의 천장에는 사람의 뇌―인간 영혼이 살아 있거나 죽어 있는 본체의 왕좌―의 주름이 그려져 있었다.

홀 한가운데, 환하게 밝은 크고 둥근 천창 아래에 번개와도 같이 반짝이는 무언가가 있었다. 천장에서 바닥까지 순수한 빛을 발하며 내려오는 수직 기둥으로, 태양이 항상 그 섬의 꼭대기에 있다는 표시와도 같았다. 멀리서 무언가 반짝거리는 게 보였는데, 정문이었다. 불꽃과도 같은 그 형체는 팔로 눈을 가리고 홀의 저 안으로 한 발짝씩 다가가는 나를 눈멀게 하는 듯했다. 젊은 시절에 나는 종종 같은 방식으로 큰 배의 뱃머리에서 반짝이는 바닷물 속으로 뛰어들곤 했다. 나는 사방이 뒤엉키고 둥근 바다에서 그 비율이 끊임없이 변하는 물과 불의 광선 위의 태양을 향해 곧게 헤엄쳐 갔다.

출구 앞에 도착했을 때 나는 심장이 멎은 것처럼 깜짝 놀랐고,

그 자리에 멈춰 섰다. 세상이 시작되었을 때부터 그곳에서 나를 기다리고 있었다는 듯이 문지기가 나타났기 때문이다. 우리는 세상 그 어떤 이유로도 양보하지 않을 결심을 한 채 서로를 험악하게 마주 보았다. 그는 목숨을 바쳐서라도 침입자를 막겠다고 신에게 맹세했다. 나는 저 너머에 무엇이 있는지 알고 싶었고, 나는 신에게 맹세한 자리를 지켰다. 문지기와 나는 정문을 사이에 두고 서로의 눈을 사납게 노려보았다.

문지기는 건장한 오십대의 남자였다. 내 왼쪽 관자놀이에 깊이 파인 흉터가 그의 관자놀이에도 깊이 파여 있었다. 그는 오른쪽 관자놀이에. 내 옷과 똑같은 옷을 입고 있었지만, 의심할 여지 없이 왼손잡이였다. 칼집에 든 칼을 오른쪽 허리에 차고 있었다. 그의 장화는 아마도 내 장화를 만든 구두장이가 만든 것일 테지만, 가죽 장화 목 끝에 키릴문자로 새긴 그의 이름은 철자 두 개가 달랐다. 문지기의 장화는 나의 것과 이상하게 대칭되었다.

내가 한 발을 내밀자, 그도 한 발을 내밀었다. 그를 지나치려고 하자 내가 지나가려고 했던 곳에 돌진하면서 그가 나를 막았다. 내가 그를 밀어내자, 내 손바닥에 자기 손을 대고 그 또한 나를 밀어냈다. 분노에 불타올라서 나는 칼집에서 칼을 꺼냈고, 동시에 그도 칼을 꺼냈다. 나는 칼끝으로 그의 심장을 노렸다—누가 내 이야기를 믿을 수 있겠는가? 누가 주문과 마술을 믿겠는가?—우리는 칼끝을 맞댔다. 한 번도 일어난 적 없고, 일어날 수 없는 그런 일이었다. 나는 아무 쓸모가 없다고 생각하면서 칼을 바닥에 던졌다. 사악하지만 매력적인 힘에 의지하듯 그도 그렇게 했다.

우리 둘은 마주 보고 서 있었다. 젊은 시절을 지나온 두 장년처럼 숨이 차 헐떡이면서 서로를 절망에 빠진 눈으로 쳐다보았다. 나는 다시 일어섰다. 그리고 있는 힘을 다해 싸웠다. 그러나 헛된 일이었다. 그는 마치 손이 천 개고 몸이 수백 개인 것 같았다. 출구의 네 모서리 가득 그의 탄탄한 허벅지와 큰 복부, 넓은 가슴과 수염으로 빽빽한 얼굴이 정확하게 자리 잡았다. 움켜쥐고 숨을 헐떡이고 울부짖고 욕지거리를 하는 우리의 싸움은 출구에서 멀리 떨어진 벽까지 퍼져나갔다가 되돌아오면서 몇 시간이 흘렀다.

나는 그때까지 모든 적을 절망하게 한 문지기의 얼굴을 올려다보았다. 그리고 그보다 내가 한 수 앞설 길이 무엇일지 생각했다. 나는 그의 움직임을 관찰하기 시작했다. 그의 눈썹 아래를 볼 수 있도록 머리를 한쪽으로 기울였다. 그도 똑같이 했다. 내가 오른쪽으로 몸을 기울이면 그는 왼쪽으로 기울였다. 그렇게 그는 항상 나의 맞은편에 있었다. 나는 몸을 숙였다. 그도 숙였다. 왼팔을 올렸다. 그는 오른팔을 올렸다. 심장에 손을 올렸다. 그는 오른쪽 가슴에 손을 올렸다. 괴물은 인간의 형상만 닮았을 뿐이다. 피부밑은 정반대였다. 왼손이 오른쪽에 연결돼 있으니. 나는 출구(우리 세계의 유일한 출구라고, 이가 다 빠졌지만 세상의 모든 일을 알고 있는 과일 시장의 여인들이 나에게 확언했었다)를 향해 다시 일어섰다. 그리고 그의 가슴에 내 가슴을 바짝 붙였다. 그의 눈과 내 눈을 마주하고, 그의 입에 내 입을 대고, 그의 손과 다리에 내 손과 다리를 붙였다. 온 힘을 다해 그를 눌렀다. 우리는 이마에 자줏빛이 돌 때까지 몸을 붙여 서로를 밀었다.

나는 경악했고, 그 경악스러움의 끝을 알 수 없었다. 무적의 문지기와의 이 긴 싸움을 예측해보았다. 결국에 나는 핏속에서 몸부림칠 것이라는 생각이 들었다. 그런 조바심에 나는 평정심을 잃었다. 나는 그와 몸집이 비슷했다. 왜 그를 한쪽으로 밀치고 반대편으로 넘어갈 수 없을까? 바닷속에 가라앉은 배 밑바닥의 보물들을, 창백한 석상들을, 나를 현혹하는 심연의 불빛을 결코 볼 수 없는 운명인가?

그곳에서 나는 며칠을 보냈다. 처음에는 문지기의 지독한 방어에 빈틈이 있을까 생각하면서, 그다음에는 체념해서 바닥에 누운 채로. 그러다 마침내 광분하여, 나를 언제든지 막아낼 준비가 된 그와 다리와 주먹을 맞대었고 절망했고 다시 바닥에 쓰러졌다……. 한참 후에 나는 차가운 돌바닥 위에 앉았다. 그도 그렇게 했다. 나는 손으로 턱을 받치고 바닥에 길게 누워서 좋은 계책이 떠올랐다 싶을 때까지 생각에 빠져 있었다. 용맹한 문지기는 나만큼 강했다. 몸의 힘은 아무 소용 없었다. 교활한 방법을 쓰지 않고는 그를 넘어뜨릴 수 없었다. 그 방법을 빨리 찾아내야 했다.

둥근 지붕 꼭대기의 커다랗고 파란 구멍을 통해 모기떼보다 성가신 천사 무리가 빛에 잠긴 채 이리저리 움직이며 내려오곤 했다. 그들은 내 주변에 내려와 나에게 의미 없는 충고를 했고, 도그마며 비밀에 관한 이야기를 했다. 그들은 웃을 줄도 모르고 울 줄도 모르는 잿빛 얼굴을 한 채 나를 괴롭혔다. 다른 천사들은 저 위 하늘과 저 아래 바다의 두 가지 파란색으로 칠해진, 홀에 나 있는 높고 좁은 창문들에 걸터앉아 다리를 달랑댔다.

천사들은 그해 여름에 다도해를 파괴하고 있었다. 다른 해엔 하르피이아들이 있었는데, 더 이전엔 사람을 잡아먹고 몇 분 후에 뼈와 해골을 뱉어내는, 해파리처럼 부드럽고 투명한 돌이 있었다. 나이 든 사람들은 벌거벗고 있던 바다의 여인들을 기억했다. 그 여인들은 손바닥에 담긴 레몬 크기의 알들을 어부들에게 보여주기 위해 파도의 거품에서 나왔다. 알 속엔 몸을 웅크린 작은 사람이 하나씩 들어 있었다. 각각의 작은 사람은 어부와 닮아 있었다. 그들은 어부에게 아버지라고 부르며 어부의 오두막집으로 자신을 데려가달라고 부탁했다. 천사들은 다도해를 때때로 침범해 어지럽혔던 외지인들 중 가장 나쁜 경우는 아니었지만, 그들이 끝없이 떠들어대는 소리로 인해 섬에 사는 주민들은 참기 어려워졌다. 도둑질하지 마라, 살인하지 마라, 옆집 여자를 탐내지 마라……. 그곳의 뱃사공들은 어린 시절에 본 사람 잡아먹는 하르피이아들이 더 정직하다고 자주 말했다. 이제 천사들은 창턱에 갈매기처럼 앉아 고개를 이쪽저쪽으로 돌리고 있었다. 누가 승자가 될지 내기를 하고 있는지도 몰랐다. 왼쪽 손등 위에 오른쪽 손바닥이 찰싹 부딪히는 소리와 함께 손가락으로 튕긴 동전이 공중에서 반짝거리며 빠르게 잡히는 것이 종종 곁눈으로 보였기 때문이다. "앞면!" 천사 몇몇이 외쳤다. "뒷면!" 다른 천사들이 외쳤다. 하지만 나는 그들 중 하나가 온 천장에 메아리치도록 고통에 또는 승리에 찬 비명을 지르기 전까지는 싸움의 결과를 전혀 예측할 수 없었다. 민들레 꽃씨처럼 공중에서는 투명해 보였던 동전이 모서리로 떨어져 천사의 왼 손바닥과 손가락 사이 살에 갑자기 꽂혔다. 피로 얼룩진 손바닥에서 거대한 물고기 등과도 같은 톱니 모양의 동전 모서리가 간신히 보였다. 불운한 천사가 상처 입은 새처럼 울부짖었을 때 나는 하늘에서 좋은 조언을 받았다.

하늘의 별들은 우리 인간에게 힘과 용기를 줄 뿐만 아니라 지혜도 준다. 종종 잘 재봉된 돛을 갖춘 작고 빠른 배가 무거운 범선을 침몰시키는데, 범선은 쓸데없이 파리를 향해 대포를 쏜다. 나는 무에진*에 관한 이야기를 생각해냈다. 그는 여러 섬 중 한 섬의 첨탑에 살면서 단지 염소의 젖을 짜기 위해서 탑을 내려왔다. 그는 다른 나라의 사막에 몽구스와 닮은 작은 생명체가 놀랄 만한 잔꾀로 볏이 있는 큰 뱀을 물리쳤다는 것을 들었고, 이 이야기를 널리 퍼뜨렸다. 몽구스라고 불리는, 신이 만든 이 존재는 거대한 살무사와 마주 보고 선 채로 해를 가린 뱀의 볏 아래에서 앉았다 일어섰다 왼쪽으로 오른쪽으로 움직이면서 춤을 추기 시작했다. 그러자 뱀도 그와 똑같이 했다. 머리를 들어 올리고, 꼬리를 먼지 속에서 흔들어대면서. 앞으로, 뒤로, 왼쪽으로, 오른쪽으로, 앞으로, 뒤로, 왼쪽으로, 오른쪽으로, 앞으로, 뒤로…… 똑같이, 점점 더 빠르게, 뱀이 그의 적보다 한발 앞서 있다고 믿게 될 때까지 계속했다. 두 머리가 똑같이 움직이는 속도가 너무 빨라져 눈으로 따라갈 수 없어졌을 때쯤, 몽구스는 갑자기 움직임을 바꾸었다. 오른쪽으로 움직이지 않고, 왼쪽으로 움직였다. 반대 방향으로 몸을 숙인 뱀은 한순간 목덜미가 드러났

---

* 이슬람교 교당에서 하루에 다섯 번 기도 시간을 알리는 사람.

다. 그때 몽구스는 번쩍이는 번개처럼 뱀의 등 위로 펄쩍 뛰어올랐고, 승리의 외침과 함께 그를 물어 죽였다.

몽구스의 이야기에 힘이 났다. 나는 다리에 힘을 주고 펄쩍 뛰어 일어섰다. 그러고는 우리가 살고 있는 세계를 향한 유일한 출구로 몸을 돌렸다. 당연하게도 문지기 또한 새 힘을 얻은 것처럼 단호한 표정으로 그의 은신처에서 나타났다. 나는 스스로 덫이 되고자 머리를 바닥에 댄 채 몇 분 동안 움직이지 않았다. 나는 인간의 정신이 생각할 수 있는 여섯 개의 방향―앞으로, 뒤로, 왼쪽으로, 오른쪽으로, 위로 뛰어오르고, 몸을 움츠리는―으로 40걸음으로 시작되는 덫을 만들었다.

배우기는 어렵지만 기억하기엔 간단한(춤의 단계가 미묘한 순서로 반복되었기 때문에 그 의미를 점차 이해할 수 있었기에) 나의 춤은 거미집처럼 대칭적이고 유연했다. 눈을 들었을 때 그와 눈이 마주쳤고, 그의 몸에서 일종의 전율을 감지했다. 나는 왼발을 내디디면서 시작했다. 꿈에서처럼 천천히 죽음의 춤을, 마지막 춤을, 모든 춤의 춤을.

나는 발걸음의 덫을 연달아 열 번 놓았다. 매번 이전보다 조금씩 더 빠르게. 열 번 더, 다시 열 번 더. 괴물은 앞으로 나왔다가 뒤로 물러났다. 그는 몸을 오른쪽으로 그리고 왼쪽으로 실수 없이 움직였다. 나를 따라서 위로 뛰어올랐고, 몸을 움츠렸다. 아스트롤라베*처럼 정확하게. 나는 처음부터 다시 똑같은 순서로 움직였다. 조금 더 속도를 내면서, 어깨와 무릎의 관절이 빠질 것 같을 때까지. 나는 40걸음을 똑같이 반복했다. 몸에 불이 붙어 화염에 휩싸일 것 같았다. 그리고 나는 낯선 발걸음을 내디뎠다. 갑작스럽고 당황스럽게, 마치 손이 하나 더 자라난 것처럼 혹은 몸에서 다른 몸 하나가 더 생겨난 것처럼. 그러나 괴물은 실수하지 않았다. 동시에, 거의 같은 순간에 그는 익숙한 길을 벗어나 처음 가는 길로 접어들었다. 그곳에서 우리는 다시 가슴과 가슴을 맞댔다. 증오로 가득 찬 눈으로 서로를 쳐다보았다. 서로의 주먹을 할퀴고, 서로에게 으르렁거렸다.

  나는 열 배의 힘으로 다시 춤을 추기 시작했다. 수백 번, 수천 번 덫을 놓았다. 춤의 동작을 너무 많이, 너무 자주 바꾸어서 동작을 바꾸는 것이 춤의 일부분이 되었고, 덫의 40걸음만큼 예측하기 쉬워졌다. 그래서 내 움직임이 아무리 빨랐어도 문지기는 한 번도 실수하지 않았던 것 같다. 나는 수천 번, 수백만 번, 모래알보다 더 많이, 세상 사람들이 흘리는 눈물보다 더 많이 춤을 반복했다. 내가 스스로의 덫에 걸려든 것을, 그곳에서 사소한 불모의 춤, 승리에 도달할 수 없는 춤을 추고 있다는 것을 깨닫지

---

* 시간 측정 등 다양한 계산을 하는 정교한 천문 도구.

못한 채였다.

　나는 갑자기 깨달았다. 천사들이 나에게 소리쳤다. 이 싸움은 싸움이 아니며, 시작이 없는 춤이고 끝이 없는 춤이라는 사실을. 그때 나는 덫을, 몽구스의 꾀를 포기했다. 나는 문지기를 잊었다. 나는 목표도 없이, 욕구도 없이, 기억도 없이 그저 춤이라는 영원한 불 속에서 살고 있었다. 있는 힘을 다해 춤을 추었다. 스무 개의 심장과 여덟 개의 팔로 춤을 추었다. 수천 개의 다리로 춤을 추었고, 내 신장에서 자라난 여섯 차원으로 춤을 추었고, 왼쪽 가슴 밑으로 튀어나온 시간의 작살을 가지고 춤을 추었다. 곧 나는 더는 춤을 추는 것이 아니라 꼭두각시처럼 춤추기를 당하고 있었다. 단지 나의 손과 다리를 춤의 손과 다리에 집어넣고 있었다. 나는 나의 몸으로, 실타래처럼 엉킨 창자로, 정맥으로, 피와 담즙으로, 척추로 거대한 정문 전체를 채웠다. 피로, 정액으로, 치아와 손톱으로, 수천 개의 눈과 수천 개의 귀와 수천 개의 손가락과 수천 개의 입술로 바늘 하나 들어갈 만큼의 공간도 내버려두지 않은 채 가득 채웠다. 아르키메데스의 나선을 추었다. 금의 원자번호를 추었고, 피보나치수열을 추었다. 리 군*을 추었다. 사원수와 팔원수의 성스러운 춤을 추었다. 플랑크 단

---

*　매끄러운 다양체인 위상군.

위계에서의 공간의 발생과 인과관계에서 비롯된 시간의 탄생을 추었다. 베켄슈타인 방정식의 끔찍한 화면과 10의 500제곱 개의 가능한, 불가능한, 있을 법한, 있음 직하지 않은 우주들, 라니아케아 초은하단의 먼지, 은하수들의 먼지의 먼지, 이 지구의 먼지의 먼지의 먼지를 추었다······. 나는 영원히 화염으로 타오르는 꺼지지 않을 불, 나의 뇌 속의 합리적인 공간을 뒤흔들듯 파괴하는 불을 추었다. 녹은 금으로 테를 두른 신의 성상**을 추었다.

이제 나는 출구의 이편과 저편을 추고 있었다. 나는 정문이었고, 문지기였고, 둥글게 무리 지은 천사들이었다. 나는 궁전이었고, 바다였다. 그렇게 자주 서로 다투었던 뇌와 심장, 성기는 하나의 기관으로 합쳐졌다. 그 기관의 생각은 의식으로 흘렀고, 의식은 욕망으로 흘렀다. 욕망은 다시 생각으로 바뀌었다. 이 모든 것은 나의 껍질을 찢었고, 세상의 껍데기 속으로 스며들었다. 제어할 수 없게, 황폐하게, 격렬하게 모든 것의 성상으로 스며들어 갔다. 이 또한 찢어져 영원하고 이해할 수 없는 무(無)로 흘러들어 갔다.

** 동방정교에서 마리아와 예수를 그린 그림으로, 금이나 은으로 테두리를 한 일종의 그림 액자이다.

춤이 멈췄을 때, 나는 다시 정문의 문턱에 서 있었다. 그 문 너머에는 이제 아무도 없었다. 그러나 더는 안으로 들어갈 어떤 명분도 찾지 못했다. 나는 돌아섰고, 창문에 앉은 천사들의 눈 아래에서 다시 홀을 통과했다. 검붉은 반암의 아치를 지나서 긴 복도를 다시 통과했다. 그 어떤 방문도 열어보고 싶지 않았다. 나는 정오의 태양 아래로 나와서는 보라색 열매가 가득 매달린 무화과나무 옆으로 고리를 이룬 바위들을 지나 바닷가에 정박해 놓은 내 카누에 도착했다. 유리병과도 같은, 있는 힘을 다해 불타고 있는 바다와 나무가 자라는 섬들의 다도해는 우리가 이름 붙일 수 없을 만큼 아름답다고 생각했다. 나는 배에 올랐고, 소금과 폭풍우로 굳은살이 박인 채 다시 가슴에 바다를 담을 준비가 되어 있었다. 그리고 오늘까지 그 일을 했다. 그것은 이 땅에 살아가는 사람의 운명이기 때문이다. 언젠가는 집으로 갈 것이다. 하지만 내 안에 힘의 흔적이 남아 있는 한은 돌아가지 않을 것이다. 나는 마지막 숨으로 두려움을 모르는 심장 위에, 오른쪽 가슴에 손바닥을 얹고 이렇게 말할 수 있기를 희망한다. 일어날 일이 일어난 거라고.

멜랑콜리아

다리

어느 날 아침에 엄마는 장을 보러 나가 돌아오지 않았다. 그 이후 몇 주가 지났고, 몇 달, 몇 년이 지났다. 하여튼 많은 날이, 날짜를 세는 것이 무의미할 정도로 많은 날이 지났다. 하지만 모든 날은 똑같았다. 엄마가 떠난 그 순간부터 집은 조용했고, 돌처럼 굳어버렸다. 그리고 아이는 오래전에 시간 감각을 잃어버렸다. 한동안은 엄마가 돌아올 거라는 기대를 버리지 않았다. 갑자기 현관문을 여는 열쇠 소리가 들릴 거라고. 그때처럼 손에 든 모든 것을 내려놓고 복도를 뛰어가, 가득 찬 장바구니를 들고 집으로 들어오는 아주 키가 큰 여인을 맞이할 거라고. "내 것은 무엇을 샀어요?" 아이는 엄마에게 물었을 것이고, 대답을 기다리지 않고 언제나 그랬듯 빨간색이나 초록색 알루미늄 껍질에 싸인 사탕이

나 비스킷, 포장지에 꽃무늬가 인쇄된 작은 초콜릿 하나를 찾으려고 엄마 핸드백 속을 들여다보고 있었을 것이다. 아이는 열쇠 꾸러미가 쩔렁거리는 소리가 들리는 것 같으면 모든 것을 내려놓고 복도를 통해 현관문 앞으로 뛰어갔다. 그는 유성페인트를 칠한 문에 귀를 댔다. 하지만 현관문 너머에는 아파트 계단을 통해 검은 공기가 흐를 때 나는 윙윙거리는 소리만이 들릴 뿐이었다. 아이는 실망한 채 부엌으로 돌아왔고, 구석의 큰 라디오 아래 바닥에 몸을 웅크렸다. 그리고 조용히 울기 시작했다. 하지만 이내 침착해졌다. 자신의 새로운 인생에 슬프고 이상한 매력을 느꼈고, 결국 그것에 익숙해졌기 때문이다.

끝이 없는 시간 동안 아이는 텅 빈 집에서 혼자 살았다. 이해할 수 없는 상황에 이러지도 저러지도 못했다. 집 안의 윤곽은 항상 활짝 열어놓는 방문을 통해 아이가 이 방 저 방을 돌아다닐 때 발생하는 착시 현상을 통해서만 변화했다. 아파트는 부자들보단 서민들이 사는 평범한 곳이었다. 방의 벽에는 소박한 무늬가 끝없이 반복되며 그려져 있었고, 무늬는 방마다 달랐다. 마치 아이가 하루에도 여러 번 가지고 놀던 동화 그림 맞추기 게임의 작은 판지 조각들 뒷면처럼. 조각을 맞추면 동화《눈의 여왕》과《딱총나무 어머니》의 장면들이 만들어졌다. 집 안의 모든 가구는 누군가의 희생으로 다른 가구들과 따로 하나씩 장만한 것이었는데, 이상하게도 얼마 지나지 않아 일련의 물건이 보여주는 가치를 잃었다. 식탁, 소파, 탁자, 의자, 작업실, 거울이 있는 화장실 등의 다른 가구들과 혼합되었다. 가구들은 자기 자리에, 있어야 할 곳에 정확하게 위치했다. 영원히 있어야 할 곳에 한 번에 자리 잡듯이. 하지만 어느 순간부터 그 어떤 가구도 눈에 보이지 않았다. 모든 것이 수정결정과도 같은 시간 안에 갇힌 것처럼 언제나 똑같았다. 아이는 종종 집이 완성되었던 그 순간과 엄마가 집을 떠나 사라진 것이 연관되어 있다는 생각에 사로잡혔다. 안으로 가져올 수 있는 것이 아무것도 없었다. 알록달록한 껍질의 사탕도, 현관문 열쇠 끝의 쇳조각조차도.

집은 완벽했고, 침묵으로 그득했다. 눈을 뜨고 자러 갈 때까지 아이는 하루 종일 방들을 돌아다니는 일 외에는 마땅히 할 일이 없었다. 집 안의 모든 사물을 하나하나 유심히 관찰했다. 이전에는 무심히 지나쳤던 것들을 자세히 들여다보았다. 단조로움이 수천 가지 모습으로 드러났다. 부엌 바닥의 모자이크 위를 맨발로 걸으면 덜컹거리는 소리가 났다. 바닥의 모자이크는 모양과 시공이 이상했다. 개수대 아래 빨간색 접착제로 고정한 수도관이 보였다. 수도관은 때가 끼고 표면이 까칠까칠했다. 페인트 붓이 무심하게 칠한, 벽에 걸린 전선들을 올려다보았다. 통풍구는 거미가 조밀하게 짜놓은, 검게 그을린 거미줄로 덮여 있었다. 특히 아주 오래된 초록색 부엌 찬장은 유리 몇 군데가 금이 갔고, 찬장 위엔 도자기 접시가 일직선으로 정렬되어 있었다. 사다리를 놓는다 해도 아이는 그곳에 닿을 수 없었다. 찬장은 아이에게 매우 매력적으로 보였는데, 대단히 낡고 이상해 보였을 뿐만 아니라 아주 오래된, 먼지와 유성페인트와 파리약의 독한 냄새가 났기 때문이다. 이 때문에 아이는 뻑뻑한 서랍을 열어서 무언가 흐릿하게 인쇄된 코르크나 녹이 슬고 때가 끼어 쓸모없는 줄칼, 조각난 경질고무 한 조각(드라이버의 손잡이 부분이었고, 금속 부분은 다른 서랍에 있었다……) 등을 찾아보고 싶다고 느끼곤 했었다. 거기에는 발코니로 나가는, 창문이 달린 문도 있었다. 문은 낮에는 닫혀 있었다. 문밖으로 가지가 무성한 미루나무의 꼭대기를 볼 수 있었고 그 너머에 벽돌을 쌓아 올린 아주 큰 공장이 있었다. 그 공장은 격자를 댄 창문이 아주 많았다. 쿠아드라트 고무 공장이었다. 공장 정면의 아주 크고 둥근 창문에 구름이 걸렸다. 엄마가 사라지기 전에 아이는 종종 그 크고 검은 원 안에서 사람 한 명의 그림자를 보곤 했다. 그림자의 머리는 원의 반 정도까지밖에 오지 않았다. 그 엄청나게 높은 곳에 나와서 담배를 피우던 노동자였다. 종종 아이는 발코니에서 그에게 손을 흔들었다. 그러면 그 노동자는 손을 더 크게 흔들며 아이에게 화답했다. 하지만 그 후 그곳에서 아무도 보지 못했다. 부엌은 아침에는 거의 투명할 정도로 밝았다. 정오엔 마치 그림처럼 생명을 잃은 듯했다. 그리고 저녁이 되면 부엌 안의 빛은 어두운 핏빛으로 물들었고 벽을 호박색으로 넓게 색칠했다. 종종 아이는 한동안 서서 방수 식탁보에 그려진 그림을 비추며 점점 변하게 하는 빛을 보았다. 검은머리방울새, 카나리아 새, 애벌레나 하늘가재를 입에 물고 있는, 이름을 모르는 파란 새 그림. 아이는 식탁보의 그림이 3차원으로 변하며 식탁 위로 아름답게 솟아오르는 순간을 포착했다. 마치 벌레와 새가 살아 있는 것처럼 보일 정도였다. 저녁 늦게 공장 너머로 해가 질 때 방수 식탁보엔 방 안에 들어온 어슴푸레한 빛이 꺼져갈 때 나는 광택이, 부엌엔 목련의 꽃향기처럼 갑자기 퍼지는 화학 약품 냄새만이 남았다.

현관에서 시작되는 복도는 소박하고 길고 어두컴컴했다. 벽엔 액자가 하나 있었는데, 그림은 희미했고 유리 덮개는 파리의 사체로 얼룩졌다. 새카만 때가 낀 얇은 줄이 여기저기 나사못에 걸려 있었다. 나사못의 머리는 판지로 만들어진 왕관 모양이었다. 벽에는 아이가 만지면 안 되는 두꺼비집도 달려 있었지만 이제 아이는 종종 그것을 만졌다. 집엔 더는 그를 야단치거나 말릴 사람이 아무도 없었기 때문이다. 요 며칠 아이는 도자기로 된 큰 마개를 돌려 빼면서 시간을 보내고 있었다. 유약을 바른 마개의 거친 표면, 멀리 떨어진 양극을 결합하는 구리판과 전선들을 빤히 쳐다보았다. 어떻게 마개의 나사를 푸는 것이 이토록 이상하게 덜컹거리는 소리를 만들어낼 수 있을까! 아이는 마개들을 바닥에 내려놓았고, 서로를 부딪쳐서 나는 구슬 소리를 들으며 만족해했다. 복도엔 다용도실도 있었는데, 온갖 자루들과 낡은 의류로 꽉 차 있었다. 아이는 빛이 절대 들어오지 않는 다용도실의 완전한 어둠 속에 숨어 있곤 했다. 똑같이 흰색 유성페인트로 칠해진 다용도실의 좁은 두 문을 닫으면 아주 미세한 빛조차 들어오지 않았다. 누구든 무서워질 때까지 낡은 이불과 해진 장화에서 나는 퀴퀴한 냄새를 맡으며 그곳에 있거나 혹은 작고 둥근 돌두 개를 부딪쳐 돌에서 나오는 창백한 색의 불꽃을 보며 즐거워할 수 있었다. 그러면 한순간 페인트칠이 떨어져 나간 다용도실의 벽이 보였다. 하지만 아이는 하루의 가장 긴 시간을 거실에서 보냈다.

거실은 집에서 가장 큰 공간이었다. 언제나 똑같고, 똑같았다. 만일 아이가 집 안을 어지럽히면, 탁자 위에 장난감을 벌여두고 카펫을 더럽히면, 이튿날 모든 것은 이전처럼 되었다. 거실 사방의 벽들을 따라 가구가 놓여 있었다. 얇은 다리에 대충 니스 칠한 싸구려 가구들, 서랍장, 큰 라디오를 받치고 있는 탁자, 술 달린 덮개로 덮인 소파, 책 몇 권과 자질구레한 장식품들이 올려진 책장. 하지만 아이는 그것들이 좋았다. 장식품들은 안이 텅 비어 있었다. 그것들을 들어 올려 밑을 보면 구멍이 있었고 손가락을 그 구멍에 집어넣을 수 있었다. 닿는 데까지 안쪽 면을 만져보면 겉면과 같았다. 단지 뒤집혀 있을 뿐이었다. 안쪽은 광택 없이 더 거칠거칠했다. 아이는 책도 읽었지만 재미없는 책만 있었다. 대부분의 책은 그래프와 도표 등으로 가득해서 읽을 수조차 없었다. 동화나 모험 이야기는 없었다. 어른을 위한 책이었다. 이제 아이는 영원히 마음대로 할 수 있었다. 하지만 그게 무슨 뜻이든, 아이는 책장의 많은 책들을 대부분 다 읽을 수 없을 거라는 걸 알고 있었다. 책 하나는 가운데에 두껍고 반들거리는 종이에 사진이 많이 삽입되어 있었다. 이해할 수 없는 일을 하는 어른들의 사진이었다. 다른 책은 검정 표지에 초록색으로 '브렌트에서 온 미치광이'라는 제목이 쓰여 있었다. 세 번째 책은 사진은 없었고, 단지 검은 잉크의 삽화가 가득했다. 제목이 '푸른 밤'이었다. 가장 두꺼운 책의 등에는 가로로 '무례한 죽음'이라고 쓰여 있었다. 그 책들의 내용은 절대 변하지 않았다. 누구든 책 한 권의 첫 페이지를 100번 펼 수 있다. 단어들은 똑같았다. 항상 같았다. 언제나 똑같은 단어들. 이것은 모든 페이지에서 일어났다. 책들은 책장의 미닫이 유리문 너머에 있었다. 유리문 바로 앞에는 마룻바닥에서 약 50센티미터 정도 솟은 턱이 있어서 아이는 그것을 밟고 올라가 책장 위에 몇 시간이고 앉아 있었다. 책장은 아이에게 하찮은 물건이나 책을 두는 공간이기도 했고 올라가 앉을 수 있는 가구이기도 했다. 아이는 오후 내내 책장 위에 올라가 앉아 있곤 했다. 얼굴을 거실로 향하고, 양팔을 가구의 가장자리로 쭉 뻗어 끝을 잡은 채로. 앞에는 고무 공장을 내다보는 창문이 있었다. 그러나 누런 나무 창틀에서 내려온, 먼지가 앉아 거의 시커메진 커튼 때문에 공장은 희미하게 보일 뿐이었다. 아이는 책장 꼭대기에서 꼼짝하지 않고, 가라앉는 거실 전체를 내려다볼 수 있었다. 거실 안 모든 것의 형태는 각이 지고 완벽했다. 모든 가구의 모서리는 끝없는 외로움 속에서 반짝였다. 공기는 차갑고 조용했다. 빛은 저녁을 향해 서서히 시들고 있었다.

밖에 석양이 내리자 거실의 공기는 밤색으로 부드러워졌고, 침묵은 있는 힘을 다해 아이를 눌렀다. 아이는 의자들에 둘러싸인 식탁 위 유리판 아래에 깔린 마크라메레이스 장식을 뚫어지게 관찰하는 것에 싫증이 나 구석으로 갔고, 라디오를 틀었다. 아이는 어두워질 때까지 향수를 불러일으키는 오래된 노래들을 들었다. 꿈꾸는 듯한 목소리의 여자 가수는 재즈 오케스트라의 연주에 노래했다. 노래는 한 곡이 끝나면 바로 다음 곡으로 이어졌고, 모든 곡을 외울 수 있는 지경에 이르렀다. 언제나 똑같았기 때문이다. 열다섯 혹은 스무 곡이 항상 같은 순서로 연주되었다. 가사는 이해할 수 없었다. 외국어였고, 아이는 그저 들리는 대로 따라 했다. "하리 나빌 앗 로에 바잘라아, 나빌 로에 아줄……" 혹은 "고바그나 마그, 주 데 네 마기……". 아이는 그곳에 몇 시간 동안 바닥에 쭈그리고 앉아서 음악을 들었고, 밤이 될 때까지 라디오에서 나오는 노래를 따라 중얼거렸다. 라디오의 진공관에서부터, 주파수와 잘 모르는 도시의 이름이 표기되는 화면을 비추는 보이지 않는 전구에서부터 아이의 곱슬머리 위로, 중얼거리는 입술의 작은 얼굴 위로 다른 세상에서 온 것 같은 빛이 흘러내렸다. 그 빛은 아이에게는 음악과 뗄 수 없는 것이었고, 육중한 몸집에 상아로 만든 음량 조절기와 강렬한 초록색 진공관 불빛을 가진 오래된 라디오는 아이가 살아가야 할 밀봉되고 텅 빈 아파트 내부에서 유일하게 소리로 혼란스러움을 만드는 물건이었기에 더더욱 소중했다. 니스 칠이 잘되어 광택이 나는 찬장 나무문에, 라디오 앞 바닥에 쭈그리고 앉은 아이의 모습이 반사되었다. 그는 마치 잔혹하고 매혹적인 멜랑콜리아의 우상을 경배하는 것처럼 보였다.

아이가 잠자러 가자 첫 별이 떴다. 아이는 더는 이전처럼 길거리 방향에 있는 그의 방 침대에서 자지 않았다. 엄마가 집에 돌아오지 않은 그때부터 아이는 엄마가 쓰던 침대에서 잤다. 엄마의 방은 아파트 단지 마당을 향해 있는 작은 방이었다. 아이는 특히 엄마의 큰 베개*가 맘에 들었다. 커다란 베개는 자수가 놓였다. 부드러운 촉감에 큰 마름모꼴이 있는 두툼한 노란색 공단 이불도 좋아했다. 아이는 머리 위로 이불을 끌어 올리고는 피곤함에 몸을 떨면서 한동안 몸을 흔들거렸다. 꾸벅 잠이 들기 전에 아이는 아파트 전체가 잔잔한 바다 위의 대형 유람선처럼 조용히 흔들리는 것을 느꼈다.

아침마다 눈부신 햇빛이 모든 방의 넓은 창문으로 들어왔고 방의 모든 표면에 불빛을 비춰 반짝거리게 했다. 그러면 먼지의 빛살을 볼 수 있었다. 먼지는 식탁 위, 협탁 위 공중에서 춤을 추었고, 담배 연기처럼 나선 모양으로 움직였다. 그때 공기는 쉬지 못하고 아침 햇살 속으로 지나갔다. 엄청난 빛이었다. 아이는 침대에 누운 채 눈을 떴다가 곧바로 다시 눈을 감아야 했고, 그러다 일어나 잠옷 차림에 반쯤 감은 눈으로 불꽃이 타오르는 방들을 어지러운 듯이 여기저기 돌아다녔다. 욕실로 들어가 얼음과도 같이 찬물로 세수를 하고서야 정신을 차렸다. 그 순간 부드럽고 차가운 빛이 아이의 마음에 가득 찼다. 아이는 주위를 둘러보고, 이제 더는 필요하지 않은 욕조 내부의 매끄러운 타일을 손가

---

*   루마니아의 전통 베개는 정사각형 모양으로 사변이 80~90센티미터로 크고, 조류의 털로 채워져 있다. 방석과 비슷하기도 하다.

락으로 훑어보았다. 수건은 한 올 한 올 뻣뻣하고 거칠었다. 그의 시선이 변기로 향했다. 둥근 빵을 엎어놓은 듯한 변기는 큰 금속 나사로 바닥에 고정되어 있었다. 이 이해할 수 없는 물건은 무엇에 쓰는 걸까? 아이는 매끄러운 변기 의자에 앉던 시절이 희미하게 떠올랐다. 그 후엔…… 그의 몸이 더는 필요로 하지 않고 그의 뇌가 잊은 어떤 일이 따랐다. 파란색 뚜껑이 올라간 흰 물체 안에는 물 소용돌이가 가볍게 흔들리고 있었다.

아이는 매일 아침 욕실에 오랫동안 머물렀다. 거울을 볼 수 있기 때문이었다. 세면대 위의 거울은 컸지만, 아이는 거울 밑부분에서 자신의 쇄골까지만 볼 수 있었다. 아이는 자신의 마른 얼굴을 자세히 들여다보았다. 맘에 드는 구석이 없었다. 검은 눈동자, 긴 콧날, 남자아이의 것치고는 매우 도톰한 입술. 아이는 자신의 가는 목을 쳐다보았다. 고개를 이리저리로 돌릴 때 사용되는 근육이 어렴풋이 보였다. 아이의 눈에서 이전에 자신의 인생이 어땠는지, 이름이 무엇이었고 몇 살이었는지를 기억하려고 애쓰는 것이 보였다. 그러나 뇌리를 번개처럼 스쳐 간 기억들이 종종 노스탤지어의 극렬히 고통스럽고 강렬한 불꽃으로 아이를 덮치기도 했으나, 아이가 붙잡기도 전에 흩어졌다. 마치 잘 익은 과일을 손에 들고서 맛을 보고 싶어 입에 대려는 순간 과일이 사라지는 것처럼. 검은 곱슬머리는 한동안 자랐지만, 이후엔 과묵하고 근엄한 표정과 함께 항상 똑같은 모양이었다. 눈 밑은 연한 보라색이었다. 홍채는 적갈색에 투명했다. 누구였더라? 그의 기억들은 마치 다른 인생을 살고 있는 그에게 도착한 것처럼 바로 녹아 없어졌다. 그리고 거실 탁자 위 유리 상자 안에 넣고 영원히 가지고 놀던, 판지로 만든 궁전과 왕자와 공주 장난감처럼 보였다. 거울에 비친 그의 모습은 매일 그에게 무언가 더 말하는 것 같았지만, 충분히 이야기해주지는 않았다. 거대하지만 텅 빈 박물관, 단 한 점의 초상화를 전시하는 곳에 가는 것과 같았다. 수많은 방들과 무수한 색으로 칠해진 복도들을 지나야 그곳에 도착할 수 있었다. 하지만 싫증 내지 않고 계속 보고 싶도록 만드는 이 초상화 한 점의 미묘함과 수수께끼, 환상은 이 그림을 보러 오는 여정에 보상이 되어주었을 것이다. 거울에 고정했던 눈을 떼고, 매일 행하는 일상적 의식으로 길거리 방향의 방으로 달려가는 일은 아이에게 어려운 일이었다. 그 방, 그가 전에 지내던 방에서 일어난 일들을 아이는 꿈처럼 기억했고 내면에 숨기고 싶어 했다. 강압적이고 참을 수 없는 생각을 손을 뻗어 막아내려는 듯이. 아이는 이전에 살았던 인생을 가능한 한 많이 되찾기 위해서라면 뭐든 주었을 것이다. 하지만 이것은 아니었다. 앞쪽 방에서 살았던 인생은 아니었다. 그 인생은 종종 실재와 형상이 없는 감정의 분출로 그에게 모습을 드러냈다.

그곳은 아침에 가장 밝은 방이었다. 사실 그렇게 부르는 의미는 없었다. 집 전체가 밝았기 때문이다. 그러나 앞쪽 방에 들어오는 빛은 가구와 벽, 창문, 창틀, 큰 유리를 뼈까지 먹어치우는 매우 밝은 가스와도 같았다. '빛'이라는 단어는 비현실적인 햇무리, 눈을 멀게 하는 광선 그리고 사물들의 가장자리, 유일하게 남은 잔해들이 입은 하늘의 영광 앞에선 어둡고 흐리게 느껴졌다. 노란색 장롱, 노란색 식탁, 노란색 책장, 책장 위의 노란색 상자는 빛이 사라질 때까지 빛났다. "기계로 짠" 페르시아산 카펫이 불타올랐다. 엄마는 손으로 짠 고급스러운 카펫과 구별하기 위해서 그렇게 말하곤 했다. 벽의 반복되는 무늬인 작은 꽃다발들이 불타고 있었다. 아이가 아침마다 자신의 모습을 보러 갔던 화장실의 큰 거울도 물론 불타올랐다. 아이는 잠옷 셔츠를 벗어 바닥에 떨어뜨리려 했다. 잠옷 셔츠는 속이 보일 정도로 종이처럼 얇아 끝없이 떨어졌고, 카펫에 닿지 않았다. 불이 붙어 방 안의 빛 속에서 흩어졌기 때문이다. 연기의 창백한 자국만이 남았다. 아이는 잠옷 바지도 벗었다. 작고 앙상했다. 그토록 연약한 몸에 비해 머리는 조금 커서, 실제 나이보다 더 어려 보였다. 자신의 모습을 보는 것이 어려웠다. 아이의 몸은 처음에는 아이를 완전히 혼란스럽게 했던 거울의 네모난 불꽃에 잠겨 녹아내린 듯했다. 총체적인 금빛에서 아주 서서히 주홍빛 그림자가 나타났고, 마침내 어깨에서부터 팔, 옆구리, 배, 엉덩이, 다리의 윤곽이 어렴풋이 드러났지만 현실이 되지는 못했다. 아이는 자신의 황금색 쌍둥이를 한참 쳐다본 후에, 손가락으로 그의 손가락 끝을 만진 후에 갑자기 슬픔에 압도되어 자기 뺨을 그의 뺨에 대고는 그 매혹에서 빠져나와 더 응달진 곳으로 갔다. 하지만 망막에는 아이의 몸 윤곽선을 담은 형광 초록색 얼룩을 한동안 간직했다. 이 낯선 아이를 데리고 집 안을 돌아다니고 있는 것처럼. 마치 오래전부터 친한 친구에게 방을 하나하나 보여주는 듯했다.

아침의 빛은 점심쯤에 사라졌다. 집 안의 모든 방은 생명을 잃고 그림으로 그려진 듯 보였다. 그때 아이는 삽화 안에 살고 있는 것 같은 이상한 느낌을 받았다. 침묵이 넘쳤고, 어떤 움직임도 집에 생기를 주지 못했다. 모든 물건은 조용히 각자의 자리를 지키고 있었다. 마치 세상에 처음부터 있었던 확고한 법, 즉 가장자리나 구석이 깨지지 않고 표면의 색깔이 변하지 않은 채 항상 있는 그대로, 있어왔던 그대로 변함없이 있어야 한다는 법을 준수하는 것처럼. 밤색과 올리브색으로 칠해진 거실은 평범했고, 저녁까지 그대로 남아 있었다.

아이가 이제 놀이를 하고 있었다. 아이에게는 듬성듬성 굵은 올의 아마포로 만든 하얀 망아지 인형 하나가 있었다. 인형은 밤색 실로 만든 갈기와 붉게 칠한 안장을 달고 있었다. 후버트라는 이름을 가진 광대 인형도 있었는데, 눈은 별 모양이고 입술에는 루주를 두껍게 발랐다. 나무로 만들었고 파란색으로 칠한, 사람 얼굴을 한 고양이도 있었다. 한동안 아이는 이 세 가지 장난감으로 이야기를 만들었다. 그러나 아무리 다양한 이야기를 만들어도 각각의 장난감은 고유한 특성을 유지했다. 망아지는 항상 착했고, 후버트는 나빴다. 그리고 고양이는 언제나 망아지를 도와주러 왔다. 광대가 망아지를 가두면 풀어주었고, 사슬로 묶으면 사슬을 풀었고, 후버트가 잔인하게 도려낸 두 눈을 다시 돌려주었다. 그렇게 놀고 있을 때면 아이는 자신의 처지를 잊을 수 있었다. 아이는 순서대로 망아지, 후버트, 고양이가 되었다. 혹은 더 정확하게 말해서 그들의 무대, 그들의 극장이 되었다. 그곳에선 항상 같은 이야기가 진행되었다. 망아지는 끝없이, 상상할 수 있는 모든 방법으로 광대에게 고통받았다. 설명도 동기도 없이, 그저 후버트가 나빴기 때문이다. 그리고 사람 얼굴을 한 파란색 고양이는 광대와 싸우고, 광대를 쫓아내고, 망아지를 자유롭게 했다. 그러나 광대는 다시 왔다. 결코 그에게서 벗어날 수 없었다. 고양이 주둥이의 에나멜이 벗겨졌다. 싸울 때 광대의 얼굴이 있는 힘을 다해 고양이를 쳤기 때문이다. 수염과 장미색 입술이 선명한 잉크로 그려져 있던 자리에는 이제 나무밖에 남지 않았다.

아이는 노는 동안에 쉬지 않고 말했다. 망아지의 울먹이는 말투와 후버트의 거칠고 위협적인 말투, 파란 고양이의 부탁하는 말투를 흉내 냈다. 하루 중에 아이가 말하는 유일한 순간이었다. 집 안에 그의 말이 메아리쳤다. 그 외엔 고요했다. 하늘이 납 색깔이던 어느 날 오후, 아이가 세 가지 목소리로 이야기하고 있을 때 눈이 흩날리기 시작했다. 눈발이 점점 세지면서 흰 눈이 펄펄 날려 넓은 창문에 부딪히고 흩어지자 눈이 내는 하얀 소음이 들렸다. 이 소리는 방 안의 공기도 희게 얼어붙게 했다. 아이는 사방에서 들려오는 눈 내리는 바스락 소리를 더 잘 듣기 위해 눈을 감았다. 마치 방이 만년설 아래서 빛나는 남극의 이글루인 듯이. 이튿날 아침 일어났을 때, 아이는 믿을 수가 없었다. 창문마다 눈꽃이 피어 있었다. 서리로 된 굵은 줄기와 완벽한 윤곽의 투명한 잎사귀가 창문 위까지 가득 찼다. 이 줄기에서 더 많은 줄기와 잎사귀들이 자라나 엉키면서 창문 윗부분에서 합쳐져 얼음띠를 이루었다. 그 부분만이 오롯이 투명하면서도 흐릿했다. 그 너머의 현실이 뒤틀리고 거짓된 것처럼 말이다. 겨울이었다. 깊고 무거운 겨울이었다. 빛은 창백하게 파랬고, 아이는 사물들 위로 계절이 지나가면서 그것들이 얼마나 변하는지를 놀란 듯 바라보았다. 놀이용 카드는 얼음물처럼 차가운 그 빛 안에서 더는 같은 것이 아니었다. 공주의 드레스나 시골 저택을 구성하는 조각들은 수족관 속의 물고기처럼 보였다. 그리고 후버트와 망아지, 고양이는 다른 모든 사물에서 사라진 것처럼 보이는 색들을 필사적으로 조금씩 흡수했다. 도시 전체에 눈이 내리기 시작할 때면 아이는 앞쪽 방으로 가서 손바닥 사이에 투명한 원이 만들어질 때까지 거대한 창문에 핀 서리 위에 입김을 내뿜고는, 하늘의 가장자리까지 하얗게 눈으로 뒤덮인 도시를 한참 내다보는 것을 좋아했다.

엄마가 장을 보러 나간 날 이후 모든 계절이 여러 번 지나갔다. 하루 24시간, 한 해 365일은 작거나 거대한 톱니바퀴와 같았다. 이 톱니바퀴들은 색과 그림자, 투명함과 흐릿함의 동일한 메커니즘 안에서 모두 맞물리며 아이의 시선에서 가장 환상적인 빛을 보여주었다. 아이의 머리카락, 두 뺨과 목 그리고 그가 입은 셔츠와 바지는 가을 아침에, 봄의 금빛 정오에, 오후 4시경이면 이미 해가 지면서 어두컴컴해지는 겨울의 황혼에, 그리고 노란 땅거미가 지는 깊은 가을의 불확실한 시간에, 라디오가 부드럽게 노래하고 어디로 가는지 모르고 그 많은 시간이 지나가는 낮과 밤의 터널을 생각할 때에도 달라졌다.

하지만 그의 세상, 그의 인생, 그의 고독은 끝없이 흘러갔다. 항상 똑같이, 항상 다르게. 아이는 종종 아무것도 하지 않고 아주 오랫동안 침대에 누워 있었다. 장난감, 책, 가구, 유행이 지난

벽지 그리고 더는 내다보고 싶지 않은 창문에는 싫증이 났다. 항상 똑같고, 항상 달랐다. 아이는 방 안을 향해 작은 몸을 돌렸다. 목덜미에 척추뼈의 마디마디가 훤히 보였다. 아이는 큰 의자 등받이의 수놓인 천을 응시하면서 생각에 빠졌다. 화환 모양의 나뭇잎들과 먼지가 쌓인 꽃들은 서리가 내린 창문의 것들과 이상하게 닮아 있었지만 명암이 흐릿한 색실로 짜인 것이었다. 색실은 더 가는 섬유로 꼬이고, 그 섬유는 다시 더 가는 섬유로 꼬이고, 그렇게 끝없이 더 가는 섬유로 꼬였다. 실은 눈으로 볼 수 없을 정도로, 머리 한 올보다, 거미줄 한 올보다 더 가늘었다. 큰 의자 등받이의 그림에서 아이는 보고 싶은 것을 다 보았다. 전투, 지어낸 도시들, 그리고 부모가 집으로 돌아오라고 이름을 부르기 직전, 땅거미가 깔린 누런 아파트 뒤편에서 놀고 있는 아이들.

　이렇게 날과 계절의 빛나는 메커니즘이 돌고 돌았다. 그 가운데 아이가 수감자로 갇혀 있는 아파트가 있었다. 그렇게 순서대로 봄날의 아침, 점심, 저녁이 지나갔다. 여름날의 아침, 점심, 저녁이 지나갔다. 가을날의 아침, 점심, 저녁이 지나갔다. 겨울날의 아침, 점심, 저녁이 지나갔다. 그리고 또다시 봄날이 지나갔다. 만일 밤의 꽃들이 꽃잎을 여는 것처럼 밤이 갑자기 집 안의 모든 문과 창문들을 열지 않았다면 모든 것이 견딜 수 없이, 질

식할 것처럼 단조로웠을 것이다. 작은 방의 엄마 침대에서 잠을 잘 때면 돛단배의 반투명한 면으로 만든 돛처럼 언제나 상쾌한 침대보 안에서, 자수를 놓은 베개의 부드러움과 새틴 소재 이불의 따뜻한 두툼함 안에서 잠들었다. 아이는 네 단계를 거쳐서 잠에 천천히 빠져들었다. 마지막 단계인 잠의 가장 밑바닥에 몸을 누인 후에는 고양이처럼 포근하게 몸을 둥글게 말고 자다가, 한밤중에 갑자기 깨어났다. 그러고는 거실 탁자 위에 딸기 한 그릇이 기다리고 있다고 생각하면 느낄 즐거움으로, 지금 바로 발코니로 나갈 수 있다는 것을, 밤의 향기로 가득한 공기가 들어오도록 방의 창문을 활짝 열 수 있다는 것을 기억해냈다.

아이는 이것을 알고 있었다. 아주 오래전에 잊힌, 엄마가 장보러 나가서 돌아오는 걸 잊은 바로 그 첫날 밤부터. 갑자기 잠에서 깼다. 잠이 든 지 한 시간도 안 되어서 아이는 머리를 들어올렸고, 놀란 듯 주위를 둘러보았다. 방은 달빛으로 가득했다. 창문을 통해 달이 보였다. 달은 쿠아드라트 고무 공장 위로 완벽히 동그랗게 떠 있었다. 창문이 달빛을 흩뜨려서, 방 안의 물건들과 침대와 아이의 얼굴 위로 달빛이 더욱 밝게 비쳤다. 아이는 침대에서 일어났고 창문을 열었을 때 들어오는 찬 공기를 느꼈다. 엄마가 돌아온 걸까? 그 생각에 식은땀이 났다. 아이는 재빨리 침대에서 일어나 내려왔다. 파랗고 멜랑콜리한 불빛을 따라 비틀거리면서 부엌으로 갔다. 거기에서 발코니로 나가는 문을 찾았다. 낮에 내내 닫혀 있던 문이 활짝 열려 있었다. 문의 창문을 통해 공장이 보였다. 물론 엄마는 거기에 없었다. 밝고도 어두운 집 안 그 어디에도 없었다. 하지만 어쩌면 현관에 있는 것일지도, 현관문 자물쇠 소리가 아이를 깨운 것일지도 몰랐다.

복도엔 세상에 귀가 등장하기 이전부터 있었던 무딘 침묵이 흘렀다. 그러나 문은 더는 잠겨 있지 않았다. 아이는 쉽게 문을 열었다. 놋쇠 손잡이는 오랜 시간 여러 손길이 닿아서 얇아져 있었다. 그 너머엔 문틀 가득 축축하고 뿌리가 많이 박힌 흙이 있었다. 흙이 아파트 건물 계단을 가득 채운 것 같았다. 흙은 딱딱했고 최근에 파헤쳐진 것처럼 냄새가 독했다. 아이는 손가락으로 흙을 만졌고, 그곳으로는 그 누구도 들어오거나 나갈 수 없다고 확신했다. 흙은 깊이를 알 수 없게 매우 두꺼워 보였다. 아이는 하얀 문, 이제는 더 하얘진 문을 문틀 가득한 흙 위로 다시 닫았다. 그리고 부엌으로 돌아왔다. 발코니로 나가자 그 즉시 밤의 여왕*이 뿜어내는 향기가 그를 에워쌌다. 엄마는 여름마다 발코니의 나무 상자에 밤의 여왕을 키웠다. 비록 꽃의 생김새는 종이로 만든 작은 별 모양으로 평범했지만 향기는 그 어떤 꽃보다

---

*   우리나라에서는 꽃담배로 알려져 있다.

더 강했다. 낡은 라디오에서 들리던 항상 똑같은 멜로디처럼 혹은 아이가 거울에 자신을 비춰 볼 때처럼 쓰고 달콤하고 슬픈 향기였다. 공기가 촉촉하고 비가 오려고 할 때 이 꽃은 더 강한 향기를 내뿜었다. 그러면 엄마는 부엌의 의자를 발코니로 가져가서 한 시간이고 두 시간이고 앉아 있었고, 집 안에 다시 들어왔을 때 엄마의 곱슬곱슬한 머리는 온통 밤의 여왕 향기로 가득 찬 듯했다.

그 첫날 밤에 아이는 잠옷만 입은 채 어깨 바로 아래까지 오는 발코니 난간에 기대어 밤공기를 얼굴로 느끼고 있었다. 보름달과 함께 그렇게 많은 별이 보이는 것에 그다지 놀라지 않았다. 이전에 본 적 없이 수백만 개의, 수백만 개의 별이 떠 있었다. 빛으로 채워진 하늘을 배경으로 오로지 고무 공장만이 타르처럼 새까맣고 거대한 언덕처럼 서 있었다. 아이는 집 안으로 다시 들어갔고, 불을 켜지 않고 집 안의 창문을 차례차례 모두 열었다. 그러자 집 안으로 밤이, 밤의 검고 별이 빛나는 바람이 들어왔다. 더는 집 밖과 안의 차이가 없었다. 달과 별이 가득한 밤, 차가운 동시에 따뜻한 향기가 나는 밤이 방마다 가득 찼고, 사방에 소용돌이쳤고, 거울과 반짝이는 가구들에 달라붙었고, 세면대와 변기 안으로 흘렀고, 콘센트의 구멍마다 흘러들어 갔고, 라디오 뒷면의 구멍 뚫린 합판을 뚫고 들어갔다. 밤은 콧구멍과 눈동자를 통해 아이의 몸속으로도 스며들었다. 그리고 달짝지근한 액체가 유리알같이 반짝이는 초콜릿 사탕을 채우듯이, 그의 내면을 가득 채웠다. 앞방의 활짝 열린 큰 창문 너머로 도시 전체의 빛이 들어왔다. 아이의 시선이 닿는 데까지 꽉 찬 밤의 도시의 파노라마는 항상 아이를 놀라게 했다. 도시는 윙윙 소리를 내는 별들로 가득한 하늘 아래 집들과 가로수들이 겹겹이 쌓여 뒤죽박죽이었다. 아이는 얼마나 자주 팔꿈치를 발코니 난간에 기대고 작은 머리를 들어 아침저녁으로 도시를 바라보았던가. 특히 밤이 내리고 네온사인이 켜지고 꺼질 때, 집들의 창문이 갑자기 불빛으로 환해졌다가 얼마 후 다시 꺼질 때. 나무 꼭대기가 하늘의 별들을 쓸어내렸고, 완벽한 침묵 속에서 기어가는 달팽이처럼 비행기 한 대가 매우 높이 날면서 빨간 불빛 두 개를 반짝였다. 아이는 길가의 분홍색과 연두색의 작은 집들, 머리 위 하늘 한 조각을 서로 차지하기 위해 필사적으로 경쟁하듯 솟아 있는 집들부터, 멀리 보이는 상점, 박물관, 동상들, 지평선을 따라 지그재그로 작고 빽빽하게 늘어선 빈 벽들과 교회의 둥근 지붕들, 가옥의 직선 지붕들을 모두 알았다.

  그런데 몇 주, 몇 달, 어쩌면 몇 년이 지난 바로 지금에야 그 다리가 나타났다. 다리는 밤에만 모습을 드러냈다. 겨울에, 집 안의 문과 창문이 모두 활짝 열려 있을 때, 눈이 방 안으로 들어와 면사포처럼 날리면서 구석마다 쌓이고 육각형의 눈송이가 모두 선명하게 반짝거릴 때. 가을에, 낡은 라디오의 뚜껑과 광택이 나는 작은 찬장 위에 비가 후드득 내리며 아이를 깨울 때. 여름에, 어지러움을 일으키는 밤의 여왕의 향기가 레이스 커튼에 스며들 때. 그리고 봄에, 투명한 날개의 초록색 곤충이 아이의 얼굴 주위를 맴돌다 속눈썹에 엉겨 붙어 아이를 깨울 때. 맨 처음 아이가 다리를 보았을 때는 폭이 몇 센티미터밖에 안 되었고, 아파트 건물 뒤편의 마당 위에 아치형으로 나타났다. 다리는 아이가 사는 아파트의 발코니에서 쿠아드라트 고무 공장의 둥글고 큰 창문까지 이어졌다. 고무 공장 위에 지지 않는 보름달이 영원히 떠 있었다. 그때는 다리 위로 발을 내딛는 것이 무서웠다. 그것은 무지개만큼이나 실체가 없었다. 사실상 창백한 금색의 농도 짙은 빛으로 만들어진 것처럼 보였다. 아이는 먼저 손가락으로 다리를 만져보았고, 도마뱀의 배처럼 탄성이 있으면서도 자신의 무게를 지탱할 수 있을 만큼 탄탄하다는 것을 알게 되었다. 어쨌든 청명한 달이 뜬 10월의 어느 밤, 가을장마가 지나 맑아진 공기 속에서 아이가 용기 내어 첫발을 내디딜 때까지는 수많은 밤이 지나야 했다. 하지만 다리를 건너는 첫 여행에 왼손으로 후버트를 꼭 쥐어 데려가지 않았더라면 그 모험을 시작할 용기를 내지 못했을 것이다. 그날 거실을 지나가던 아이는 그늘에 잠겨 있지만 별 모양의 눈을 반짝이는 후버트를 식탁 위에서 보았고, 첫 여행에 그가 도움이 될 것이라고 생각했다.

아이는 천천히 투명한 아치 위로 올라갔다. 아파트 건물의 깊고 거대한 마당 위로 그 작은 다리를 따라 앞으로 걸어갔다. 불이 켜진 집이 하나도 없었다. 모두 자고 있었다. 저 멀리, 시멘트 담벼락 너머 고무 공장 마당에 타르 칠을 한 나무 기둥에 매달린 전구 하나만이 흐릿하게 빛나고 있었다. 약간 누렇고 칙칙한 그 불빛에 주위의 모든 사물은 길고 뾰족한 그림자를 드리웠다. 광대 인형을 두 팔로 안은 채, 아이는 잠옷 차림에 맨발로 그 실체가 없는 아치 위를 걸어갔다. 위로, 더 위로 걸으면서 주위를 둘러보고 놀라워했다. 춥지 않았다. 찬 바람이 그의 머리를 헝클이고 잠옷 자락을 펄럭이게 했음에도. 혹은 추웠지만, 크게 신경 쓰이지 않았다. 발밑을 내려다보자 심장이 조금 오그라들었다. 그러나 심하지는 않게. 무서워할 시간이 없었다. 모든 것이 놀라웠다. 아이는 아주 오랫동안 집 안에만 있다가 이제 넓은 곳으로, 아주 넓은 곳으로, 별이 가득한 거대한 하늘로 나아가고 있었다. 공장의 타르 칠을 한 지붕에 천천히 다가갔다. 다리 아치의 꼭대기에 다다랐을 때 아이는 이미 아파트의 옥상과 공장의 처마 위에 있었고 두 곳 모두를 내려다보았다. 그리고 처음으로 거대한 도시 전체를 한눈에 볼 수 있었다. 가장 높은 건물들 꼭대기에서 여러 색의 광고판들이 번쩍거렸다. 아이의 작은 몸은 이제 달과 마주 보고 있었다. 아이는 그곳에 한동안 서 있었고, 사방을 둘러보며 광대가 기억할 수 있도록 모든 것을 보여주었다. 그러고는 내리막으로 이어진 좁은 길로 걸음을 내디뎠다.

내려가는 길은 훨씬 짧았다. 한 가지 색 무지개가 다시 땅을 향해 빠르게 휘어졌다. 몇십 걸음 후에 고무 공장 정면의 둥근 창문 가장자리에 다다랐다. 바닥의 돌무더기 잔해에 발을 디디자마자 아이는 눈에 보이지 않는 벽에 부딪힌 듯 멈추었다. 고무의 달착지근한 냄새가 났다. 아이가 아주 잘 아는 냄새였다. 예전에 아파트 단지 마당에서 놀고 있으면 종종 면도하지 않은 인부가 담장에서 그를 불러 회색 고무 점토를 한 뭉치 주곤 했다. 그러면 아이는 하루 종일 그 점토를 주물러 되게 만들고 거기서 실을 뽑았다. 그런 다음 실을 다시 합쳐 뭉치를 만들거나 아스팔트 위에 둥글게 굴려 완벽하게 동그란 공을 만들기도 했다. 지금 유리가 없는 둥근 창문 너머의 측량할 수 없는 공간에서 똑같은, 하지만 더 깊은 냄새가 났다. 마치 건물 전체가 갓 생산되어 부드럽고 김이 나는 고무를 보관하는 창고인 것처럼. 아이는 자기 키의 네 배에 달하는 동그란 창문 앞 입구에 잠시 머물렀다. 그러곤 맨발로 건물 안으로, 흐릿하고 깊은 곳으로 들어갔다.

거대한 공장의 가장 꼭대기 층은 그 정체를 알 수 없는 덩어리들로 가득 찬 하나의 넓은 방이었다. 각 덩어리는 광택이 있는 황동 피스톤과 하얀 반달 형태의 다이얼, 거대한 톱니바퀴의 윤곽 덕분에 어둠 속에서 어슴푸레하게 드러났다. 그것들은 날이 밝기를, 그래서 기계적이고 불길하며 이해할 수 없는 불안을 재가동하기를 기다리는 멜랑콜리한 괴물들이었다. 모두 스물네 개였고 모양은 다 제각각이었다. 다양한 색깔의 플라스틱 절연체로 만들어진 케이블은 서로 이어지고 얽히면서 마침내 수백 개의 전선으로 만들어진 얼룩덜룩한 뱀 한 마리가 되어 바닥 밑 어딘가로 사라졌다. 아이는 오랜 시간 기계 코끼리들 사이를 왔다 갔다 했다. 아무 소리도 나지 않을 만큼 조용했는데, 아이가 창고 바닥에서 천천히 맨발을 뗄 때 나는 소리가 선명하게 들릴 정도였다. 마지막에 그는 그 큰 공간의 맨 구석에서 작은 사다리를 하나 발견했다. 그 사다리는 금속으로 만들어졌고, 아래층으로 내려가는 데 사용되는 것이었다.

여기, 철망이 쳐진 창문을 통해 들어오는 어둑한 빛 속에서 보이는 것은 위층의 덩어리들이 있던 곳에 자리한 스물네 개의 수조였다. 각 수조는 갓 생산된 고무로 가득 차 있었다. 표면은 주름진 막으로 덮여 있었는데, 엄마가 상점에서 사 온 가루로 종종 만들어주던 푸딩 같았다. 너비가 수 미터쯤 돼 보이는 거대한 용기들에는 압력계가 하나씩 달려 있었다. 아이는 시계라고 생각했고, 왜 이렇게 많은 알람 시계가 필요할까 궁금해했다. 각각의 수조에는 다른 색깔의 고무가 들어 있었다. 천장에서 내려오는 여러 색의 튜브 다발이 분리되어 주름 잡힌 튜브를 통해 각각의 수조로 들어갔기 때문이다. 그리고 각 수조에는 깨끗한 모자이크 바닥으로 흘러들어 가는 황동 튜브가 있었다. 방의 가장 구석진 곳에서 아이는 벽을 따라 내려가는 또 다른 금속 사다리를 발견하고는 공장의 자궁과도 같은 더 깊은 내부로 서둘러 들어갔다.

녹슨 사다리의 윗부분에서 매우 놀라운 광경이 아이 앞에 펼쳐졌다. 아이는 가슴에 광대를 꽉 안은 채 얼어붙은 듯 그 자리에 멈춰 섰다. 건물의 나머지 부분은 더는 층으로 분리되어 있지 않고 1층까지 전체가 하나의 공간이었다. 너무나 깊고 암흑으로 채워져 있고 끝을 알 수 없이 너무나 거대한 방이어서, 아이는 칠이 거칠고 군데군데 회반죽이 젖어 있는 벽을 따라 놓인 사다리 위에서 한동안 발을 아래로 내딛지 못했다. 그러나 천천히, 눈은 암흑에, 심장은 비밀스러운 지하 묘지의 거대한 환상에 익숙해졌다.

거대한 공간에 맞는 크기의 시체가 안치된 지하 묘지였다. 시체는 벌거벗은 채 등을 바닥에 대고 누워 있었고 회색 고무로 만들어져 있었다. 떨고 있던 아이는 처음엔 사람의 형상만 어렴풋이 알아볼 수 있었지만 사다리에서 내려오면서 형태가 좀 더 자세히 보였다. 갈비뼈의 윤곽, 가슴의 유두, 깊이 팬 배꼽, 아이 다리 사이의 돌기에 비교하면 거대해 보이는 성기, 정강이뼈의 단단하고 빛나는 선. 특히 얼굴의 윤곽은 부드럽고 불명료한 하나의 고무에서 섬들이 천천히 수면 위로 떠오르는 것처럼 드러났다. 방 내부의 다섯 개의 창문으로 밤의 푸른 빛이 들어왔다. 달은 하늘의 둥근 천장에서 자리를 옮겼고, 가장 위쪽 창문에 꽉 찬 보름달로 자리 잡았다. "아빠" 하고 아이가 속삭였다. 아이는 머리를 뒤로 매끈하게 넘긴 남자의 거대한 조각 같은 머리에서 이제 불과 몇 미터 떨어져 있었다. 눈은 동상의 눈같이 텅 비었고, 뺨은 면도하지 않은 채였다. 이전 삶에서 아빠가 침대에 있는 아이 위로 쓰러져 꽉 쥘 때 수염이 아프게 얼굴을 찌르곤 했다. 아빠의 그런 행동을 아이는 이해하지 못했고 두려워했었다. 아빠는 커튼을 걷은 앞쪽 방의 강한 빛 속에서 거울을 보면서 면도했었다. 은색 코팅에 얼룩이 진 낡은 거울은 창틀에 기대어져 있었다. 거울은 천장에 전율하는 빛의 호수를 만들었다. 그때 눈 아래까지 얼굴을 덮은 두꺼운 비누 거품 아래 아빠의 입술은 얇고 붉은 상처처럼 보였었다. 아빠가 침대에 누운 아이 위로만 쓰러진 건 아니었다. 사나흘 된 아빠의 수염은 너무 검어서 파랗게 보였고, 그 검은 수염은 아이만을 할퀸 것은 아니었다. 아이는 종종 옆방에서 새가 우는 것 같은 날카로운 비명을 듣기도 했다. 바로 뛰어가면 엄마 위에 쓰러진 아빠를 보곤 했다. 아빠는 땀을 흘리며, 머리카락이 흘러내리는 엄마와 엎치락뒤치락하고 있었다. 엄마는 소리 지르고, 몸부림치고, 웃는 듯 우는 듯했다. 어느 쪽인지 구분하기 어려웠다. 아이도 침대에, 엄마와 아빠에게 뛰어들었는데, 엄마를 구하고 싶었기 때문이다. 아이는 두세 번 저편으로 밀쳐졌고, 정신적 압박을 받은 듯한 아빠가 쏟아내는 난폭한 말을 들었다.

 아이는 이 모든 일을 처음으로 기억해냈다. 평소에는 기억하지 못했다. 엄마가 사라졌던 그때에도 아빠가 있었다는 것을 의식하지 못했다. 엄마가 사라졌을 때, 아빠도 마치 원래 없었던 것처럼 사라졌다. 하지만 아빠는 존재했었다. 그는 저녁이면 하루 종일 가 있던 비밀스러운 장소에서 집으로 돌아와 경직된 우상처럼 식탁에 앉았다. 아빠의 검은 머리는 풀어져, 들이마시다시피 떠먹던 치오르버*에 몇 가닥 젖기도 했다. 엄마는 쉬지 않고 말했다. 아빠는 한마디도 하지 않았다. 그 후에 아빠는 신문을 읽었고, 엄마는 아빠와 자러 갔다. 둘은 한방, 한 침대에서 잤

---

* 루마니아 사람들이 즐겨 먹는 음식으로, 토마토와 다른 채소, 밀에 물을 넣고 발효시켜 만든 보르슈에 고기나 완자를 넣어 끓인 걸쭉한 수프이다.

다. 아침에 그들의 침대에선 땀 냄새가 났었다.

아이는 바닥에 내려왔고, 거대한 고무 동상을 지나 거울처럼 매끄럽고 아름다운 모자이크 바닥 위를 걸어 방의 반대편 구석까지 갔다. 회색 시체를 지나친 후에야 아이는 딱 한 번 뒤돌아 자기 키보다 네 배나 더 큰 그의 발바닥을 한참 뚫어지게 보았다. 주름 잡힌 코끼리 피부처럼 고무에는 발바닥의 모든 주름이 섬세하게 새겨져 있었다. 아이는 굳은살이 박인 그 발뒤꿈치에 기대어, 이곳을 지나갔다는 흔적을 남기고자 비밀스러운 서명처럼 후버트를 내려놓았다. 그 밤에 나쁜 짓만 한 광대에게서 벗어날 것임을 아이는 처음부터 알고 있었다. 그러고는 대갈못으로 조인 조잡한 금속 문을 통해 건물 마당으로 나와 아파트를 다시 보았다. 아파트는 발코니와 창문으로 가득한 긴 시멘트 벽처럼 보였다. 달은 이제 아파트 위에 떠 있었고, 저편 너머의 왕국으로 내려갈 준비를 하고 있었다.

아이는 고무 공장의 철근콘크리트 담을 넘어, 동네 아이들과 어울려 초록색 플라스틱으로 만들어진 장난감 권총으로 물을 쏘아 마시고 카펫 먼지를 털 때 널어놓는 카펫 걸이에 기어오르며 놀곤 하던 아파트 뒤편의 황량한 아스팔트 구역을 지나갔다. 그런 다음 아파트 뒤편의 통로로 갔다. 그 너머엔 거리와 도시가 끝도 없이 펼쳐졌다. 아이는 아파트 입구로 들어가려고 애썼지만 계단은 예상했듯이 축축한 흙으로 꽉 차 있었다. 흙은 뿌리와 달팽이와 지렁이를 가득 품고 있었다. 아이는 계단으로 올라갈 수도 없었고 엘리베이터를 탈 수도 없었다. 이전에 그보다 두 배 큰 그의 엄마였던 여자와 함께 수없이 엘리베이터를 타곤 했었는데 말이다. 그때 엘리베이터 안은 엄마의 치마로 꽉 찼다. 치마는 색이 바래고 올이 굵은 거친 천으로 만들어진 것이었다. 아이는 그를 보호하고 키워주던 치마 주름 사이의 미로 속에서 길을 잃기도 했다. 현재 아이의 아파트를 향한 오르막길은 막혔고 입구와 계단은 흙으로 가득 찼으며 아이는 밖에 있었다. 아파트 마당에 이렇게 길 잃고 방치된 자신을 발견한 첫날, 밤마다 잠을 잔 엄마의 침대로 다시는 돌아가지 못할 것이라고 생각했다. 아이는 콘크리트 담 옆 그곳에 서서 부모와 살던 아파트 5층의 발코니를 올려다보았다. 오후마다 부모님은 아래 아스팔트에서 아이가 놀고 있는 것을 발코니에서 지켜보곤 했었다. 아빠는 회색 운동복을 입고 검고 파란 머리가 눈 위로 흘러내리는 채였고, 엄마는 꽃무늬 잠옷을 입고 머리엔 파마용 롤을 말고 있었다. 그 당시 대부분의 발코니에는 비슷한 부모들이 똑같이 앉아서, 높은 곳에서 아이들을 내려다보았다. 아이들은 마치 아주 작고 섬세한 동물들처럼 등 짚고 뛰어넘기와 사방치기를 하고 마당 여기저기를 뛰어다녔다. 그러나 지금은 깊은 밤이었고, 발코니에도 창문에도 아무도 없었다. 바로 그 첫날 밤부터, 누군가 그의 귀에 무언가를 속삭이기라도 한 듯 아이는 어떻게 돌아가야 하는지 한순간에 알았다. 그는 있는 힘을 다해 위로 뛰었다. 발바닥이 땅에 닿자 다시 더 높이 뛰어올랐다. 창공은 그가 뛸 때마다 더 높아졌고, 아이는 샴페인병에 거품이 넘치는 것처럼 행복이 뿜어져 나오는 것을 느꼈다. 이제 2층까지 뛰어올랐다. 그다음엔 3층까지, 다음엔 3층을 넘어 뛰어올랐고, 발코니 안이 보였다. 발코니 선반에 그 집에 사는 자네(Jane)의 장난감이 보였다. 페인트칠이 된 양철로 만든, 기계 유아차를 미는 기계 엄마 장난감이었다. 열 번째 도약으로 5층에 다다랐고, 눈이 아찔할 정도로 행복에 부풀어 피부가 터져 나갈 것 같았다. 열두 번째 도약으로 아이는 자기 집 발코니 난간을 손으로 잡았고, 난간을 넘어 밤의 여왕이 뿜어내는 아찔한 향기로 가득한 발코니에 있는 의자에 앉아 만족감과 피곤함을 만끽했다.

이후 여러 날과 달 그리고 여러 해가 지나갔고, 아이는 외로움을 이전에 한 번도 느껴본 적이 없는 무거운 짐처럼 느꼈다. 상아로 만든 뚜껑이 있는 커다란 라디오에서 흘러나오는 노래가 이미 한동안 마음을 찢어놓았기 때문에 아이는 어느 순간 라디오의 노래를 듣는 것도 그만두었다. 거울로 자기를 들여다보는 것도 그만두었다. 거대한 풍향계의 알록달록한 날개처럼 지나가던 계절을 세는 것도 그만두었다. 아이는 외로움에 죽어가고 있었다. 바닥에 눕는 습관이 들었다. 아이는 방의 나무 마룻바닥에, 심지어는 욕실의 윤기 나는 푸른빛의 타일에 누웠다. 꼼짝하지 않고 눈만 크게 뜬 채로. 우는 방법을 잊었다. 죽은 자는 울지 않고 다른 이들을 울게 하는 것처럼. 하지만 아이는 자신을 위해 울어줄 사람이 없었다. 그 넓은 세상에 사람의 영혼 하나 없었기 때문이다. 아이는 오후에 종종 몸을 힘들게 일으켜서 그에게 남은 장난감 두 개와 장난감 쪼가리들로 거실 탁자에서 놀곤 했다. 후버트 없이는 고양이와 망아지도 의미가 없었다. 악이 사라졌으니 그들은 더 자유롭고 더 행복해야 했지만 그렇지 않았다. 아이는 두 장난감을 탁자 위에 서로 기대어놓았다. 탁자의 유리 아래로 크림색의 생기 없는 꽃들이 그려진 마크라메이스가 보였고, 그 위로 두 인형의 반사된 상이 겹쳐 보였다. 파란색 작은 웅덩이 하나와 붉은 줄이 있는 하얀색 작은 웅덩이 하나가 실체도 없고 시간도 없이 그곳에서 빛났다. 우리가 이곳에서 시간도 없고 실체도 없이 빛나는 것처럼. 고양이의 주둥이가 망아지의 갈기에 기대어 있었다. 그리고 그들의 목소리는 두 개의 철사처럼 꼬였다가, 의미도 없고 쉰 어떤 소리로 분리되었다. 아무도 망아지를 괴롭히지 않았고, 파란 고양이는 구원할 누군가가 없었다. 아이는 힘없는 신처럼, 실이 끊어진 꼭두각시처럼 그들 위로 고개를 떨어뜨렸다. "너희 무언가 좀 해봐, 무언가 좀 해봐." 아이가 장난감들에게 속삭였다. 하지만 두 인형은 꿈쩍하지 않고 해가 질 때까지, 색깔이 천천히 사라질 때까지 서로 기대어 있었다. 그제서야 그들은 무언가 하려고 결심했다. 이야기에 풍성함과 힘을 주려고. 그들은 광이 나는 탁자 위로 호박색의 긴 그림자를 드리웠다. 두 인형의 그림자는 나무와 천, 짚으로 만들어진 그들의 몸이 할 수 없는 방식으로, 격정과 절망과 분노로 서로를 끌어안았다. 갑자기 이 그림 안에서 무언가 회전했다. 고양이와 망아지가 중요성을 잃고 자홍색의 공기에 녹아내리면서 그림자들은 진짜 물체가 되었다. 갑자기 그림자들이 말하기 시작했다. 하프시코드 같은 목소리로 높고 의기양양하게 노래했다. 그들 위로 몸을 숙인 아이의 머리카락이 흔들리고 반짝였고, 아이는 이제 동시에 두 가지 목소리로 말하고 노래했다. 그의 작은 분홍 후두에서 성대가 분리되어 각기 다른 노래를 부르는 것 같았다. 왼쪽은 망아지의 감미롭고 부드러운 목소리를, 오른쪽은 파란 고양이의 위로받지 못한, 영원히 애도하는 높은 목소리를 냈다. 두 그림자의 두 목소리는 잠재적이고 아직 태어나지 않은 공간에 다른 세상을 엮어내는 듯했다. 그 다른 세상은 그 둘 사이의 절망적이고 실현되지 못한 사랑의 세상이었고, 그 위로 세 번째가 슬픔과 외로움에 소리를 잃은 채 오랫동안 작은 머리를 숙이고 있었다. 곧 석양은 썩은 앵두 색깔이 될 때까지 어두워졌다. 그다음엔 응고된 피의 색, 그다음엔 칙칙함의 색, 마지막엔 휘발유의 색, 모든 것을 집어삼키는 어둠이 되었다. 아이는 끝나지 않을 밤을 손으로 더듬으며 엄마의 침대로 돌아왔다. 그러고는 이전에 엄마가 그랬듯이 이불로 자기 몸을 감싸고 잠이 들었다. 아이는 조용히 잠의 네 단계를 내려가 자개로 된 가장 깊은 바닥에 다다랐고 마침내 그곳에서 오래 머무르며 꿈을 꿀 수 있었다.

그때 다시 모든 창문이 열렸다. 마치 밤에 꽃잎이 벌어지는 것처럼 집이 스스로 열렸다. 차가운 바람이 아이를 깨웠고, 침대에서 한 번에 벌떡 일어나도록 정신이 번쩍 들게 했다. 지금은 겨울이었고, 마치 스노볼처럼 집 안에 온통 눈이 내렸다. 눈은 창문을 통해 비스듬히 들어와 가구와 바닥에 내렸다. 밖을 내다보면 도시 전체를 볼 수 있었다. 수천 개의 창문에 불이 들어와 있었고, 여러 색의 네온 광고판 수십 개가 지평선과 그 너머까지 뻗어 있었다. 모든 것은 점점 눈으로 덮였다. 눈은 소리 없이, 그다지 빠르지도 느리지도 않게, 하지만 계속해서 일정하게 펑펑 내렸다. 세상은 금방 안개 낀 듯 하얗게 변했고, 어찌나 신선한 향이 났는지 눈 한 줌을 먹어서는 입천장에 눈송이 하나하나를 으스러뜨리고 싶었을 것이다. 아이는 자기 방으로 갔고, 큰 창문 너머로 몸을 숙여 트램이 눈에 덮인 채 차고로 돌아가는 것을 보았다.

　바로 그때 아이는 다리를 보았는데, 그다지 놀라지 않았다. 이전에도 본 적이 있었기 때문이다. 다리는 종종 아파트 뒤편에 나타나 고무 공장까지 연결하는 다른 다리처럼 깜박거렸고 실체가 없는 듯 보였다. 하지만 이번에는 솜뭉치 같은 눈송이들이 끊임없이 내렸고, 부드럽게 회전하면서 다리 위에 쌓였다. 눈 덮인 무지개는 도시 위로, 겹겹이 쌓인 집과 빌라들 위로, 잎이 모두 떨어진 가지의 일부는 하얗게 칠해지고 일부는 검게 남아 있는 나무들 위로 거대한 아치를 만들었다. 아이는 그 하늘로 향한 길을 가는 걸 수십 번 두려워했다. 창문에서는 그 길의 끝이 보이지 않았기 때문이다. 지평선에 가까워질수록 다리가 좁아지다가, 내려갈 때는 거미줄 굵기가 되어 지평선을 지그재그로 가로지르는 건물들 뒤로 내려가는 것만 볼 수 있었다. 그러나 그날 밤에는 그 어떤 것이든, 다른 책들과 마찬가지로 늘 내용이 똑같은 책을 한 권 무심히 책장에서 꺼내는 것보다, 라디오에서 똑같은 노래를 듣고 바닥에 죽은 듯이 외롭게 누워 있는 것보다는 더 좋아 보였다. 아이는 거실로 가서 사람 얼굴을 한 파란 고양이를 주저 없이 낚아챘다. 그러자 지지대가 없어진 망아지가 탁자의 얼어붙은 유리 위로 엎어졌다. 아이는 잠옷 차림으로 나무 고양이를 안고 창틀을 넘어 창문 아래 라디에이터를 밟고 왼발로 먼저 다리를 디뎠다. 발바닥에 닿은 다리는 탄성이 있으면서도 탄탄하게 느껴졌다. 마치 방금 잡아 올린 송어의 등을 밟은 것처럼.

바람 한 점 없었다. 밤은 어두운 분홍빛 하늘이 높았고, 눈이 조금씩 내리고 있었다. 다리는 미끄럽지 않았다. 아이는 다리 저 아래를 무서워하지 않았다. 도시 위를 가로지르는 길은 길고 위로 뻗어 있었다. 도시 구획에 따라 조성된 주택가는 점점 더 작아 보였다. 아주 가끔 차가 헤드라이트로, 밤의 산뜻한 추위 속에서 눈이 내리고 내리고 내리는 어둠을 쫓아냈다. "아직 사람들이 있네." 아이가 혼잣말했다. 자동차와 트램이 거리의 미로 속을 뚫고 돌아다녔을 뿐만 아니라, 불 켜진 창문 너머로 어른과 아이들이 방 안에서 천천히 움직이는 것을 발견할 수 있었기 때문이다. 마치 비스듬히 내리는 눈에 점점 덮여 사라지는 수족관 안에서 움직이는 듯했다. 많은 집의 창문에서 여러 색의 불빛이 삐져나왔다. 어쩌면 크리스마스라서, 거실의 크리스마스트리에 달린 알록달록한 공과 장식, 전구가 반짝이는 것일지도 몰랐다.

아치는 아파트 뒤편과 비슷하게 천천히 높아졌지만 스무 배나 더 길게 펼쳐졌고, 외로운 광장과 동상들이 있는 도시 중심지 너머에서 꼭대기에 다다랐다가 갑자기 내려갔다. 마침내 자신이 어디로 향하고 있는지 깨달았을 때, 아이는 아주 멀리 와 있었고 도시의 그 어느 건물보다 높이 있었다. 내려가는 길은 도시에서 가장 큰 백화점인 콘코르디아 백화점 창문 중의 하나 앞에서 멈췄다. 아이는 예전에 시내를 돌아다녔던 일들을 생생하게 기억했다. 엄마 아빠 사이에서, 두 사람의 손을 잡으려고 작은 손을 높이 든 채였다. 그중 한 번은 이 백화점을 방문한 것이었다. 백화점에는 드레스와 양복, 구두와 장난감으로 가득한 아주 넓은 층들과, 아주 부드럽게, 아주 천천히 탑승자를 들어 올려주는 유리 엘리베이터들이 있었다. 이 엘리베이터를 타고 층들을 오르내리면 마치 탑승자는 가만히 있고, 각 층이 다채롭고 피곤한 놀라움으로 탑승자를 향해 내려오는 듯했다. 2층은 남성 매장, 3층은 여성 매장, 마지막 층은 어린이 매장이었다. 맨 꼭대기 층에선 가구를 판매했다. 아이는 너무 아파서 움직일 수 없는 사람처럼 항상 공포에 질린 듯 뻣뻣했던 마네킹들을 기억했다. 일부는 머리가 없었다. 코가 떨어졌거나 손이 없는 것들도 있었다. 아이는 치마 진열대 사이에서 길을 잃었던 것도 기억해냈다. 치마폭 속에 얼굴을 숨기고, 아무것도 보이지 않을 때까지 치마들 사이로 들어갔다. 엄마가 그를 찾아 끄집어낼 때까지 아이는 그곳에서 천 냄새를 맡고 있었다. 위아래로 오르내리던 계단 또한 기억해냈다. 광이 나는 대리석 계단은 여기저기 판석이 깨져 있었다. 콘코르디아 백화점은 언제나 사람들로 넘쳐났다. 아이가 세상에 존재한다고 믿었던 것보다 더 많은 사람이 있었다. 어느 날 아이는 그곳에서 길을 잃었고, 괴물과 요정들의 얼굴 사이에서, 혓바닥, 흘겨보는 눈, 악문 이, 아이를 낚아채고 꽉 붙잡은 긴 손톱과 집게가 달린 손 사이에서 몇 분 동안 소리 질렀었다. 그곳은 거미의 집, 유령이 사는 동굴이었다. 공기는 루주를 바른 입술과 눈 대신에 구멍이 있는 얼굴들로 가득했다. 엄마가 한 번에 그곳에서 아이를 끄집어냈다. 땀에 젖은 아이는 엄마 품에 안겨서야 진정됐다. 그리고 집에 도착할 때까지 엄마 목을 꼭 끌어안은 채 트램의 나무 의자에 기대어 흔들리며 잠을 잤다. 엄마가 돌아오지 않는 길을 떠났던 그 겨울 이전의 어느 겨울이었다.

지금 콘코르디아 백화점의 모든 창문에 불이 들어와 있었고, 바로 앞의 눈밭 위에 여러 색을 쏟아냈다. 보라색, 연두색, 주홍색……. 그러나 아이는 창문 한참 위의 꼭대기 층에 내렸다. 라일락색 스포트라이트를 받아 빛나고 있는 백화점 정면의 로고 중 C자 바로 밑이었다. 아이는 열려 있던 창문을 통해 들어갔고, 침묵을 지키는 가구들 사이로 내려갔다. 천장의 강한 불빛 아래에서 가구들은 호두나무, 떡갈나무 혹은 자작나무의 느낌이 났다. 층 전체가 비어 있었다. 아이가 곧 확인할 테지만, 사실 백화점 전체가 텅 비어 있었다. 하지만 최소한 난방은 잘되고 있었다. 마치 아이의 머리카락과 잠옷 주름 사이가 눈으로 차 있을 것을, 도시 전체를 가로지르는 거대한 아치 위에서 그가 추워할 것을 알고 그를 기다리고 있었던 것처럼. 아이는 거울이 달린 옷장과 미닫이 유리문이 달린 찬장과 빈 선반들 사이를 지나갔다. 그리고 아무도 앉지 않은 소파와 의자들 사이를 지나갔다. 그리고 묵직한 선반 위에 책 한 권 없는, 조각된 책장 사이를 지나갔다. 침묵은 완벽했고, 빛은 강하고 획일적이어서 어떤 사물에도, 심지어 아이의 몸에조차도 그림자를 드리우지 않았다. 이곳에는 허공에 조각된, 오직 사물들 그 자체만이 존재했다. 아무도 보고 있지 않을 때의 모습 그대로.

아이는 대리석 난간에 접근했다. 왜 백화점은 엄마가 아이에게 읽어주었던 책에 나오는 궁전처럼 그렇게 화려한 걸까? 하늘처럼 거대한 공간들과, 아이가 이해할 수 없는 그림이 그려진 천장과, 기념비처럼 크고 화려한 계단들은 무엇에 사용되었던 걸까? 아이는 머리가 소금 결정처럼 투명한 나뭇잎과 꽃잎이 조각된 난간 위를 간신히 넘는 정도라, 백화점 중앙에 위치한 거대한 빈 공간 반대편의 두 꼭대기 층의 가장자리밖에 볼 수 없었다. 사방이 유리로 된 거대한 승강로 옆으로 돌아가니 엘리베이터가 와 있었다. 엘리베이터 안은 온통 붉은 벨벳이었고, 부드러운 쿠션의 의자 두 개와 황동으로 된 패널의 버튼들이 있었다. 아이는 작은 손가락 하나로 반짝이는 문을 열고는 중앙의 텅 빈 공간을 흘끗 보았다. 각 층의 대리석 난간이 사방을 두르고 있었다. 저 아래 깊은 곳에서 1층 전체를 덮은 거대하고 화려하고 불타는 바다가 빛났고, 아이는 그곳에서 아직 아무것도 알아볼 수 없었다.

아이는 엘리베이터 안 의자에 앉아 고무 버튼을 눌렀다. 버튼은 달 분화구처럼 가장자리가 닳아 있었다. 엘리베이터는 윤활유를 바른 듯 매끄럽게, 매우 느린 속도로 움직이기 시작했다. 엘리베이터가 일정한 속도로 내려가면서 장난감과 어린이 옷이 있는 저 멀리 반대편 층이 드러났다. 그다음 층엔 핸드백과 하이힐, 스커트와 드레스와 비옷 등이 전시되어 있었다. 무엇보다, 석고로 된 머리를 갈색이나 금발로 칠한 마네킹들이 사방에서 위험하게 난간 위로 몸을 숙인 채 허공을 향해 손을 뻗고 있었다. 마치 1층의 모자이크 바닥으로 투신하는 자를 보았고, 이제 그 부서지고 찢긴 몸 아래로 퍼지는 피의 얼룩을 보고 있듯이. 아이는 왼손에 나무 고양이를 들고 일어나 마네킹들의 시선을 따라갔다. 그리고 프리즘과도 같은 엘리베이터 유리 너머에서 결코 보고 싶지 않았던 것을 보았다. 그 광경은 오랫동안 슬픔에 시달려온 아이의 불쌍한 눈이 견딜 수 없는 것이었다.

엄마가 있었다. 엄마는 거대한 백화점의 관에 누워 있었다. 산타클로스나 부활절 토끼처럼 알록달록한 은박지에 싸여 누워 있는 엄마의 실루엣은 1층 전체를 차지했다. 엄마는 반짝거리는 미라처럼 두 팔을 몸에 붙이고 있었다. 얼굴은 은박지에 그려져 있었는데, 너무나도 알아보기 쉬웠고 너무나도 부드러웠으며, 너무나도 매력적인 미소를 머금고 있었다. 그 미소에 아이는 엄마가 돌아오기를 기다리며 보낸, 그 끝나지 않던 저녁때처럼 심장이 요동치는 것을 느꼈다. 그 저녁, 밤은 찾아왔고, 엄마는 돌아오지 않았다. 엄마는 눈을 뜨고 있었다. 엄마의 눈은 투명하고 연한 갈색으로, 아이의 눈과 같았다. 엄마의 밤색 곱슬머리는 포도 덩굴 모양으로 완벽하게 그려진 두 뺨을 감쌌다. 엄마가 마지막 날에 입은 초록색 스웨터, 커다란 카세인 단추가 달리고 작고 균형 잡힌 가슴으로 약간 볼록해진 스웨터와 벚꽃이 그려진 주름치마 그리고 사춘기 소녀처럼 순박한 무릎 아래의 꽈배기 무늬 회색 양말이 군데군데 구겨진 은박지에 그려져 있었다. 밑창이 닳은 수수한 갈색 구두도 그려져 있었고, 엄마의 금색 걸쇠가 달린 핸드백은 골반에 그려져 있었다. 아이는 엄마가 그물로 된 장바구니와 쇼핑백을 들고 집에 돌아오면 가장 먼저 그 핸드백을 열어 붉은 종이에 싸인 웨이퍼나 박하사탕이 든 상자를 찾곤 했다. 엄마 골반 옆의 꽃은 한 번도 열매를 내주지 않은 적이 없었다.

아이는 1층의 아름다운 모자이크 바닥을 맨발로 다녔다. 거대한 몸이 뿜어내는 여러 색의 불빛과 그 몸에 비친 상(像)들을 따라 걸었는데, 언젠가 데이지꽃 위에 앉아 있는 것을 보고 손에 올려 자세히 들여다보고 무게를 느꼈던, 초록색과 파란색 금속성의 겉날개를 가진 거대한 풍뎅이를 따라 걷는 것과도 같았다. 아이는 더는 눈물을 참을 수 없었다. 그토록 사랑했던 몸 주변을 돌고 또 돌며 눈물이 더 흐르지 않을 때까지 울었다. 처음부터 보았듯이, 그 몸은 윤이 나는 바닥을 몸의 형태에 맞게 파내고 그 속을 물결치는 새틴으로 댄 깊숙한 구덩이 안에 자리 잡고 있었다. 엄마를 감싼 큰 은박지는 여기저기 접혀 있어서 백합꽃 모양이 각인된, 은색 금속으로 된 뒷면이 보였다. 은박지 두 장이 겹쳐진 곳의 간신히 보이는 틈새에서 카카오와 바닐라 향이 피어올랐다. 아이는 한참 있다가 핸드백이 그려져 있지 않은 골반 쪽의 주름진 은박지를 양손으로 잡고 들어 올렸다. 갈색 표면에 은박지 선의 자국이 남아 있는 초콜릿이 강한 빛 속에서 굴곡지고 단단하고 반들반들한 겉면을 드러냈다. 아이는 몇 달 혹은 몇 년 동안 아무것도 먹지 않았지만, 지금 초콜릿에 이를 박아 넣고 싶다고 느꼈다. 예전에 은박지를 반쯤 벗겨내고 산타클로스의 머리나 부활절 토끼의 귀를 갉아 먹었던 것처럼. 아이는 손가락을 펴고 그 검은 엉덩이에 손바닥을 올려놓았다. 그리고 입을 가져다 댔다. 달콤하고 아주 씁쓸했다. 그의 입술은 초콜릿에 붉은 인두로 찍은 것 같은 흔적을 남겼다.

아이는 엄마의 뱃속에 오랫동안 머물러 있었다. 엄마가 그렇게 이야기해주었다. 나무가 자기 동굴에서 열매를 만들려고 할 때처럼, 뱃속의 가지에 매달려 있었다. 아이는 완두콩알처럼 작았다. 그러다 말랑하고 희부연 배의 유리병을 채울 때까지 유연하고 알차게 자라났다. 아이는 그 유리 너머로 해와 달이 계속해서 순서대로 지나가는 것을 보았다. 그 후에 엄마가 배를 어루만질 때 엄마 손가락의 그림자가 해와 달을 가리는 것을 보았다. 그리고 상아 버튼이 있는 커다란 라디오에서 흘러나오는 노래들을 듣곤 했었다. "하리 나빌 앗 로에 바잘라아, 나빌 로에 아 줄······" 혹은 "고바그나 마그, 주 데 네 마기······" 내지 "플루우나 시리피 플루우나 케 마카······". 이 그리운 노래들은 마치 욕조의 파란 물속에 잠수한 채로 듣는 것처럼 뭉개져 들렸다. 그러던 어느 날 엄마는 아무도 보지 못하게 침실 문을 잠그고는 옷을 모두 벗었다. 그러고는 초여름의 부드러운 빛 속에서 벌거벗은 큰 배를 드러낸 채로 노란 화장대 위의 거울 앞에 섰다. 엄마의 가슴은 크고 푸른 정맥이 도드라졌고 배꼽은 밖으로 툭 튀어나와 있었다. 엄마는 배의 양옆을 잡고 옆으로 당겨 덧문을 열듯이 배를 열었다. 그러자 진주조개 속에 장미처럼 붉은 아이가 웅크린 것이 보였다. 아이는 작은 머리와 척추, 유리처럼 투명한 살을 통해 보이는 심장을 갖고 있었다. 거울 속 여인의 뱃속, 활짝 열린 배의 두 날개 사이에도 웅크린 아이가 보였다. 두 아이는 진주색 피부로 덮인 그들의 움푹 파인 자리를 벗어나 햇빛으로 가득 찬 방 안에서 천천히 떠다녔다. 그리고 마치 별이 반짝이는 공간에 있는 두 명의 우주 비행사처럼, 두 아이는 얇고 유연한 줄로 아직 엄마들의 몸에 연결된 채로 서로를 향해 다가갔다. 서로를 향해 팔을 벌렸다. 금방이라도 거울의 경계를 넘어 서로를 안으려는 듯했지만, 두 엄마는 증오와 질투로 서로를 쳐다보면서 아이들을 멈춰 세웠다. 두 엄마는 각자 품속으로 아이를 잡아당겼고, 배를 열어놓은 채 아이를 가슴에 내려놓았다. 그곳에서 두 아이는 레테의 젖을 탐욕스럽게 마시며 서로를 잊었다.

그리고 지금 아이는 파란 고양이의 뾰족한 발과 꼬리로 은박지 미라의 왼쪽 엉덩이를 부수고 손바닥 두께의 초콜릿 표면에 길을 냈다. 그러곤 그 틈을 통해 외로움의 여신처럼 비밀스럽고 우울한 엄마의 깊은 곳에 들어갔다. 예전엔 천장까지 곧게 뻗어 있었던 엄마는 해변에 좌초된 고래처럼 콘코르디아 백화점의 모자이크 바닥에 누워 있었다. 엄마의 몸 내부는 입구부터 안쪽까지 신선한 공기와 바게트를 잘랐을 때 나는 빵 냄새로 가득했다. 밤색 동굴은 얼마나 깊고 어두웠는지! 매끄럽고 단단한 벽에서 퍼지던 카카오 향기가 얼마나 사람을 미치게 했는지! 성스러운 피난처의 둥근 지붕처럼 보이는 두 젖가슴과 배의 굴곡은 얼마나 광대했는지! 아이는 척추뼈 하나하나가 초콜릿으로 조각된 척추의 능선을 따라 걸었다. 그리고 이 거대한 존재의 초콜릿 덩어리로 된 내부에 조각된 창자과 췌장, 신장 사이를 지나며 여기저기 매끈한 표면과 거친 표면을 만졌다. 아이는 엄마의 흉부로 올라갔다. 그곳에선 부드러운 두 개의 손처럼 폐가 심장을, 유일하게 살아 움직이고 불안하게 두근거리는 것을 갈비뼈 천장을 향해 들어 올리고 있었다. 엄마의 심장은 마치 고기로 만든 작은 딸기처럼 종종 사발에 담아 아이에게 주곤 하던 닭의 심장과 닮았다. 아이는 엄마의 심장 끝에 닿고자 가능한 한 몸을 길게 뻗었고, 눈을 감고 소원을 빌었다.

아이는 엄마 목의 큰 동맥을 통해 두개골에 들어갔고, 엄마의 눈동자를 통해 들어온 호박색의 희미한 불빛 아래 주저 없이 몸을 웅크렸다. 그 빛은 갈색 눈이 그려진 은박지와 그보다 더 진한 갈색의 초콜릿까지 힘차게 통과한 것이었다. 위를 올려다보니 가장 투명한 대리석으로 만든 석상에서도 볼 수 없을 만큼 섬세하게 조각된 두개골의 천장과 얼굴이 보였다. 엄마의 수척한 뺨, 입술, 아이에게도 유전된 쭉 뻗은 코, 심지어 오른쪽 콧구멍 옆의 작은 사마귀까지도. 네거티브로 인화한 엄마, 언젠가 단 한 번의 생산에 사용된 엄마의 주형이었다. 아이는 엄마의 초콜릿 몸속에 아주 오랫동안 머물렀다. 내부가 비어 있는 손발의 놀라운 터널을 통해 지나다니며 아이는 몸 구석구석을 탐험했다. 얼음사탕으로 된 분비샘들과 엄마의 진짜 치아, 초콜릿 난소에 자리 잡은 400개의 진주를 보고 감탄했다. 마침내 엄마의 손가락 끝까지 탐험을 마치고 나왔을 때 아이는 불이 환하게 밝혀진 그 백화점이 같은 밤의 백화점인지, 눈 깜짝할 새에 지나가버린 수백 수천의 밤 이후의 백화점인지 구분할 수 없었다. 작은 종처럼 뛰는 심장 바로 아래에 사람 얼굴을 한 파란 고양이가 놓여 있었고, 아이는 벌써 고양이의 부재를 느꼈다.

  1층의 회전문을 통해 눈으로 덮인 우아한 도시로 나왔다. 그리고 누군지 알아볼 수 없는 동상이 있는 광장들과 창문에 불이 켜진 궁전을 지나 집까지 한참을 걸어서 갔다. 눈 내리는 우울한 분홍빛 하늘 아래에서는 모든 건물이 낯설었다. 마치 아이가 이전에 다른 인생을 살았고 그 인생의 기억이 어떻게든 아이에게 전해진 것처럼 모든 것이 오래되고 낡아 있었다. 헤드라이트가 하나 달린 트램이 안개가 짙게 낀 거리에서 비틀거리며 나와 다가왔다. 그리고 아이 옆에 멈췄다. 계단이 내려왔고, 아이는 얼어붙은 듯 춥고 텅 빈 트램에 올라 얌전히 의자에 앉았다. 엄마 품에 안겨 트램 안에서 꾸벅꾸벅 졸던 먼 과거의 저녁때처럼 창문에 기댄 채 잠이 들었고, 도시의 다른 낯선 곳에서 깨어났다.

아이는 다음 정거장에서 바로 내렸다. 그리고 공원의 철제 담을 따라서 한참 걸었다. 이곳의 집들은 석회를 칠한 무서운 장식들로 꾸며져 있었다. 아이는 다른 트램을 탔다가 무궤도전차로 갈아탔다. 트램과 전차 모두 아무도 없었고, 매우 밝았으며, 밖보다 안이 더 추웠다. 전차는 회차 지점이 있는 도시 변두리 어딘가로 여러 번 아이를 데리고 갔다. 그러다 아주 높은 건물들이 가까이 붙어 미로처럼 얽혀 있는 중심가로 다시 왔다. 아이는 집에 돌아갈 수 있을까?

한참 후에야 아이는 문득 지금 가는 길이 올바른 길이라는 것을 온몸으로 느꼈다. 마치 몸 안에 눈보다 더 앞을 잘 보는 나침반이 있어서 그렇다고 말해주는 것 같았다. 무궤도전차가 구불구불한 길로 접어들었다. 이건 좋았다. 곧바로 눈앞에서 대로가 펼쳐졌고, 그 길 위에 아이가 부모님과 함께 사는 큰 아파트, 외관이 아직도 공사용 비계에 덮여 있는 그 건물이 홀로 서 있었기 때문이다. 아이는 전차에서 내려 신호등과 주홍색 전구의 빛으로 얼룩진 눈 속에서 아직 공사 중인 길을 따라 걸었다. 그러곤 깊이가 몇 미터나 되고 바닥엔 괴물같이 두꺼운 관이 있는 거대한 배수로를 나무 널빤지 위로 건넜다. 그러자 아파트 바로 옆이었다. 알고 있던 대로 아파트 입구는 흙으로 가득했다. 부드러운 흙더미가 통로의 계단 입구까지 넘쳐 있었다. 그곳으로는 들어갈 수 없었다. 아파트 정면에 설치된 비계로, 열려 있는 거실 창문까지 한 층 한 층씩 올라가는 방법 외엔 없었다. 고개를 뒤로 한껏 젖히면 저 높은 곳의 창문을 볼 수 있었다. 꽃이 수놓인 커튼이 창밖으로 삐져나와 밤과 추위 속으로 휘날리고 있었다. 비계를 보니 어지러웠다. 금속 사다리와 매우 좁고 기다란 널빤지로 된 발판이 높디높은 8층 발코니까지 수많은 창문을 따라 건물 정면에 달려 있었다. 아이는 밤색 머리에서 눈을 털어냈다. 그러곤 주저하지 않고 회반죽을 바른 벽에 몸을 바짝 붙이고 올라가기 시작했다. 발판을 하나씩 밟으면서 위로, 더 위로 올라갔다. 2층에 있는 집들의 수족관처럼 깊은 방을 들여다보았고, 그 다음엔 3층의 방들을 들여다보았다. 방들에는 희미한 불빛에 약하게 빛나는 가구와 하찮은 물건으로 가득 찬 장식장이 있었고, 궁전과 괴물을 묘사한 그림이 걸려 있었다. 그리고 남자와 여자가 고대 석관 위의 조각상처럼 커다란 침대 위에서 얼굴을 천장으로 향하고 자고 있었다. 벽에는 아이의 집처럼 꽃이 그려져 있었고 천장에는 가지가 세 개인 샹들리에가 매달려 있었다. 아이는 시선을 돌려 점점 더 비스듬하고 깊어지는 도시를 바라보았다. 도시의 지붕들은 물결치는 듯한 모양에 전체가 하얗고 보라색인 초승달이 있었다. 하얀 눈은 절대로 멈추지 않았다. 비계를 따라서 지그재그로 올라가는 길은 한참 걸렸다. 아파트 건물은 높았고 발바닥 밑의 깊이가 너무 깊어져서 아이가 두려움과 멀미를 가라앉히기 위해 자주 멈추고 거칠게 회반죽을 바른 벽에 머리를 기대야 했기 때문이다. 하지만 마침내 바람에 날려 부풀어 오른 커튼이 가까워졌다. 사다리 한 개를 오르고 긴 널빤지 하나만 가로지르면 커튼에 흰색으로 수놓인 꽃이 마치 배율 높은 돋보기로 보는 것처럼 선명하게 보일 것이고, 아이는 창틀을 넘어 드디어 집으로 돌아갈 수 있을 것이었다.

드디어 아이는 다시 거북이 등딱지 속에, 달팽이 껍데기 속에, 한때는 끝나지 않고 이해할 수 없고 저항할 수 없는 주위의 두려움으로부터 아이를 보호했지만 이제는 심장을 꽉 조이는 공포를 아이와 공유하는 장소에 돌아왔다. 껍데기는 부서졌고 등딱지는 무너졌다. 아이는 엄마 침대로 자러 갔다. 뒤편의 고무 공장을 향한 창문이 활짝 열려 있어서 침대 위는 바닥과 마찬가지로 눈으로 덮여 있었다. 침대의 새틴 이불은 얼어붙어 딱딱했지만, 아이의 몸에서 나오는 따뜻한 온기로 조금씩 부드러워졌다. 아이는 방 안에 가득한 겨울 공기를 마시며 이내 잠들었다.

아이는 잠을 자면서 꿈을 꿨다. 꿈속에서 살았다. 무엇이 다른가? 아이는 엄마 뱃속에서 꿈을 꾸었던 걸까, 아니면 살았던 걸까? 그렇다면 그 이전, 아이가 존재하지 않았던 아주 오랜 시간 동안은? 엄마 아빠를 방문한 일이 가슴을 답답하게 한 많은 것들을 가라앉힌 듯 아이는 그 이후로 한동안 평온한 시간을 보냈다. 봄이 왔다. 마치 바닷가에서 바다를 바라보다가 돛단배를 타고 바다 한가운데로 나아가 그곳에서 바다를 보고 있을 때처럼, 그래서 바다를 한쪽으로 보는 대신 시야의 둥근 가장자리까지 꽉 차도록 사방으로 볼 때처럼 주변의 햇빛이 온통 강해졌다. 심지어 방의 벽들마저 빛으로 만들어진 것 같았다. 카나리아 깃털처럼 샛노란 빛, 지푸라기처럼 누런 빛, 금빛으로 노란 빛. 빛나는 벽 사이를 흐르는 공기는 냉장고의 물처럼 차가웠지만 파도나 해류가 없었기 때문에 쾌적했고, 잔잔하고 깨끗했다. 죽은 듯이 굳은 가구 사이를 지나갈 때 아이는 몸에 난 털과 속눈썹과 온 피부로 그 공기를 느꼈다. 창문으로 들어온 차갑고 깨끗한 빛이 닿은 가구는 힘과 날카로움과 이전에는 한 번도 가져본 적 없었던 향기를 얻었다. 가구의 모서리는 더는 불완전하지 않았고, 태양 빛에 뜨겁게 달구어진 날카로운 칼날과도 같았다. 모든 커튼과 식탁보의 주름은 순수하고 변하지 않는 원뿔과 곡선으로 자연스럽게 떨어지도록 계산된 것처럼 보였다. 벽장, 찬장, 책장의 모든 표면은 봄의 밝은 빛, 우표 수집가의 돋보기에 의해 증폭된 듯한 빛 속에서 스스로를 보는 것 같았다. 아이는 이제 침대에 누워 구겨진 이불의 빽빽한 천이나 빈 소파의 덮개, 작은 쿠션에 멋지게 수놓인, 갈대가 자라는 호수의 백조 두 마리

다리

를 뚫어져라 쳐다보며 몇 시간이고 보냈다. 각각의 실은 다른 수십 가닥의 실이 합쳐진 것이었고, 그 각각의 실은 또 다른 수십 가닥의 실이, 그리고 그 실들은 또 다른 실들이 마치 누에고치처럼, 그다음엔 거미줄처럼, 마지막엔 생각의 비물질적인 실처럼 더 가는 실들이 합쳐진 것이었다. 이처럼 세상의 평평한 심연으로 잠수하는 일에는 끝이 없을 것 같았다. 아이 또한 똑같은 수정 베틀로 똑같은 방식으로 짜였고, 낮과 밤의 태피스트리 무늬의 일부였다. 톱니바퀴와 차동장치와 균형 바퀴와 태엽으로 이루어진 거대한 시계 장치의 구조 속, 바늘 끝만큼 작은 루비였다. 심연의 심연으로 내려가던 아이는 힘겹게 벗어났다. 그러고는 너무나 유혹적인 침대에서 더더욱 힘들게 벗어나 다시 고요한 방들을 헤매고 다녔다.

"나는 혼자야" 하고 갑자기 아이가 혼잣말했다. 누군가가 그에게 네가 누구인지 물어봤고 그에 대한 답으로 이름을 말하듯이. 이제 아이는 식탁 의자에 앉아 있었다. 식탁 위에는 두꺼운 판지로 된 퍼즐 조각들이 앞면과 뒷면을 보이며 흩어져 있었다. 앞면이 보이는 조각들에는 몸, 옷, 나무, 호수의 일부, 아름다운 여인 얼굴의 4분의 1, 편백 나무의 반쪽, 잘린 목에 걸린 진주 등이 있었다. 뒷면이 보이는 조각들에는 똑같이 색 바랜 파란 바탕에 바둑판무늬, 백합꽃, 나선무늬가 그려져 있었다. 아이는 오후 내내 동화의 시작을 만들려는 듯이 이 조각들 중 일부를 연결했다. 하지만 갑자기 다음 조각이 마치 아주 뜨거운 탄환이나 납조각인 것처럼 손에서 튕겨 나갔다. 아이는 더는 조각을 맞추고 싶지 않았다. 이 놀이를 더는 하고 싶지 않았다. "나는 혼자야" 하고 아이가 붉게 칠한 안장이 달린 하얀 망아지에게 말했다. 식탁 유리 위 망아지의 앞다리를 양손으로 잡고, 망아지의 유리로 된 갈색 눈을 쳐다보았다. "혼자, **혼자야.**" 망아지가 이해하지 못하는 것을 보자 아이는 두 번 말했다. ("그런데 **너는** 알겠니?" 아이는 불가능하고 상상할 수 없는 방향으로 머리를 돌리고 갈색, 파란색, 초록색 혹은 단지 어두운색이거나 단지 밝은색인 눈을 응시하면서, 마치 텅 빈 박물관에 유일하게 남겨진 곤충 상자 안에서 우주의 유일한 바늘에 꽂힌 채 양피지 같은 나비 목소리로 도와달라고 비명을 지르며 이제 막 날개를 펴고 날기 시작하려는 한 마리 나비처럼 말했다.) 아이는 망아지를 가슴에 바짝 붙이고, 봄의 빛으로 가득 찬 거울 깊은 곳에서 자신의 모습, 파란색 잠옷 차림의 아이가 가슴에 망아지를 끌어안고 있는 모습을 들여다보기 위해서 거울 앞으로 뛰어갔다.

어느 날 밤 잠에서 깨어났을 때, 아이는 그 어느 때보다 강한 밤의 여왕 꽃향기를 맡았다. 그리고 투명한 커튼 뒤로 보이는 꽉 찬 달도 그 어느 때보다 크고 밝았다. 아이는 이불을 한쪽으로 밀고 침대에서 일어났다. 키가 더 큰 것처럼 보였다. 달이 그를 끌어당겼기 때문인지도 몰랐다. 먼저 발코니로 나가보자 쿠아드라트 고무 공장으로 가는 길이 사라져 있었고, 공장은 별이 빛나는 밤하늘 아래 타르 칠을 한 아파트처럼 보였다. 공장은 하늘처럼 조용했다. 난간 위 나무 상자에서 자라는 밤의 여왕의 작은 별 모양 꽃들이 달을 향해 손을 뻗으면서 씁쓸한 목소리로 있는 힘을 다해 소리 질렀다. 마치 더는 기대하지 않았던 해방이 그곳에서 올 것처럼. 아이는 한동안 발코니에서 봄의 검은 무아경을 들이마셨다. 그런 다음 그곳을 벗어나 모든 창문이 다시 활짝 열려 있는 앞쪽으로 뛰어갔다. 하지만 여기서도 아직 잎이 나지 않은 나무들과 빈 벽들과 서로 바짝 붙어서 군집한 비뚜름한 건물들이 있는 도시 위로 난 다리는 보이지 않았다. 수백 수천의 다른 밤들과 마찬가지로 평범한 밤이었다. 꿈을 꾸는 잠의 가장 낮은 단계에서 점차 깨어난 후 침대 위 자기 자리로 되돌아와서는, 니스를 칠한 판지로 만들어 머리가 딱딱한 인형처럼 속눈썹이 달린 눈꺼풀을 내려 기계적으로 눈을 감곤 하던 밤들 같은. 그 인형은 다른 세상에서 들려오는 고양이 울음과도 같은 무서운 소리도 낼 수 있었고, 개구리 울음소리에서도 들을 수 있듯 누구든지 그 소리 안에서 "엄마"라는 말을 들을 수 있었다. 만일 일종의 불안이 그 끝에 다른 세상으로 향하는 현관문이 있는 복도로 그를 밀지 않았다면 아이는 그렇게 다시 눈을 감았을 것이다. 그 문은 낮에는 잠겨 있고 밤에는 축축한 흙으로 막혀 있었다. 그럼에도 어쩌면 그날 밤엔……. 그의 불안에 특별한 것은 없었다. 매일 밤 아이는 문을 열려고 했었다. 피곤한 미소를 띠고 머리는 바람에 엉킨 채로 얼룩진 비옷을 입고 찢어진 핸드백과 장바구니를 든 엄마가 현관에 서 있기를 바라면서. 하지만 그런 일은 절대로 일어나지 않았다. 마치 나비가 다시는 애벌레가 될 수 없고, 손에서 미끄러져 산산조각 난 유리잔으로 다시는 물을 마실 수 없는 것처럼, 아이는 그런 일이 다시는 일어나지 않을 것임을 매번 알면서도 금방 잊어버렸다. 엄마는 없었지만, 존재했었다. 현관문 밖은 수직의 무덤처럼 흙으로 가득 차 있었다.

하지만 그 봄밤에는 모든 것이 달랐다. 아이가 문을 열려고 하자 현관으로 향하는 복도를 지날 때마다 그러듯 심장이 손바닥에 잡힌 새의 심장처럼 뛰었고, 현관문을 열기 직전 나무문에서 자유로운 진동이 느껴졌다. 문은 보통은 세상을 가득 채운 무거운 흙으로 막혀 있었다. 아이는 문에 귀를 바짝 댔다. 그 너머에서 부드럽고 깊은 웡웡거리는 소리가 들렸다. 텅 빈 공간이어야만 나는 소리였다. 손잡이를 잡고 몸 쪽으로 당겼다. 그러자 약하지만 선명한 불빛에 아파트 계단이 보였다. 흙이 사라졌다. 깨끗하고 기하학무늬가 있는 복도로 나갈 수 있었다. 세 이웃집의 문들과 구석의 무화과나무를 볼 수 있었다. 하지만 아직 아래층으로 내려가는 계단의 천장까지 흙이 쌓여 있었다. 흙은 이전보다 더 축축하고 지렁이와 땅강아지가 많았다. 그래도 복도를 걷고, 계단을 통해 세 층 위로 올라갈 수 있었다. 아이는 모자이크 바닥 위를 걸으며 조심스럽게 발을 떼었다. 6층으로 가는 좁은 계단을 오르는 게 이전의 밤들에 긴 다리를 건너가는 것보다 더 두려웠다. 아이는 엄마 손이 주는 안전감 없이는 복도에 나오지 못했었다. 마취 효과가 있는 젖이 엄마 손가락 사이에서 아이의 손으로 흐르기라도 하는 것 같았다. 그것 없이는 모든 것이 견딜 수 없는 두려움으로 새겨졌다. 창문 없는 벽을 통과하지 못하는 것처럼 뚫고 지나갈 수 없는 두려움이었다. 그래서 아이는 거실로 되돌아왔고, 식탁 위의 망아지를 집어 들었다. 여행을 망아지와 함께하기 위해서였다. 계단을 천천히 올라가 너무나 낯선, 아래층과 너무 닮아서 더욱더 낯선 층에 발을 내디뎠다. 이 층 복도의 문들은 도금된 현판에 죽은 자의 이름이 쓰인 수직 무덤의 묘비들처럼 보였다. 아파트는 무덤이 켜켜이 붙어 있는 것 같았다. 구석에서 시들어가는 협죽도는 문 너머에 있는 죽은 여자, 남자, 아이에게서 수액을 빨아들이고 있는지도 몰랐다. 그래서 그렇게 달짝지근한 냄새가 났던 것이다. 또 다른 층으로 천천히 올라가며 아이는 문득 인생의 완전한 공포와 멜랑콜리아를 느껐다. 그리고 태어나지 않았더라면 하고 생각했다.

아이는 8층에 올랐다. 아래층들과는 달랐다. 이 층의 벽은 비었고 누랬다. 그리고 옥상 테라스로 나가는 문 하나밖에 없었다. 천장은 매우 높아서 등대의 텅 빈 내부처럼 어둠 속으로 사라졌다. 엄마는 여기에 아이를 두세 번 데리고 왔었다. 색색의 깃발처럼 바람에 휘날리도록 긴 철사 줄에 빨래를 널기 위해서였다. 구름이 피어나는 하늘 아래, 유리처럼 매끄럽고 연기처럼 자욱한 엄마의 머리 또한 철사 줄에 걸린 셔츠와 엄마의 비단 잠옷과 함께 섞여 바람에 날렸다. 옥상 테라스에서는 아파트의 앞뒤가, 쿠아드라트 고무 공장과 도시가 다 보였다. 하지만 옥상 아래 모든 것은 바다의 바닥처럼 깊은 곳에 있었다. 벽돌을 쌓아 만든 고무 공장의 지붕 박공만이 바다의 섬처럼 솟아 있었다. 옥상으로 나가는 문에는 오래된 자물쇠가 채워져 있었는데, 자물쇠 표면에 녹이 슬어 원래 모습을 거의 알아볼 수 없을 정도였다. 아이는 그 자물쇠를 잡고 힘들이지 않고 고리를 잡아당겼다. 자물쇠의 철이 쉽게 부서지는 석탄 덩어리로 바뀐 것 같았다. 손안에 두고 주먹을 꽉 쥐어 부수자 손가락 사이로 부스러기가 모래처럼 흘러내렸다. 아이는 문을 열고 슬프고 향기로운 봄밤으로 걸어 나갔다. 가장 깨끗한 사파이어로 만든 시계 유리처럼 하늘의 천장은 지평선을 따라 지그재그로 엮인 지붕들이 지탱했다. 달은 광택 나는 종이로 된 아이의 책에서처럼 가볍게 전율하는 것같이 보였다. 그 책에선 해와 달 그리고 거리의 자동차까지도 작은 활로 잡을 수 있었는데, 살짝만 건드려도 진동하는 듯했다.

옥상 테라스는 아파트 꼭대기 면적 전체를 차지했고, 철사 빨랫줄에 나무집게로 집어놓은 빨래가 여기저기 널려 있었다. 그리고 오래되어 곰팡이가 낀 가구들과 살이 빠진 자전거 바퀴, 뭔지 모를 금속 부속품, 고무장화, 거의 다 말라 죽은 협죽도가 심긴 나무 상자, 딱딱해진 신문들이 있었다. 그리고 세면대 아래 관을 묻는 데 쓰던 시멘트, 뼈로 만든, 안경알이 없는 돋보기, 찢어진 라피아 바구니, 회색 막대기에 묶인 텔레비전 안테나, 철근 콘크리트 덩어리, 오래되고 고장 나고 색이 바랜 장난감, 잔해, 먼지 등 온갖 볼품없는 것들이 있었다. 그곳은 사람들이 오래된 것들을 모아놓는 집 안의 다락과 같았다. 바닥에 깔린 판석 사이로 풀이 자라고 있었고, 바람에 실려 온 씨에서 자란 작은 나무도 있었다.

아이는 두 팔로 망아지를 안고 옥상 테라스 가운데로 걸어가면서 그곳에서 처음 본 것들에 놀랐다. 부서진 채 옆으로 누운 안락의자와 문이 없는 냉장고 몸통 옆을 지나갔고, 방금 빨아서 넌 것처럼 집에서 만든 비누 냄새가 나는 내의와 치마, 브래지어, 잠옷, 팬티, 바지를 손으로 쓸며 지나쳤다. 아이는 그곳이 지상에서 가장 높은 탑이라고 느꼈다. 창공과 구름에 도전하며, 별과 달을 가진 하늘을 산산이 파괴하겠다고 위협하는 탑. 그곳에, 옥상 가운데에 세 번째 다리가 솟아 있었기 때문이다. 이전의 밤들에 나타났던 것과 같이 허공에서 휘어진 것이 아니라, 얼어붙은 빛줄기처럼 좁고 견고하게 수직으로 뻗어 있었다. 그 다리의 끝은 더는 이 세상이 아니었다.

  아이는 실체가 없지만 그럼에도 견고한 아치를 조심히 만졌다. 머리를 뒤로 젖히고 다리를 올려다보았다. 그리고 이전의 두 다리와 너무나 다른 이 다리를 어떻게 오를지 고민했다. 아이는 망아지를 다리 시작 지점에 두고 투명한 표면에서 집게손가락을 떼지 않은 채 상아 버튼이 있는 라디오에서 듣던 멜로디 중 하나를 몇 분 동안 중얼거리며 다리 주변을 돌았다. 무언가 일어나야 했다. 세 번째 여행을 마치지 못하고 외로운 아파트로 돌아갈 순 없었다. "하리 나빌 앗 로에 바잘라아, 나빌 로에 아줄……" 하고 아이는 기억해내려고 애쓰면서 조용히 노래했다. 자기가 누구였더라? 퍼즐 몇 조각이 그의 이름을 대신했다. 끈적거리는 커다란 가위로 손톱을 자르는 엄마. 파란색 물이 담긴 욕조에서 머리를 감는 엄마. 무릎에 아이를 앉히고 거대한 책을 읽어주는 엄마. 생선의 배를 갈라서 부레와 내장을 꺼내는 엄마. 그다음엔 종종 방들을 가득 채우고는 가시 많은 얼굴을 아이의 얼굴에 가까이 대고 금속 치아를 드러내며 웃던 낯설고 위협적인 사람들. 책, 장난감. 그리고 특히 가구들 사이를 굽이치며 돌아다니면서 가구들을 빛의 넓은 바다로 잡아끈 1000가지 종류의 빛. 마치 작은 유리 관 속에 든 것처럼 보이는, 거울 속 허약한 아이의 몸.

그리고 갑자기, 무엇을 찾는지도 알지 못한 채 계속 찾았던 조각이 아이 손가락 사이에 잡혔다. 그 조각 없이는 퍼즐 그림은 아무런 의미가 없었다. 불볕더위다. 창문이 달아오른다. 엄마의 꽃무늬 잠옷은 겨드랑이가 축축하다. 아이는 러닝과 팬티만 입고 있고, 러닝과 팬티는 흠뻑 젖었다. 노랗고 강한 말벌이 꿀단지를 공격한다. 엄마와 아이는 부엌에 있다. 냄비가 가스레인지 위에서 끓는다. 엄마는 보르슈를 더 넣고, 나무 숟가락으로 맛을 본다. 그리고 반짝이는 눈으로 웃으면서 아이에게 돌아온다. 엄마 눈엔 쿠아드라트 고무 공장 위에 떠 있는 구름이 담겨 있다. "자, 어디 보자." 엄마는 아이를 향해 다가와 아이의 손을 잡고 문틀로 이끈다. 문틀에 크레파스로 그린 작은 선들이 보인다. 그 선들은 지저분하고 삐뚤빼뚤하다. "똑바로 서봐." 아이에게 말하고 아이 머리 위에 책을 올려 가장자리가 문틀에 닿도록 누른다. 그러고는 거칠게 깎은 뾰족하고 큰 연필로 표시한다. 연필심 끝을 물이 꽉 찬 컵에 넣으면 보라색 베일이 펼쳐진다. "자, 봐,

네가 얼마나 컸는지!" 그리고 갑자기 엄마는 아이를 품에 안고 방 안을 빙글빙글 돈다. 그러면 반짝이와 놀이용 점토처럼 색이 섞인다.

이제 아이는 이 다리를 어떻게 오를지 알았다. 키만 자라면 되었다. 두개골이 얼어붙은 빛줄기에 닿도록 척추를 빛줄기에 붙였을 것이다. 온전히 자신이 가야 할 길에 못 박힌 채 곧고 꼿꼿하게 그렇게 남았을 것이다. 아이는 몸이 계속 성장해나가는 수많은 날, 수많은 달, 수많은 해 동안 스스로를 이끌고 갔을 것이다. 빛나는 다리를 1밀리미터씩, 그 후엔 손가락 굵기만큼씩, 그 다음엔 손바닥 폭만큼씩 정복하면서 높아졌을 것이다. 아이의 옷은 작아져 하나씩 아이의 몸에서 찢어져 떨어졌을 것이다. 하지만 아이는 풍경과 사건, 사진에 둘러싸인 채 가장 짜릿한 승리의 행진으로 계속해서 올라갔을 것이다. 학교에서 한 학년에서 다른 학년으로, 여름방학에서 겨울방학으로 이동해 가고, 울고 웃으며 끝없이 펼쳐진 운동장을 뛰어다니고, 한 살 한 살 먹어가고, 행복감에 도취되어 점진적으로 멈출 수 없이 키가 자라는 자신의 모습이 보였을 것이다. 그의 하늘에서 신들을 끌어 내릴 수 있는 자, 끊임없이 성장하는, 바위처럼 강한 아이가 되었을 것이다. 아이는 분비샘의 진동하는 엔진으로 하늘에 세워진 다리를 빠르게 올라가는 사춘기 때의 자신을, 신 그 자체인 모습을 보았을 것이다. 몇 번의 여름을 거치며 아이는 껍데기를 벗고 허물을 남기는 게와 같이 다른 사람이 되었을 것이다. 꼼짝 못 하게 빛의 흔적에 묶인 채 도시를 덮은 구름 위로 올라갔을 것이고, 하늘 위 세상의 진정한 광경을 볼 수 있었을 것이다. 장난감 집 위로 눈이 내리는 스노볼을 손에 들고, 트로피처럼 머리 위로 들어 올리는 것처럼 모든 것을 지배했을 것이다. 한순간 손바닥으로 하늘을 만졌을 것이다.

  그러고는 성장하는 것을 멈췄을 것이다. 성장한다는 것을 믿는 것을 그만두었을 것이다. 그 어떤 것도 믿는 것을 단념했을 것이다. 심지어 온전한 자신의 존재조차도. 손가락 사이로 보이던 푸른 하늘은 마치 처음부터 없었던 것처럼 천천히 사라졌을 것이다. 수십 년 동안 아이는 키가 크고 기름을 발라 빗어 넘긴 머리를 두피에 딱 붙인, 이미 매우 슬프고 공허한 눈을 가진 남자였을 것이다. 아마도 일을 하고 결혼해서 아이를 가졌을 것이다. 아빠가 되어 신문 말고는 아무것도 들어 있지 않은 낡은 서류 가방을 든 채 현관문을 열고 들어왔을 것이다. 신문으로 가득 찬 고무 가방을 든 고무 아빠가 되었을 것이다. 더는 성장하지 않는, 웃지도 않고 말 한마디 하지 않는 아빠가 되었을 것이다. 고무 머리를 빗어 넘긴. 다른 사람들이 땀 냄새를 풍기듯이 고무 냄새를 풍기는. 고무 심장과 고무 창자, 고무 잇몸과 고무 혀를 가진. 그곳 옥상에서, 아직 척추가 순수한 빛의 기둥에 붙어 있는 채로 고통스럽고 패배한 눈으로 그를 바라보는.

그리고 올라갔던 길보다 반대편의 내려가는 길이 얼마나 더 빠른지, 고무 남자가 어떻게 뒷걸음질하고 말을 더듬고 잊기 시작하는지 봤을 것이다. 어떻게 고무 남자에게서 중력과 운명에 패하여 고개를 땅으로 숙인 늙은이가 태어났는지. 어떻게 그의 피부가 쪼그라들며 주름지고 피곤한 눈 밑의 처진 살이 부풀어 오르는지. 어떻게 이제는 그의 몸이 지팡이를 필요로 하는지. 어떻게 노화가 흰 눈썹과 함께 오는지.

아이는 망아지를 놔두었던 곳에서 집어 들어 품에 안고, 다리를 등졌다. 옥상 테라스를 벗어나기 전에 도시 위로 뜬 노란 달을 어깨 너머로 한 번 쳐다봤다. 그러고는 창백하고 침묵한 채로 계단에 들어섰다. 이 거대한 공동묘지의 계단을 내려가 날씨가 좋지 않았던 그의 집으로 다시 들어갔다. 창문은 모두 열려 있었다. 향기를 머금은 바람이 아이의 머리와 파란색 잠옷 자락을 흔들었다. 초록색 눈이 가볍게 진동하는 라디오에서 노래가 흘러나왔다. 가구는 어두운 수정으로 만들어졌다. 하지만 아이는 가구를 마지막으로 한 번 더 만질 힘도 없고, 시간도 없었다. 아이는 마치 피부밑이 무겁고 전율하는 눈물 한 방울로 가득 차 있는 것처럼 눈앞이 졸음으로 뿌예진 채 곧장 엄마의 침대로 갔다. 그러고는 새틴 이불 속에 웅크렸다. 불을 끄는 것처럼 아이는 자신과 세상 사이로 눈꺼풀을 닫았다.

그리고 잠수부가 바다의 심연을 향해 내려가는 것처럼, 아이는 하나씩 잠의 산호 계단을 내려갔다. 마지막 단계에 도달하자 꿈의 환한 빛이 단번에 아이를 압도했다. 마치 아이가 그 빛을 전혀 예상하지 못했던 것처럼, 아이가 매일 밤 그 빛을 보지 않았던 것처럼, 그 빛이 그의 진정한 세계의 중심에 있는 황금빛 수조가 아니었던 것처럼. 꿈의 마지막 계단이 이 액체 황금에 휩싸여 있었는데, 누구든지 손가락을 벌리고 팔을 재빠르게 움직이면 그 차가운 물질을 느낄 수 있었다. 아이는 끝없이 펼쳐지고 평탄한 호박색 표면으로 발을 내디뎠다. 또 다른 아이가 그의 발바닥에서 자라났고, 거울 반대편에서 수면 아래로 고개를 숙인 채 위쪽 아이의 발바닥을 민첩하게 밟으며 나아갔다. 그리고 그 아이도 붉은색 안장과 실로 된 갈기를 단 망아지를 품에 안고 있었다. 그 둘은 기름진 타액으로 모든 것을 녹여버리는 빛 속에서 표현할 수 없을 만큼 한참을 더 걸었다.

그 후에는 모든 것이 똑같았다. 밤마다 일어났던 일들이 반복되었다. 어떤 변화도 없이, 팔에 난 털 한 올이 이전보다 조금이라도 더 떨리는 일조차 없이, 한 발 더 나아가는 일도 없이, 한 번 더 쳐다보는 일도 없이. 매일 밤 터널이 향하는 곳은 사실 모두 같은 장면이었기 때문이다. 낡고 깊은 그곳, 마음의 중심, 세상의 중심, 남극의 영원한 얼음 아래에, 두려움과 외로움의 돌풍 아래에 있는 곳. 가던 길 끝에서 아이는 회반죽이 갈라지고 떨어져 나간 노란색의 높은 벽을 만났다. 그 벽은 사방으로 끝없이 뻗어 있었다. 금빛 안개 속에서 벽은 위아래로 구부러졌다. 벽 한가운데 문이 하나 있었다. 아이의 집 현관문과 똑같은 문이었는데, 똑같은 금속 손잡이가 똑같이 휜 못으로 박혀 있었다. 단지 똑같은 것이 아니라, 바로 그 문이었다. 흰색으로 조잡하게 칠해지고 경첩이 기름으로 시커메진 그 문. 아이는 문 앞에서 멈춘다. 그리고 기다린다.

먼저 요란한 소음을 내며 같은 층에 멈추는 엘리베이터 소리가 들린다. 엘리베이터 안에서 누군가 양손에 무언가를 잔뜩 든 채 요란하게 쿵쾅거리며 문과 씨름한다. 두 걸음, 세 걸음, 네 걸음 내딛는 소리, 그리고 아이는 이미 활짝 웃고 있다. 밖에 있는 사람이 현관문 앞에서 멈춘다. 그리고 열쇠를 찾는다. 바로 찾은 열쇠를 자물쇠에 꽂는 소리가 들린다. 금속이 삐거덕거리는 소리 두 번. 영원처럼 느껴지는 한순간이 지나고, 문이 열린다.

엄마다. 베이지색 외투에 머리엔 스카프를 두르고, 윤기 있는 곱슬머리 몇 가닥이 삐져나와 양쪽 뺨에 붙어 있다. 장바구니의 무게에 간신히 숨을 쉬고 있다. 엄마는 자신이 머물렀던 황금빛 세계에서 타르와 추위의 냄새를 가져왔다. 그물로 된 장바구니를 내려놓는다. 그리고 아이에게 빨간 줄무늬가 가득한 손바닥을 보여준다. 이것 좀 봐, 장바구니 때문에 이렇게 됐어, 아이고, 신이시여! 아이는 엄마의 손을 보지 않는다. 소리 내어 웃는다. 눈물을 흘리며 웃는다. 그리고 엄마의 엉덩이에 팔을 두르고, 엄마의 배에 머리를 묻는다. 엄마는 붉어진 손으로 작은 어깨를 감싼다. 그렇게 둘은 그곳에, 잠의 마지막 계단에 그대로 있다. 항상 그래왔듯이, 앞으로도 언제나 그렇게.

여우

옛날에 하늘의 창백한 피부에 푸른 멍이 든 것처럼 보이는 집들로 이루어진 머나먼 도시에 마르첼과 이사벨 남매가 살았다. 마르첼은 여덟 살이고, 학교에 다니고 있었다. 이사벨은 세 살 여자아이였다. 남매는 다른 집들과 마찬가지로 가지색 담이 있고 안에 오래된 나무 계단이 있는 집에 살았다. 하지만 방은 집에 사는 누구에게나 친숙한 방이 아니었다. 요양원, 병원, 의무실에서 살았던 사람한테 친숙한 방이었다. 철제 침대는 흰색 페인트칠이 되었고 침구는 거칠었는데, 풀 먹인 이불, 거칠거칠한 파란색 담요, 흰색, 얼룩덜룩한 색, 붉은색 깃털이 항상 반쯤 삐져나와 있는 차가운 베개 등이었다……. 장롱 또한 보건소에서 사용되는 캐비닛에 유리로 칸을 만들었다. 캐비닛의 문 역시 유리인데, 이상하게 전체가 투명하지는 않았다. 마룻바닥엔 양탄자가 깔리지 않았다. 아이들의 방은 2층에 있었다. 방 안에 벽면과 같은 그림이 그려진 수도관이 설치되어 있었다. 천장에서 10센티 떨어진 채 세 벽을 돌아 달리다가 구석 벽 속으로 사라졌다. 벽에는 꽃무늬가 그려져 있고 붉은색 꽃이 끝없이 반복되었고 수도관 둘레에도 마찬가지였다. 수도관은 아이들에게 사악한 뱀처럼 보였다. 마치 아무도 모르게 그들과 함께 거기에서 살 수 있도록 위장한 듯했다.

아이들의 침대는 하나로 이어져 있고 방 한구석 벽에 놓인 한 침대에 또 한 침대를 붙인 것이었다. 마르첼의 침대는 문을 등지고 있었고 밤에 잘 때 벽의 반대편인 창문 쪽에 발을 두었다. 그렇게 종종 발가락으로 누이동생의 부드러운 머리카락을 더듬곤 했다. 다른 침대에 잠든 동생도 역시 창문 쪽에 발을 두었다. 낮과 밤 언제나 남매는 함께했다. 사실 둘뿐이었다. 남매를 먹이고 씻기고 야단치고 귀여워하고 잘 자라고 말해주던 이상한 사람들은 실체가 없이 투명했기 때문이었다. 마치 건물들과 움직이지 않는 모든 것은 명확하지만, 사람과 트램은 안개 낀 것처럼 뿌옇고 급하게 붓으로 휘갈긴 듯 보이는 사진들에서처럼. 엄마와 아빠라고 불리는 두 줄기 바람이 있었다. 고양이와 하늘의 새가 사람들을 이런 식으로 볼지도 모른다.

그런데 마르첼과 이사벨은 활기차고, 나무처럼, 바위처럼, 창문의 유리처럼, 누구든지 만지고 작동할 수 있는 것처럼, 누구든지 함께 말할 수 있는 모든 존재처럼 실재했다. 하루 종일 둘은 서로의 시야 안에 있었다. 자세히 말하자면, 순간순간 이사벨이 유난히 조심스러운 크고 새까만 눈을 마르첼을 따라 돌렸고 항상 마르첼이 있는 곳에 있었다. 매일 아침 마르첼이 이사벨을 위해 반복하는 모든 놀이에 함께했다. 둘은 끝나지 않는 놀이를 같이 했다. 마르첼이 분주히 곰곰이 생각하고 즉석에서 이야기를 만들어내고 이야기하고 설명하고 동작을 만들고 공격하고 전리품을 챙겼다. 두 아이의 놀이로 생생해진 세상에 정의와 복수를 선사했다. 그러면 이사벨은 웃고 손뼉 치고 혹은 깜짝 놀라고 무서워서 죽을 뻔하기도 했다. 하지만 연극이나 영화에서처럼 아무것도 만지지 않은 채였다. 매일, 몇 시간 동안 남자아이는 누이동생 눈앞에서 말총이나 지푸라기를 채워 만든 동물과 인형을 태운 전용 마차들을 몰았다. 마차는 착한 쪽과 악한 쪽, 두 대로 나뉘어서 잔인한 전쟁을 벌였다. 배신하고 협곡에서 추락하고 끔찍한 감방에 투옥되는가 하면 애정 가득하고 용감한 행동으로 인한 감동적인 행위 등이 펼쳐졌다. 놀이가 새롭게 만들어질수록 장난감은 빨리 더러워지고 찢어졌다. 볼펜으로 서투르게 그린 머리는 깨지고 속이 빈 플라스틱 몸은 조각나고 원피스와 바지는 구멍이 났다. 세상이 알지 못하는 수많은 전투로 인해 지푸라기는 피부를 뚫고 나왔다. 더 진실하고 중요한 것은 공연이 계속될수록 엄마와 아빠뿐만이 아니라 두 아이가 진짜 세상 너머로 흩어지는 산들바람이 되어갔다는 것이다. 바닥의 세상은 진짜 세계와 아주 다른 세상, 양철 마차와 헝겊 광대, 아이들의 목소리로 이루어진 세상이었다. 시간이 지나면서 장난감은 아주 완전하게, 아주 온전하게, 아주 분명하게 사람이 되었다. 장난감에게 생명을 불어넣은 남자아이와는 아무런 관계가 없는 것처럼. 우리의 신념이 사람을 구원하길 바라고, 장난감이 각자 영혼을 갖고 있어서 우리와는 전혀 다른 사람들이길 소망하듯이. 만일 어느 날 아침에 남자아이가 장난감을 가지고 놀 마음이 들지 않더라도, 동물과 인형, 광대가 나왔을 것이고 매일의 전투와 광대 짓을 계속했을 것이다. 한쪽 구석에서 두 명의 관람객이 깜짝 놀라면서 흥미롭게 그 공연을 보았을 것이고.

둘은 장난감을 각 트레일러에 다섯 혹은 여섯씩 모아서 트럭과 마차의 긴 행렬에 태운 채 몰고 다녔다. 침대와 협탁, 한쪽 모서리가 부딪혀 깨진 유리 표면의 탁자 위로, 하얗게 페인트칠한 두 대의 칼로리페르* 아래로, 창턱 위로 지나갔다. 침대의 금속 다리 사이로 침대 밑으로 미끄러져 들어가서 머리와 옷에 먼지를 뒤집어썼다. 마르첼은 단지 인형과 헝겊 사자, 곰, 돼지의 목소리만 흉내 내는 것이 아니라, 대포가 떨어지는 소리, 칼이 부딪치는 소리, 다음 날 제자리에서 다시 살아나기 위해 죽어가는 자들이 내는, 우스꽝스러운 앓는 소리 등을 입으로 만들어냈다. 엄마와 아빠같이, 집에 들르는 이모나 고모, 삼촌이나 숙부와 같이, 공원이나 낯설고 추운 박물관 등으로의 산책이나 방문과 같이 비현실적이고 추상적인 점심 식사만이 그들의 놀이를 방해했다. 점심 식사를 마치고 몇 분 후에 바로 방으로 돌아왔고 그곳에서 모든 일이 일어났다. 두 아이는 무엇을 먹었는지, 무슨 얘기를 했는지, 다른 의자에 누가 앉아 있었는지 이야기를 나눌 줄은 몰랐을 것이다.

오후 시간은 끝나지 않을 듯이 길었다. 그러면 마르첼은 이사벨의 침대에서 베개를 가져와 창가의 침대 끝에 놓았다. 그리고 자기 베개도 가져와 이사벨의 베개 위에 놓았다. 둘은 몸을 쭉 펴고 나란히 누워서 뺨을 맞대고 얼굴 위에 책을 펼쳤다. 마르첼은 동생에게 동화책과 여러 종류의 책을 읽어주었다. 둘은 창문으로 들어오는 햇빛이 휘어진 책장(册張)에 비칠 때 움직이면서 만드는 색의 변화에 즐거워했다. 두 아이는 햇빛을 더 많이 받는

---

*   루마니아식 중앙 난방기. 주로 바닥에서 10여 센티미터 띄우고, 창문 아래나 벽 아래에 설치한다.

커다랗고 표지가 딱딱한 책을 좋아했다. 햇빛은 처음엔 금빛을 띠다가 점점 더 우울하고 창백해지곤 했다. 특히 해가 더 빨리 지는 겨울, 멀리서 들리는 소음으로 가득한 호박색 방 안에서 차가운 책장이 석양의 빛으로 둘러싸이기 전에 햇빛은 무수히 많은 앙상한 나뭇가지 사이로 새어 들었다. 그리고 그때 모든 것이 호박에 갇힌 채 갑자기 굳어버린 고대의 곤충이나 꽃처럼 변함없고 영원하며 매우 슬프지만 더 오래 지속되기 때문에 행복보다 더 간절히 원하는 것처럼 보였다. 마르첼은 책을 읽고 이사벨은 검은 두 눈을 책에, 글자들의 기둥과 비현실적인 그림들에 집중한 채로 귀 기울여 들었다. 그 글자들은 거무스름한 공기 속에 녹아들어 말[言]들이 되고 동물과 임금, 괴물과 함께하는 이야기들이 되었다. 장난감처럼 두 아이와 그들의 방보다 더한 현실이 담긴 그런 이야기들이. 창문으로 언제나 차갑고 향기로운 바람이 들어왔다. 그리고 두 아이의 나란히 놓인 머리에 부드럽게 내려앉았다. 두 아이의 머리카락은 차이가 나는 두 가지 밤색이었지만 똑같이 반짝거렸고 보이지 않는 작은 발의 발가락이 그들의 곱슬머리를 가지고 노는 것처럼 서로 건드리고 서로 엉켰다. 오빠의 어깨에 머리를 붙이고 담요 속 온기에 나른해진 이사벨은 종종 눈을 감고 유일하게 반짝이는 실과도 같은 오빠의 목소리를 통해 세상에 연결되었지만, 결국엔 그 실도 끊어졌다. 그러면 이사벨은 달콤하고 투명한 눈물처럼 신비로운 바다에 미끄러져 들어갔다. 귀에 대면 소리가 들리는 소라처럼 작은 이사벨의 머릿속에서 바닷소리가 울렸다.

그러면 마르첼은 책을 바닥에 내려놓고 천천히 누이한테서 벗어나서 창가에 맨발로 걸어갔다. 창턱은 어깨보다 조금 더 낮았다. 창유리는 투명한 얼음의 한 단층과 같았다. 그 뒤로 저녁이 내려앉으면서 점점 더 수수께끼 속으로 가라앉았다. 눈이 펼쳐진 곳은 여전히 더 파랗고 하늘이 펼쳐진 곳은 여전히 더 어두운 분홍빛인 가운데 서너 그루의 나무가 작은 가지를 하나하나 선명하게 굳은 듯이 그렸다. 처음에 나무줄기는 두세 개의 가지로 나뉘고 그 가지는 다시 두세 개의 더 얇은 가지로, 다시 더 얇은 가지로, 잔가지로 나뉘었다. 마지막엔 거미줄처럼 가느다란 가지가 되어 사람의 눈이 따라가지 못할 정도가 되고는 의심할 여지 없이 다시 세상의 끝없는 붕괴 속에서 더 가늘게, 그렇게 반복적으로 더 가늘게 나뉘었다. 비록 저녁이 되었지만, 바깥은 방 안보다 더 밝았다. 저녁이 더 푸르러질수록 더 강하게 빛나 보였다. 그리고 계속 증식되는 나뭇가지들은 이 빛 속에서 더욱 검어 보였다. 낮에는 가지색이었던 멀리 있는 집 몇 채가 해가 지면서 이상하게 빛나는 창백한 노란색이 되었다. 마르첼은 창턱에 팔꿈치를 받치고 두 손으로 뺨을 감싼 채 창문 너머에서 불어오는 차가운 공기를 들이켰다. 아이는 멀리 보이는 집 4층 창문에 불이 켜지기를 기다렸다. 언제나 저기엔 누가 살고 있을까 생각했다. 그 집은 측면에 방화벽이 있었고 밋밋한 정면에 창문이 하나만 나 있었다. 장미색 커튼이 달린 그 창문에 매일 밤 불이 켜지는 것이었다. 그 멀리 보이는 까만 점은 마르첼을 오랜 시간 견딜 수 없는 불안한 기분이 들게 했다. 마르첼은 밤에 깨어날 때마다 창문 밖을 내다보곤 했다. 비록 아주 오래전부터 창문의 불빛이 아침까지 절대 꺼지지 않는다는 것을 알았지만. 나이를 먹고 커가면서 그는 종종 나무와 꽁꽁 언 호수 저편의 그 집으로 이사벨과 함께 이사를 할지 생각했다. 장미색 커튼 너머의 그 공간에서 사는 것은 어떨까, 만일 그 집에서 커튼을 한쪽으로 올리고 호수 너머 남매가 살고 있는 집 쪽을 바라본다면 세상이 어떻게 보일까 하는 호기심이 들어서였다.

밤이 되었고 몸이 뜨거웠지만 곤히 잠든 이사벨을 깨워야 했다. 둘은 다시 무언가를 먹어야 했기 때문이다. 그러고 나면 부모님은 둘에게 잘 자라고 말하고 이마나 뺨에 입을 맞추곤 했다. 그리고 마치 존재한 적이 없던 것처럼 방을 나갔다. 그들 뒤로 방문이 바람에 닫히는 것처럼 사람의 손이 닿지 않은 듯이 쾅 소리를 내며 닫혔다. 그 아래로 항상 칼날과도 같이 반짝이는 빛의 자국이 남았다. 두 아이는 잠자리에 들지 않았다. 이제 막 둘의 비밀스러운 생활이 시작되었다. 문이 닫히자마자, 여자아이는 오빠의 침대로 뛰어올랐고 오빠의 침대 담요 속에서 뒹굴면서 둘이 함께 웃고 깔깔거렸기 때문이다. 남매는 그 어느 때보다 행복하다고 느꼈다. 장난감을 가지고 놀 때보다도 더. 동생에겐 느닷없이, 오빠는 동생의 머리카락을 잡아당겨 동생이 부리는 투정에 즐거워하고는 손가락으로 턱, 귀, 이마를 건드리고 귀에다 속삭였다. "아가씨, 거실을 지나 버튼을 누르세요!" 마지막 단어를 말할 때는 콧등을 눌렀다. 혹은 두 손가락으로, 오빠가 시작하기도 전에 가짜로 무서운 척 잔뜩 웅크린 동생의 작은 몸을 오르는 작은 짐승 흉내를 냈다. "고고리처*, 어디에 가니? 이사벨한테. 내가 잡아먹어야지! 이사벨을 어디에서 잡을 건데?" 그러더니 갑자기 동생의 배나 어깨를 간지럽혔다. "여기에 있구나, 여기에!" 남매는 땀을 흘리도록 웃었지만, 너무 큰 소리를 내서 놀이가 중단되지 않도록 했다. 남자아이는 찬찬히 동생을 살펴보곤 했다. 그에게 동생은 세상에 진짜로 실재하는 유일한 존재였다. 동생이 정말 보기 드물게 크고 검은 눈을 가진 것이 아주 좋았다. 마치 눈동자만 있는 것 같았다. 동생도 어두운색 머리인데, 자신보다 조금 더 어두운 것도 무척 좋았다. 동생이 더 어두

---

* 아이를 겁먹게 만드는 환상적인 존재이다.

운 피부색인 것도. 동생의 작은 손가락을 가지고 노는 것을 즐겼다. 자신의 손가락 사이에 동생의 손가락을 끼고 깜짝 놀라 사방으로 움직이게 했다. 톱니처럼 생긴 동생의 작은 치아를 보려고 동생을 웃게 했다. 동생은 흐르는 듯 자연스럽고 아름답게 말했지만, 'r'을 발음하지 못했다. 이것이 남자아이를 최고로 즐겁게 했다. 그는 동생에게 짓궂게 굴고 놀렸지만, 여자아이는 화내지 않았다. 마르첼도 역시 동생에게 실재한 유일한 사람이었기 때문이었다. 반면에 주위의 세상은 안개가 끼고 바람이 불고 이해할 수 없는 일이 가득했다.

밤에 남매의 놀이는 먼저 작은 전투에 지쳐, 깨어 있는 것도 아니고 잠을 자는 것도 아닌, 잠으로 들어가는 것처럼 보이는 불분명한 상태에 도달한 후에야 시작되었다. 하루는 마르첼이 이사벨에게 말했다. 왜냐하면 창문 밖의 보름달에 이끌려 잠을 자면서 걸어가는 사람들이 있기 때문이라고. 그때부터 보름달이 뜨면 두 아이는 잠잘 때 얼굴에 그늘이 지도록 담요나 겉옷을 침대 머리에 걸쳐놓았다.

밤에 두 아이의 놀이는 항상 같았다. 둘은 얼어붙은 땅속 따뜻한 동굴에서 행복하게 살고 있는 어린 토끼 두 마리였다. 남매는 침대 위에 둥근 텐트처럼 만들어지도록 담요 속에서 팔다리를 위로 뻗어 자기들의 동굴을 만들었다. 특히 마르첼은 동굴 속에 넓은 공간을 만들려고 그의 더 긴 팔다리로 지붕을 가능한 한 높였다. 가끔은 심지어 등으로 텐트를 지탱하곤 했고 동생 위로 몸을 둥글게 해서 어두운 심연과 같은 어두컴컴한 속에서 꺼진 빛과도 같은 동생의 두 눈을 바라보았다. 두 어린 토끼는 따뜻한 곳에서 지냈고 더 필요한 것이 없었다. 비축품은 충분했고 남매는 외부의 위험에서 보호받을 수 있는 피난처에 있었다. 나쁜 일은 일어날 수 없었다. 밖의 들판에는 눈이 내렸고 눈보라가 쳤다. 하지만 남매는 어둠 속에 있었고 잠과 온기에 몸이 나른해졌다. 둘은 서로 딱 붙어서 두 눈을 꼭 감고 미소 지으면서 영원히 이렇게 있기를 바랐을 것이다.

하지만 저 위쪽 얼어붙은 들판에는 여우들이 돌아다녔다. 여우들은 이빨로 가득한 주둥이를 가진 매우 크고 사악한 존재였다. 남매가 동굴을 숨기려고 온갖 애를 썼지만, 종종 여우 한 마리가 남매의 동굴 입구를 찾아냈다. 어쩌면 동굴에서 연기가 나왔을지도 모른다. 아니면 깊은 곳에서 살아 있는 생명체의 냄새가 여우를 끌어들였는지도 모른다. 여우는 동굴의 입구를 넓히고자 미쳐 날뛰듯 파헤치기 시작했다. 남매에게 으르렁거리는 소리가 들렸다. 점점 더 무섭게, 점점 더 가까이에서 들렸다. 여우의 이빨 가득한 주둥이가 내는 소리는 참을 수 없게 되었다.

그때 마르첼이 싸움에 나섰다. 담요 밖으로 한쪽 다리를 내밀어 여우를 쫓아낼 때까지 사방으로 휘둘렀다. 여우가 이빨 가득한 주둥이로 여러 번 그를 물었다. 그러면 이사벨은 오빠의 발바닥, 발목 혹은 발가락에 손을 얹어야 했다. 동생의 손바닥이 상처를 치료했기 때문이다. 마르첼이 얼어붙은 들판에서 싸우는 동안 어린 토끼 소녀는 동굴에서 떨었고 흐느껴 울었다. 만일 오빠가 싸움에서 졌다면, 남매에게 나쁜 일이 일어났을지도 모르기 때문이었다. 종종 여우가 두 마리가 오거나 무리를 지어 오면 마르첼은 담요 밖으로 완전히 나갔다. 여동생은 담요 안에서 담요를 계속 부풀어 보이게 했다. 마르첼은 방 한가운데에 뛰어다니면서 혼자서 싸웠다. 방 안의 불빛은 매우 희미했다. 유리 캐비닛이 유령처럼 빛을 내고 있었고, 창문은 창백하고 색이 바랜 액자처럼 보였는데, 여러 칸으로 나뉜, 하얀 목재 테두리로 인해 그림자가 드리워져 있었다. 오빠는 상처 입고 숨을 헐떡이면서 작은 몸 옆에 돌아왔고 곧 모든 것이 좋아졌다. 상처는 아물고 남매는 행복하게 꿈속으로 다시 떨어졌다. 담요 텐트 안은 방 안보다 더 어두웠다. 종종 어린 토끼 소녀는 담요 한쪽 끝을 들어 올려 두려운 마음으로 밖을 내다보았다. 그리고 재빨리 틈을 닫아버렸다. 그러고는 오빠에게 여우 한 마리를 보았다고 속삭였다······. 결국엔 여러 차례의 전투와 공포가 지난 후에 팔다리가 지쳤고 담요 텐트는 남매 위로 점점 더 바짝 내려왔고 이불과 담요의 주름이 남매의 몸 위로 무겁고 느직하게 드리워졌다. 새벽에 서리가 만든 환상의 꽃이 나타날 때 방의 공기가 창유리로 인해 차가워졌지만, 담요 속은 점점 더 따뜻해졌다. 두 아이는 하나의 몸에 두 개의 머리가 서로 다른 방향으로 향한 것처럼 함께 잠들었다. 목의 근육은 섬세하게 두드러지고 고수머리는 매우 가늘고 엉켜 있었다. 그렇게 아침의 회색 시간이 그들에게 찾아왔다.

이러한 많은 겨울밤 중 어느 날 밤에 오빠 옆에서 웅크리고 있던 이사벨이 갑자기 깔깔거리는 웃음소리를 멈추었다. 텐트 속엔 침묵이 흘렀다. 마르첼이 즐겨 하는 재밌는 이야기 하나를 들려줬지만, 이사벨은 웃지 않았다. 마르첼은 이사벨 잠옷 속에 손을 넣고 그렇게 자주 했던 대로 배꼽 주위를 간지럽혔다. 그때 오빠는 깜짝 놀랐다. 동생이 웃거나 킥킥거리면서 마주 간지럽히는 대신에 오빠의 손을 밀어내고 마치 너무 추운 것처럼 온몸을 떨기 시작했기 때문이다. '감기 걸렸구나.' 오빠는 혼자 생각했다. '내일 약을 먹든지 주사를 맞아야 할지도 몰라.' 그는 담요 한쪽 끝을 들어 올려 동생 얼굴을 보려고 했지만, 동생이 담요를 뺏고 텐트의 틈을 메웠다. "이사벨." 마르첼이 속삭였다. "왜 그래? 어디 아파? 엄마를 부를까?" 어린 동생이 오빠의 팔을 집게로 집듯 꽉 붙잡았다. "여우." 동생이 이를 악물고 간신히 발음했다. 이제는 침대도 벽에 가볍게 부딪히며 흔들렸다. 마르첼은 무서웠다. 여동생의 몸이 더는 따뜻하지 않았다. "여우는 한 마리도 없어, 여우 놀이는 이제 안 할게." 그가 동생에게 말했다. "어서 자자, 내일 엄마한테 말할게." 하지만 어린 동생은 있는 힘을 다해 오빠를 더 꽉 붙잡았다. "여우. 밖에. 우릴 찾았어." 동생은 거의 알아들을 수 없게 중얼거렸다. 동생은 오빠가 동굴을 지탱하기 위해 세운 오빠 다리에 자기 다리를 감았다. "그래, 그러면 나를 놔줘, 나가서 싸울게." 오빠는 담요 밑으로 다른 한쪽 다리도 내밀고 방 안의 밤 속 허공을 여러 차례 찼다. 그 밤은 창문을 열어두고 잊은 것처럼 유난히 추웠다. 눈이 바닥에 가볍게 내려앉을 때 나는 소리가 들리는 듯했다. 지금은 방 밖의 밤이 방 안에서 흐르고 방 안의 밤이 밖에서 흐르는 것 같았다. 마치 부엌의 싱크대 위에 있는 창문이 열려 있을 때 뜨거운 공기가 위로 솟아 빠져나가고 방바닥에는 남매의 집 앞에 있는 호수에서 불어오는 차가운 공기가 흐르는 듯했다. "다 됐어, 이사벨." 마르첼이 동생에게 빠르게 속삭였다. "내가 주둥이를 잡으니까 여우가 도망갔어. 여기 손을 대봐, 내가 살짝 물렸어." 이사벨은 고드름을 잡고 있었던 것처럼 차갑고 작은 손으로 상처를 덮었다. 그러자 텐트가 남매 위로 무너졌고 이사벨 몸의 떨림이 잦아들었다. 마르첼은 어린 동생이 작은 몸에 온기를 되찾고 잠이 든 것을 느졌다. 하지만 마르첼은 한동안 잠들지 못했다.

이사벨이 세상에 나왔을 때, 남자아이는 이미 다섯 살이었다. 아빠는 아이를 산후조리원에 데려가서 여동생을 보여주었다. 아이는 그곳에서 아주 큰 방을 보았다. 흰색 철제 침대가 많이 있었고 모든 침대엔 여자가 파란색 무늬 가운을 입고 가슴에 아주 작은 아기를 하나씩 안고 있었다. 마르첼은 거리에서 본 것처럼 여자들이 온전한 것을 보고 안도의 숨을 내쉬었다. 바로 이 방 입구의 복도에서 채색된 동상을 보고 놀랐기 때문이었다. 그 동상은 둘로 갈라진 여자 석고상이었는데, 머리도 둘로 나뉘어 뇌가 들여다보였다. 눈은 하나인데 공처럼 동그랗고 혀는 둘로 갈라진 턱 사이에 있었다. 그리고 갈라진 가슴안에 절단된 폐와 심장이 보였다. 심지어 아래로 길게 연결된 척추도 보였다. 척추의 뼛골이 보일 정도였다. 석고상은 전체적으로 창백한 색을 칠했고 부분부분 파란색과 다홍색, 노란색을 칠했으며 유광 페인트를 칠한 조리원의 벽과 같이 번쩍거렸다. 정육점의 갈고리에 달린, 반으로 잘린 돼지들을 보았을 때와 같았다. 그 여인의 배도 둘로 갈라졌는데 매우 컸고 그 안에는 머리를 아래로 둔, 작지만 완전히 자란 태아가 웅크리고 있었다. 아기는 조약돌처럼 동그랗고 표면이 매끈하고 전체 모습이 사랑스럽고 졸린 듯했고 부드러웠다. 마르첼은, 당시에 이미 흐릿하고 부정확한 스케치에 불과했던 아빠가 건물 안 미로로 사라졌을 때, 복도에서 꽤 오랜 시간을 기다렸다. 그때 마르첼은 아이가 태어나는 끔찍한 방식을 생각했다. 엄마들, 긴 머리와 젖이 있는 그 사람들은 아이를 꺼내기 위해서 머리에서부터 발까지 둘로 갈라졌다. 마치 어두운 핵과도 같은 씨에 도달하려고 살구를 둘로 쪼개는 것처럼.

그때부터 남자아이는 동상이 무서웠다. 이제 많이 컸고 집 주변에 다른 집들이 아주 많이 있다는 것을 알고 있었다. 거리를 따라 그 집들이 자리를 잡았고 그렇게 도시가 만들어졌다. 가끔 부모님과 함께 트램을 타고 도시를 돌아다녔다. 사거리를 지나갈 때마다 둥근 화단에 동상이 하나씩 있는 것을 보았다. 그런데 동상들은 모두 똑같았다. 손바닥으로 얼굴을 감싸고 있는 돌로 된 여인들. 그들은 모두 배에 아이를 하나씩 품고 있었고 복부가 얼마나 부풀었는지 보였다. 이 돌로 된 여인들은 옷을 입지 않았기 때문이다. 밤에 거리의 가로등에 불이 들어오면, 5층이나 6층짜리 집들이 분명하게 들여다보였고 저택들에 둘러싸인 광장들이 갑자기 열리고 가운데에 언제나 똑같은 모양의 매우 큰 석상들이 있었다. 그때 달은 완벽하게 둥근 보름달이었고 누구든지 트램의 창문을 통해 빛을 발하는 달을 볼 수 있었다. 석상들이 모두 얼굴을 손으로 가리고 있는 것이 마르첼은 그렇게 좋앉다. 최소한 석상의 눈을 볼 수 없었으니까. 돌로 된 눈은 무섭게 생겼고 눈 그늘이 있을 거로 짐작했다.

병실의 엄마들은 어쩌면 그 자리에 꿰매였을지도 모른다. 아기를 돌보기 위해서 계속해서 거기에서 살았기 때문이다. 주변의 모든 사람과 같이 바람처럼 실체 없이 아기를 먹이고 보살피고 꾸짖고 안아주었다. 그때 마르첼에게는 자기 몸만이 실재한 현실이었기 때문이었다. 마르첼은 종종 몸이 아팠지만, 거리와 다른 집의 사람들은 아프지 않았으니까. 그리고 이사벨의 몸도 아팠다. 조리원의 수많은 엄마 중의 하나, 똑같은 얼굴에 똑같은 가운을 입고 아기를 똑같이 가슴에 안은 엄마들 중에 그의 엄마가 있었고, 그 많은 아기 중의 하나, 엄마의 가슴에 안긴 아기, 바로 여동생이 있었다. 그때 마르첼은 동생을 처음 보았다.

그날 셋은 아기와 함께 조리원을 나갔다. 아기는 꽃이 수놓인 분홍 새틴 솜이불로 감싸인 채 때로는 엄마 품에, 때로는 아빠 품에 안겼다. 아기는 얼굴에 손수건을 덮고 있었다. 마르첼은 아기를 안지 않은 부모의 손을 잡았다. 하늘이 온통 황혼에 싸여 있을 시간에 그들 모두 트램 정류장에서 한참 동안 기다렸다. 하늘 가장자리는 지저분한 노란색이었고 추위가 내려왔다. 멍든 색깔의 오래된 집들은 무너진 담과 회칠이 벗겨진 벽을 내보였다. 그러나 트램은 집보다 더 낡았다. 트램이 올 때쯤 첫 별이 나왔고 그들은 아주 밝은 불을 밝힌 차에 올랐다. 그들은 끝나지 않을 만큼 오랜 시간을 갔다. 마르첼네는 도시 외곽에 살고 있었기 때문이다. 공원과 호수가 도시를 나누었고 그들 집 뒤편엔 들판뿐이었다. 마르첼은 수백수천의 승객에 의해 반들반들해진, 트램 안 나무 의자에서 잠이 들었다.

생각이 여기에 이르렀을 때, 아이는 침대에서 일어났고, 방 안에 추위가 가득했음에도 창가로 갔다. 그는 빠르게 두 손바닥으로, 물방울이 얼어붙어 뿌옇게 된 창문을 닦았다. 눈으로 덮인 호수 저 너머 장미색 커튼이 달린 창문에 아직 불빛이 있는지 보고 싶었다. 지금은 눈이 내리고 있었다. 누구든지 눈 내린 공원의 가로등 주변을 잘 볼 수 있었고 호수 너머의 집들이 겨우 보이기 시작했다. 하지만 너무나 특별한 색채를 띠고 있었던 그 빛, 아이가 들판 쪽 어느 집의 창턱에 핀 꽃들의 반짝이는 꽃잎에서만 볼 수 있었던 그 빛이 거기 있었다. 거기에 누군가 밤새도록 깨어 있었다. 아마 낮에도 그랬을지 모른다. 그러나 그때는 눈이 온통 반짝거리는 속으로 그 방의 빛이 사라졌다. 아이는 더 어렸을 때 손으로 이름 없는 그 꽃들을 꽉 잡았던 것을 기억했다. 창백한 분홍빛의 그 꽃잎은 두껍고 반짝거렸다. 그 꽃의 진한 향기를 맡고 싶었다. 꽃잎이 시작된 곳 안쪽 깊숙이 손톱으로 찌르면 무언가 가루 같은, 약간 축축한 것이 나와 아이를 전율케

했다.

마르첼은 얼굴을 손으로 감싼 채 돌처럼 굳고 슬픈 광경을 보면서 지금 자기 침대에서 자는 동생을 걱정했다. 그는 동생을 바라보았다. 동생은 담요의 주름 속에 파묻혀 있었다. 머리카락과 얼굴 일부가 담요 밖에 나와 있었는데, 잿빛 담요로 희미하게 윤곽이 보였다. 가볍게 숨을 쉬는 듯했고 진짜 아픈 것처럼 보이지는 않았다. 동생을 깨울 생각은 없었다. 그래서 다른 침대로 가서 얼어붙은 이불 속으로 기어들어 갔다. 강추위의 밤에 밖에 내놓고 잊은 빨래처럼 경직되어 있었다. 아이는 가능한 한 이불을 건드리지 않으려고 애쓰면서 바짝 웅크렸다. 매우 천천히 이불이 아이 몸의 온기에 따뜻해지면서 부드러워졌다. 결국에 아이도 잠이 들었다. 평소 습관에 따라 이불을 머리끝까지 둘둘 말고 숨을 쉴 수 있을 만큼만 작게 열어두었다.

이튿날 동생은 슬프고 멍한 채로 있었다. 평소처럼 인형의 행렬과 서커스에 참여했다. 날아다니는 마차에서 알록달록한 폭포처럼 떨어지는 것, 헝겊 동물 인형의 주둥이를 때리는 것, '톡' '탁' 소리, 그리고 정의를 위해서 혹은 다른 무언가를 알기 위해서 싸우는 자들의 각각 다른 열 가지 목소리를 내는 것을 바라보았다. 심지어 악당들이 최후에 소리 지르며 죽을 때 가장 웃긴 소리를 내자 이사벨은 살짝 웃음을 터뜨리기도 했다. 하지만 마르첼에겐 동생이 사실 거기에 없는 것처럼 보였다. 그는 갑자기 당황스럽고 무시당한 듯 느꼈다. 언제나 변함없는 이 관객이 없다면(그렇다, 동생이 아주 어렸을 때 창살이 달린 작은 침대 바닥에 앉아서 눈으로만 오빠의 놀이를 따라갔던 적도 있다) 오빠의 모든 노력은 더는 의미가 없었다. 마치 아무 목적 없는 원숭이 짓처럼 보였다. 그는 한 손엔 사자를, 다른 손엔 로아다(바보 중의 바보)를 들고 멈추었다. 갑자기 둘 다 다른 것으로 보였다. 언젠가 그것들을 볼 거로 생각한 적 없다는 듯이, 실재가 아닌 듯이 보였다. 죽은 무명천, 죽은 플라스틱, 죽은 유리 눈, 죽은 지푸라기, 죽은 실 머리카락으로 만들어진, 세상처럼 비현실적인, 세상을 이루는 조각들. 마르첼은 그것들을 바닥에 슬쩍 내려놓았다. 그리고 화장실에 갔다. 소변을 보는 게 아니라, 난방이 전혀 되지 않는 그곳의 추위 속에 잠시 있으려고. 생각을 좀 더 잘하기 위해서였다. 방으로 돌아왔을 때 이사벨은 여전히 바닥에 있었다. 공허한 눈으로 이사벨을 내려놓은 곳이었다. 그는 동생을 안아서 침대 위에 올려놓았다. 동생은 오빠의 목에 작은 팔을 둘렀고 자기를 바로 떠나지 못하게 놔주지 않았다. "밤에 다시 온다." 오빠가 팔을 빼려고 할 때 동생이 그에게 속삭였다. 그리고 다시 떨기 시작했다. 지난번처럼 몸 전체를 다.

저녁에 그때까지와는 다르게 눈이 오기 시작했다. 바람에 소용돌이치는 눈보라였다. 건조하고 단단한 얼음 눈은 소리를 내면서 창문을 때렸다. 바람이 내는 소리가 너무 무섭게 들렸다. 마치 밖이 아닌 방 안에 남매와 같이 있는 것처럼. 두 아이는 침대에 나란히 웅크리고 있었다. 앞에 큰 책을 펼쳐놓았지만, 책은 읽지 않고 눈보라 소리를 들었다. 반짝이는 책장에 창문이 부드럽고 굽은 채로 반사되었다. 책장들도 역시 조금 휘어져 있었다. 방 안의 빛나는 잿빛은 천천히 파란빛으로 변했다. 그리고 그림자가 더 많이 드리워지면서 더 어두운 파란색으로 녹아들었다. 천장 가까이 아주 높은 곳에서 벽을 따라 달리는 수도관은 배경보다 더 강하게 눈에 띄었다. 마치 더 따뜻하고 더 굵은 것처럼 보였다. 잘 숨지 못하는 알록달록한 뱀 한 마리를 닮았다. 창문엔 여전히 눈이 만든 빛이 비쳤고, 눈보라는 차갑고 슬펐다.

그것은 아주 이상한 책이었다. 마르첼은 마침내 동생에게 읽어주기 시작했다. 그의 목소리는 바람이 윙윙거리는 소리와 완전히 섞였다. 마치 마르첼이 아닌 바람이 책을 읽고 책장을 빨리 넘기고, 남매의 머릿속에 이미지들을 펼치는 것 같았다. 거기에 있어서는 안 되는, 남매를 무섭게 하고 상처를 주는 이미지들이었다. 왜 성 아래 바위로 만들어진 웅덩이에 거대한 괴물이 웅크린 채 자고 있을까? 왜 성 전체는 끔찍한 그의 드르렁거리는 소리에 진동할까? 왜 공주는 옷이 다 천천히 피에 젖을 정도로 척추를 따라서 생긴 상처가 있을까? 왜 왕은 심장 대신에 거미를 갖고 있을까? 왜 그 먼 나라에는 언제나 검정 무지개가 하늘에 뜰까? 가장 이상한 일은, 이 책에서도 역시 도시의 광장 어디에든지 임신한 여인의 석상이 있다는 것이었다. 그리고 짙은 색 호박의 형태와 같은 대리석 뱃속의 태아가 비쳐 보였다.

이사벨은 하루 종일 아무것도 먹지 않았다. 심지어 저녁에도 먹지 않았다. 아무 말도 하지 않았다. 때때로 무서워 오들오들 떨기만 했다. 끝나지 않을 듯한 하루에 서너 번 오빠의 목을 잡았고 밤에 그 무서운 여우가 다시 올 거라고 말했다. 그래서 마르첼은 힘든 밤을 대비했다.

그리고 밤이 되었다. 엄마의 알록달록한 그림자가 한동안 방 안에서 파닥거렸다. 마르첼은 자기 뺨에 축축한 것이 스치는 걸 느꼈다. 그러고는 이전에 수백 번 넘게 들었던, 엄마의 실루엣보다 더 천천히 사라지는 "잘 자" 소리를 들었다. 그리고 엄마는 문을 닫았다. 문틈의 광선 검은 복잡하게 얽힌 복도와 지하가 있는 밤의 제국의 경계가 되었다. 이 멀리 떨어진 곳에 외롭게 남은 두 아이는 다시 한 침대로 돌아갔다. 그리고 다시 자신들의 몸이 얼마나 구체적인지, 얼마나 강하고 부드러운지, 얼마나 거칠고 매끄러운지 놀랐다. 그리고 여전히 창백하고 희미한 불빛에 자신들의 속삭임이 얼마나 분명하게 울리는지 보고 깜짝 놀랐다.

눈보라가 잦아들었다. 눈이 멈추었는지 모른다. 창유리가 약하게 흔들리는 소리가 거의 들리지 않았기 때문이다. 푸르고 희미한 빛 속에서 이사벨은 세상에서 가장 아름다운 아이였다. 하지만 가장 슬픈 아이이기도 했다. 남자아이는 동생에게 손가락으로 할 수 있는 여러 가지 속임수를 보여주었다. 이상하게 손가락을 꼬고 엄지손가락이 주먹에서 분리되는 것처럼 보이게 하고 양손을 얽어서 새로 만들어 방을 이리저리 날아다니게 했다. 하지만 동생은 말을 잃은 상태에서 벗어나지 못했다. 종종 다시 몸을 부르르 떨었다. 때가 왔기 때문이었다. "텐트를 치자." 이사벨이 한참 눈을 뜬 채 꼼짝하지 않고 있다가 방 안의 차가운 공기를 느끼고는 마르첼에게 말했다. 둘은 팔다리로 담요를 들어 올렸고 아주 작은 틈이라도 생기지 않게 조심했다. 남자아이는 평범하고 시시한 이야기를 시작했다. 이전에 나른한 행복을 채워주던 것으로, 어린 토끼 두 마리가 꽁꽁 얼어붙은 땅속 따뜻한 동굴에 숨어 있었다는 이야기였다. 북풍이 눈 덮인 들판을 쓸어내는 동안 둘은 아무도 모르게 그곳에서 서로의 몸을 따뜻하게 하면서 안전하게 지내고 있었다. 칠흑 같은 어둠에 누가 눈을 떴는지 감았는지 알 수 없었다. 남매가 만지고 듣고 냄새 맡는 이 모든 일들이 갑자기 세상을 다르게 만든 것 같았다. 마치 나비가 될 과정에 있는 애벌레 두 마리가 누에고치 하나에 엉겨 붙어 있는 것처럼 둘이 하나로 합쳐지고 그들 주변에 펼쳐진 세상이 더 좁아지는 것이었다. 이 세상의 얼어붙은 껍데기 속 그곳에 이렇게 둘이 나란히 웅크리고 있었다. 두 개의 몸으로 나뉘어, 두 개의 목소리로 속삭이는, 그러나 절대로 떨어지지 않기를 바라는 똑같은 꿈을 꾸는 하나의 존재로. 하지만 그날 밤 그 마법은 이전의 힘을 잃었다. 두 아이는 끔찍한 문제에 직면하기 직전처럼 바짝 긴장하고 있었다.

마르첼이 먼저, 다가오는 여우들의 소리를 들었다. 바람이 윙윙거릴 때조차 얼어붙은 눈밭에서 나뭇가지를 밟아 부러지는 작은 소리가 멀리서 들려왔다. 가던 길에서 떨어져 나온 여우들이 한 마리씩 우연히 남매의 동굴을 발견했다. 그리고 땅을 파기 시작했고 이빨이 빽빽하게 박힌 주둥이를 눈 속에 박았다. 남자아이는 여우를 몰아내야 했다. 다른 길이 없었다. 전투뿐이었다. 죽을 때까지 그래야만 했다. 마르첼은 텐트 밑으로 팔다리를 번갈아가며 내밀었다. 그동안 텐트는 내려앉았지만, 방 안의 추위 속에서 있는 힘을 다해 싸웠다. 서너 마리 여우를 쫓아냈다. 용감한 토끼는 팔다리에 여러 군데 상처를 입은 채 텐트 안으로 후퇴했다. 이사벨은 손가락과 손바닥에 가능한 모든 사랑을 모아서 오빠를 치료했다. 그 순간에 이사벨의 작은 손은 텐트의 칠흑같은 어둠 속에서 살짝 빛났다.

마르첼이 가장 두려워하던 순간이 왔다. 어젯밤처럼 누이가 침대 전체가 흔들릴 정도로 격렬하게 몸을 떨기 시작한 것이다. 이를 딱딱 부딪치고 머리가 땀에 젖어 달라붙었다. "온다." 이를 악물고 오빠에게 소리쳤다. 오빠는 이번에 진짜 여우라는 것을 알았다. 놀이에서가 아니라 실제로 그곳 남매의 방에, 얼음처럼 차가운 그 방바닥에 나타나 맞닥뜨려야 하는 그런 여우. 그는 너무 무서웠다. 침대가 벽을 때리면서 금속이 부딪치는 소리가 났다. 여우가 거기에 있었다. 남매와 함께 방에 있었다. 마르첼은 이사벨의 감각을 통해, 귀와 콧구멍과 피부를 통해, 온기를 잃은 누이의 몸을 통해 여우를 느낄 수 있었다. 어린 누이는 오빠의 팔에 악착같이 매달려 절대로 놓지 않았다. 하지만 지금이 아니면 안 되었다. 마르첼은 누이의 손아귀에서 빠져나와 누이 위로 담요를 던졌고 방 가운데로 펄쩍 뛰어내렸다.

 어떤 실루엣이 창문의 하얀 불빛에 반쯤 빛을 받은 채 움직이지 않고 서 있었다. 마르첼 또래의 남자아이였다. 키도 비슷하고 평범하게 옷을 입고 있어서 이튿날 기억하지 못할 것 같았다. 하지만 누군지 모르는 그 아이의 얼굴은 결코 잊을 수 없을 터였다. 방의 차가운 불빛에 비친 잿빛 얼굴에 사람의 눈이 아니었다. 그의 이목구비는 감정, 생각, 소망을 표현하도록 만들어진 것이 아니라 그곳에, 그냥 그의 얼굴에 있었다. 설명하기 어려운 사물의 가장자리와 주름처럼. 그럼에도 만일 그 얼굴을 무언가로 표현한다면, 그것은 일종의 슬픈 멜랑콜리였다. 그는 학교에서 쉬는 시간에 학교 뒤편 운동장으로 가는, 항상 혼자인 남자아이 중의 하나로 보였다. 반 동무들을 보지 않으려고 단지 혼자 있으려고 했던. 그는 작은 남자아이의 몸에 갇힌 어른처럼 보였다. 마르첼은 그가 누구인지 알 것 같았다. 꿈에서든, 현실에서든 언젠가 만난 적이 있었다. 하지만 그를 기억해낼 여유가 없었다. 그 순간 공포가 그를 꼼짝 못 하게 했기 때문이다. 방에서 이사벨이 흐느끼는 소리와 벽에 침대가 부딪힐 때 나는 불규칙한 소리만 들렸다.

역광에 비친 낯선 남자아이의 비인간적이고 어두운 눈은 얼굴의 좋은 부분을 갉아 먹은 것 같았다. 마르첼은 그를 멍하니 바라보았다. 일종의 몽상적이고 짓누르는 듯한 그의 매력은 마르첼이 무언가를 원하고 움직이고 이해하지 못하도록 괴롭혔다. 남자아이는 그곳, 방 한가운데에 이상한 실루엣으로 마주 보고 서 있었다. 낯선 아이가 창문가에서 멀어지고 이사벨이 몸부림치고 있는 침대로 향할 때 마르첼은 몸을 전혀 움직일 수 없었다. 창문은 겨울의 눈 냄새가 나는 하얀 방에 지금보다 더 많은 불빛을 비춘 적이 없었다. 방은 이제 실제가 아니라, 누군가의 눈으로 바라본 방처럼 보였다. 모든 것이 누군가의 마음속에 있는 것처럼 보였다. 사물들이 눈동자를 통해 마음의 깊은 곳까지 침투하는 것처럼. 낯선 아이는 침대 위로 몸을 숙였고 동생을 덮은 담요를 끌어당겼다. 동생은 고통스럽게 소리를 지르고 온 힘을 다해 웅크리고 있었다. 더는 도망갈 곳이 없다는 것을 알고 구석에 몰린 작은 동물 같았다. 낯선 아이는 침대의 동생 옆으로 미끄러져 들어갔다. 그리고 동생과 자기 위로 담요를 끌어 덮었다. 담요가 천천히 그 두 아이 몸 위로 들렸고, 잿빛 둥근 천장 모양이 되었다.

바로 그때 마르첼은 정신을 차렸다. 그는 창틀이 덜컹거릴 정도로 크게 소리를 질렀다. 침대로 돌진했고 단번에 담요와 이불을 잡아당겼다. 그는 마지막 숨을 쉴 때까지 싸울 준비가 되었다. 그러나 침대에는 동생만 웅크리고 있었다. 동생은 집 밖 눈더미에 던져진 것처럼 작은 몸을 온통 떨고 있었다. 마르첼은 몸이 굳은 채 서 있었다. 손에는 담요에서 빠진 실몽당이가 들려 있었다. 방문이 갑자기 벽에 부딪히며 열렸다. 부모님이 번쩍이는 두 개의 회오리바람처럼 남매를 향해 쏜살같이 달려왔다. 동생이 엄마의 품에 안겼고 엄마는 동생을 데리고 나가서 자신들의 침실로 갔다. 아빠는 마르첼과 얘기를 하려는 듯했지만, 이내 포기하고 옆의 침대에 누웠다. 한참 후에 아이는 아빠가 무겁게 숨을 쉬는 소리를 듣고 아빠가 잠든 것을 알았다.

아이는 온몸으로 증오를 느끼며 몸을 떨면서 한동안 깨어 있었다. 하지만 결국엔 잠 속으로 빠져들었다. 그리고 창문 전체를 레이스 장식으로 덮은 듯한 얼음꽃 사이로 여과된 아침 빛이 방으로 쏟아질 때까지 일어나지 못했다. 아빠는 옆에 없었다. 집 안에서는 어떤 소리도 나지 않았다. 모두 떠난 것 같았다. 영원히 떠난 것 같았다. 이전부터 존재한 적 없었던 듯했다. 그는 세상의 한가운데에 유일한 집에 혼자 남은 것처럼 보였다. 침대에서 일어나 2층의 방을 돌아다녔다. 그러고 나서 1층으로 내려갔다. 집은 누군가 살았던 집과 다르게 삭막했다. 화판에 그려진 것처럼 보였다. 소설책에 묘사된 것처럼 느껴졌다. 이 고요는 태어날 때부터 소리를 듣지 못하는 사람들이 아는 고요였다. 만일 아이의 부모가 부엌의 의자에 앉은 채 죽은 것이라면, 동생도 눈을 뜨고 천장을 응시하면서 침대에 누운 채 죽은 것이라면, 아이도 역시 움직이지 않고 창턱에 기대선 채 죽은 것이라면, 그렇게 고요하지 않았을 것이다. 아이가 방과 복도를 통과하면서 앞으로 나아갈수록 사방 벽의 모서리가 좁아졌다가 넓어졌다 했다. 현관문은 잠겨 있었다. 문지방 틈으로 세찬 바람이 들어왔다. 문 앞에 깔린 러그의 술이 흔들릴 정도였다. 맨발이 몹시 차가웠다. 그래서 따뜻하게 입으려고 방으로 돌아갔다. 하루 종일 거기에 머물렀다. 아이가 살았던 모든 날 중에 가장 길고 슬픈 하루였다. 가구도 사람도 없는 빈방과도 같은 텅 빈 하루. 방바닥에 널브러진 장난감은 잿더미 같았다.

아이는 서리 꽃송이들이 어떻게 천천히 녹는지 쳐다보면서 거의 하루 종일 창가에 서 있었다. 그는 꽃 위에 따뜻한 입김을 불어 얼음이 녹아내리도록 도와주었다. 그러고는 창문이 투명한 렌즈가 될 때까지 손바닥으로 문질러 닦았다. 안개 속에서 공원과 호수가 겨우 보였고, 맞은편 집들은 희미한, 아주 어렴풋한 가지색 점에 불과했다. 갑자기 등 뒤에서, 문지방에서부터 자기 자신을 누군가가 바라보는 것 같았다. 요양원이나 병원의 낯선 방에서 창문 너머를 쳐다보고 있는 남자아이.

이사벨은 처음에 얼굴이 붉은 아기였는데, 부모가 계속해서 이사벨을 싸고 풀었고 이곳에서 저곳으로 안고 다녔다. 이사벨은 밤낮으로 울었다. 하루 종일 기저귀를 적셨다. 부모는 엉덩이가 축축한지 확인하기 위해 한 번씩 기저귀에 손을 넣었다. 마르첼도 역시 종종 이사벨을 안아주었다. 마르첼은 이사벨이 엄마 아빠처럼, 숙모들처럼, 할머니 할아버지처럼, 의사처럼, 다른 모든 인간처럼 그저 희미한 색깔의 연기 같지 않다는 게 좋았다. 이사벨은 실재했다. 살아 있고 작고 단단하고 손가락은 앙증맞고 작은 손바닥은 주름져 있었다. 시간이 지나면서 이사벨은 동생 이상의 존재가 되었다. 그는 곧 동생이 자기 몸의 중요한 기관이라고 느꼈다. 비록 자기 눈으로 볼 수 없으나, 자기 몸속에 있다고 알고 있는 심장이나 뇌 혹은 간과도 같이. 반면에 이사벨은 보였다. 그는 이사벨이 자기를 보고 처음 웃었을 때 부모한테 얘기하러 뛰어갔었다. 그때부터 동생과 언제나 함께했던 3년간 그가 애썼던 일은 그 미소를 다시, 또다시 짓게 하려는 것이었다. 그때부터 아이는 동생의 끊이지 않는 웃음소리, 주의, 박수와 격려를 먹고 살았다. 동생은 매일 오전과 저녁 공연에서 아이의 유일한 관객이었다. 매 공연에 곡예, 야생동물 길들이기, 광대 짓, 금관악기 연주, 공중그네 점프는 한 번도 빠지지 않았다. 요즘 들어 동생에게 책을 읽어줄 때부터 책에서 일어나는 사건보다는 자기의 어깨에 동생의 작은 머리를 기댈 때의 무게에 더 신경을 썼다. 아이는 동생에게 자신이 "지금"이라고 말하면 책장을 넘기는 법을 가르쳤다. 그리고 두세 개의 대문자를 가르쳐서 동생은 아는 글자를 볼 때마다 그 동그란 작은 입으로 발음하곤 했다. 아이는 그곳, 남매의 방에서 낮과 밤 놀이를 하며 동생과 평생 함께 살리라는 것을 한순간도 의심하지 않았다.

부모는 집에 저녁 늦게 어두워진 후에 이사벨 없이 돌아왔다. 저녁밥을 먹을 때 엄마가 울었고 이 때문에 엄마가 거의 실재가 되었다. 아이가 엄마의 고통을 느낄 수 있었기 때문이다. 엄마에게는 이제 아이가 그린 서툰 그림에서와 같이 색깔을 다 채우지 못한 윤곽선이 생겼다. 엄마에게 처음으로 아이의 눈을 뚫어지게 바라보는 눈이 생겼다. "마르첼, 여우가 다 뭐니? 너희 최근에 여우 놀이를 했니?" 이사벨은 고열과 여우에 대해서만 말하는 망상 증세를 보여 병원에 남았다. "아니요. 안 했어요. 몰라요." 아이가 대답했다. 식탁에서 빨리 일어나고 싶었기 때문이었다. 부모는 아무것도 이해하지 못했다. 부모와 얘기하는 것은 소용없었다. 엄마는 밤새도록 동생과 함께 있기 위해서 병원에 다시 갔다. 그리고 아빠는 자기 방에 들어가 문을 닫았다. 집은 다시 무섭게 조용해졌다.

아이는 창가에서 뺨을 손으로 감싸고 차가운 창문에 이마를 붙인 채 눈으로 뒤덮인 공원을 내다보았다. 공원의 한가운데에 호수가 있고 호수 너머에 잎이 다 떨어진 나무들 사이로 눈 덮인 잿빛 집들이 모여 있었다. 날씨는 맑았다. 그리고 하늘에 별이 보였다. 장미색 창문은 모든 창문 중에 가장 밝게 빛나고 있었다. 그곳, 측면에 방화벽이 있는 그 집의 가장 높은 층에서 어느 때보다 선명하게 보였다. 멀리 보이는 방에서 누군가 움직이는 것이 보일 정도로 그렇게 잘 보였다. 달팽이 껍데기처럼 건조하고 아무도 살지 않는 듯한 그 건물의 다른 창문에 불빛이 비친 것을 본 적이 없었다. 마르첼은 세상에 대해 더 많은 것을 알고 싶었다. 외곽 저 멀리 그들의 집이 있는 이 방대하고 정체 모를 도시가 왜 존재하는 걸까? 거리에서 부모와 같이 다닐 때 아이 옆에서 이리저리 흔들리듯이만 걷는 다른 사람들은 어떻게 살고 있을까? 아무도 보지 않을 때 사람들은 혼자 무엇을 할까? 왜 사람은 나올 수 없는 몸뚱이에 들어가 있는 것일까? 왜 도시의 다른 곳에서 다른 사람의 인생을 살 수 있도록 그 사람 몸에 들어갈 수 없을까?

그날 밤 이후 아이는 자기 침대에 가지 않았다. 동생이 돌아오기만을 끝없이 기다리면서 이사벨과 같이 자던 둘의 침대에서만 잤다. 하지만 동생은 이튿날에도, 그다음 날에도 집에 오지 않았다. 그리고 엄마가 점점 더 실재하게 되었고 윤곽이 점점 더 정확하게 그려졌다. 마치 아빠 서재의 오래된 쌍안경을 통해서 멀리 있는 사물이 처음엔 희미하게 보이다가 가운데 노브를 돌리면 더 선명하게 보이는 것과 같았다. 엄마는 아침마다 피곤해하며 창백한 얼굴로 집에 돌아왔다. 그리고 대부분의 낮 동안 잠을 잤다. 밤엔 동생과 있어야 했기 때문인데, 동생은 엄마를 알아보지 못했고 이 세상에 있지 않은 상태였다. 마르첼은 이사벨의 고통을 느낄 수 있었다. 마치 둘이 병원 진료실의 한 의자에 같이 앉아 있는 것 같았고 동시에 둘의 팔에 고무줄을 묶고 부풀어 오른 정맥을 찾아 주삿바늘을 꽂고 피가 관으로 똑같이 흘러가는 것 같았다. 서로 다른 두 몸에 똑같은 고통이었다. 그리고 그 고통은, 다른 나머지 모두가 안개, 탈지면, 겨울 장화, 구름, 그리고 결국에 깨어날 거라는 희망 없는 꿈이었을 때, 두 개의 몸을 거기에, 살아 있는 채로 현실에 있게 했다.

　겨울방학은 연장되었고 아이는 아무 할 일이 없었다. 텅 빈 집을 이유 없이 돌아다니는 것, 오후에 책을 잠시 읽는 것, 집에 부모가 있을 때 눈 덮인 공원에 나가는 것 외엔. 그곳의 빛은 눈이 부실 정도였다. 눈은 공원 바닥에, 의자에, 담장과 난간에 이전의 그 어느 겨울에 보았던 것보다 두껍게 쌓였다. 공원은 여전히 넓고 쓸쓸했다. 사람 한 명 돌아다니지 않았다. 아이는 항상 꽁꽁 얼어붙은 호수 가운데에 들어갔다. 단지 표면만 언 것이 아니라, 거대한 얼음덩이처럼 호수 전체가 얼었다. 거기에서 장갑 낀 손으로 축축한 눈을 한쪽으로 치우자 컴컴한 둥근 거울이 드러났다. 두 손으로 눈 옆을 가리고 반짝이는 초록색 유리를 통해 호수 깊은 곳을 들여다보았다. 그곳의 어둠은 너무나 짙었고 녹아내린 역청의 긴 실처럼 소용돌이치고 있었다. 아이는 그 어둠이 자신을 그 안으로 끌어들이고 아찔한 속도로 정신없이 돌게 하고 그 어둠의 원천까지 밀어 넣는 것처럼 느꼈다. 그는 창문의 납작한 걸쇠를 벗기는 것처럼 그 유리 구멍에서 간신히 떨어져 나왔다. 거기에서, 호수 가운데에서 무리처럼 모인 맞은편 집들이 훨씬 잘 보였다. 집들은 모두 낡았고 황폐했다. 몇몇 현관문은 벽돌로 막힌 듯 보였다. 몇몇 창문은 못이 박힌 회색 판자들로 막혀 있었다. 가까이 다가가는 것만으로도 엄청 무서웠다. 하지만 가장 두려운 것은 연한 장미색 창문이 달린 집의 방화벽이었다. 회칠하지 않은 벽돌을 수직으로 쌓아 올린 높은 벽에 녹슨 철로 된 걸쇠들이 돌출되어 박혀 있었다. 마치 사람이 둘로 찢어진 형상으로, 아직 살아 있을 때처럼 똑바로 서 있게 하려는 것 같았다. 그곳에 산다는 건 너무나 슬프고 불행한 일이야, 아이는 눈 덮인 하얀 공원 한가운데에서 혼잣말했다. 조만간에 매장될 가족 납골당에서 평생을 사는 것과 같았다. 때가 묻은 노란색의 어둠이 내릴 때 집에 돌아왔다. 그리고 자기 방에서, 돌아오지 않는 이사벨을 생각하면서 저녁 식사를 기다렸다.

아이는 깊은 슬픔에도 불구하고 이사벨에게 말을 처음 알려주던 순간을 기억할 때마다 웃었다. 동생은 돌이 지났을 때 벌써 아기 침대에서 서 있을 수 있었다. 아기 침대는 이제는 쓰지 않는 다른 물건들과 함께 다락방으로 옮겨졌다. 이사벨이 옹알대기 시작했을 때 마르첼은 자기가 알고 있는 가장 좋고 진실한 말들을 알려주고 싶다고 생각했었다. 이미 그때부터 이사벨을 장난감들의 전쟁으로 즐겁게 해주었다. 동생을 웃게 하려고 물구나무서기도 했었다. 하지만 말하는 것은 다른 일이었다. 더 많은 주의가 필요했다. 마르첼은 오랜 시간 고민했었다. 동생이 태어나서 무엇을 맨 처음 말해야 할까, 처음부터 의미가 있어야 했다. 사물의 이름일 필요는 없다고 생각했었다. 즉, 누구나 볼 수 없는 것이어야 한다고. 그는 **엄마**(마마, mama)와 **아빠**(타타, tata)*라는 거짓말로 말을 시작하는 다른 많은 아이와 같이 누이도 그렇게 시작하는 것을 원하지 않았을지도 모른다. 이런 어휘는 **숟가락**이나 **벽** 혹은 **침대**나 **사다리**보다 더 의미가 있는 것도 아니었다. 이런 것 모두 실존하는 것은 아니었다. 안개와 바람과도 같이 생겨났고 해체되었다. 진실한 말은 다른 것이었다. 이사벨은 여러 날 저녁마다 고집스럽게 끝없이 인내하는 오빠한테서 배웠다. 토라지고 용기를 북돋우며 웃고 공모하는 눈짓을 보내고 늙은 난쟁이처럼 웃는 소리를 내던 끝에 이사벨은 첫 단어 **따뜻해**를, 그리고 이어서 매우 빠르게 **살아 있어**를 말하기 시작했다. 이어서 **파래**와 **깊어**를 말했고, 계속해서 **부드러워**와 **써**를 말했다. 동생은 계속해서 말을 배웠다. 처음의 말들에 따라오는 어휘였고 서로 구별할 수 있도록 뭔가를 더해주어야 했다. 예를 들면 부드러움은 사람, 고양이, 황혼의 구름 등이 될 수 있고 파란색에는 원피스나 공이 그림자처럼 따라올 수 있다. 이사벨은 기억, 시간, 슬픔, 꿈 같은 식별할 수 있는 것들의 이름을 먼저 배웠고

---

*   말을 처음 배우는 어린아이가 발음하기 쉬운 루마니아어 어휘들이다.

나중에 가서는 사람들, 집, 손, 나뭇가지, 공원 등과 같이 곁눈으로 언뜻 볼 수 있는 사물들의 이름을 배웠다.

이후 나날이 엄마는 도시의 여기저기 광장에 있는 석상처럼 보일 정도로 윤곽이 너무나 조밀하고 단단해진 모습이 되어갔다. 엄마는 절망감을 숨길 수 없었다. 이사벨은 점점 더 아팠고 의사는 그 깊은 잠에서 이사벨을 깨우지 못했다. 그리고 부모에게 고개를 숙인 채 앞으로 무엇이든 기다려보자고 속삭였다. 엄마는 동생을 보라고 마르첼을 병원에 데려가고 싶어 했지만, 그는 가지 않았다. 부모는 정말이지 아무것도 이해하지 못했다. 이사벨은 거기에 없었다. 이사벨은 여우의 동굴에 있었다. 아마도 바로 그때, 여우가 이빨이 빽빽한 주둥이로 이사벨을 물었을 때일 것이다. 마르첼은 여우를 보았다. 여우와 얼굴을 마주했고, 여우가 어떻게 생겼는지 보았다. 하지만 아직 여우의 동굴까지 가는 길을 알지 못했다. 납치된 작은 토끼는 끌려갈 때 아마도 뒤에 핏자국을 남겼을 것이다. 혹은 눈물 자국일 수도 있다. 허비할 시간이 더는 없다.

저녁에 하늘 가장자리가 노래지고 모르는 사이에 방 안의 빛이 희미해질 때 아이는 동생의 부재가 점점 더 고통스러웠다. 발가락으로 동생의 머리를 쓰다듬던 것을, 담요 속에서 동생과 호호 웃던 것을 더는 할 수 없다는 것이 괴로웠다. 동생과 함께 책을 다시 읽고 싶었다. 마르첼은 반짝이는 책장의 커다랗고 표지가 딱딱한 책을 들고 함께 보낸 마지막 날 오후 내내 이사벨에게 읽어주던 마지막 장들을 큰 목소리로 다시 읽었다. 그러나 동생이 없는 그의 주변은 너무나 텅 비었다. 그동안 이야기는 계속되었다. 무서운 괴물은 성의 바닥을 뚫었고 무도회장 한가운데에 거대한 갈색 발톱 두 개를 박았다. 다친 공주는 안에 누워 있었다. 공주의 머리카락은 엉킨 문양으로 가득한 페르시아산 양탄자 위로 늘어졌고 드레스는 갈기갈기 찢어졌으며 등의 피부가 벗겨져 있었다. 공주는 접시에 놓인 조각난 생선처럼 척추뼈와 갈비뼈를 다 드러낸 채였다. 하지만 아직 살아 있었다. 윤기 나는 리넨 이불을 움켜잡고 있었다. 왕은 왕좌에 앉아 가슴에서 거미가 요동치는 것을, 독주머니에서 왕의 정맥으로 독이 흘러 들어가게 하는 것을 느꼈다. 그는 창문으로 배를 드러내고 달을 아주 긴 빨대로 빨아들이기 시작했다. 왕국 위에 뜬 검정 무지개가 이제는 더 잘 보였다. 반짝이는 두개골과 엉킨 다리를 가진 검정 개미의 행렬이 이 거대한 다리를 만들고 있었다. 수천, 수십만 마리씩 서로 엉겨 붙은 개미들은 더듬이를 움직이면서, 야단법석을 떨면서 고막에 오랜 시간 남아 있을 웡웡거리는 소리를 냈다. 그 먼 나라에 있는 모든 석상의 대리석 복부에 완벽하게 자라서 곧 세상에 나올 준비가 된, 살아 있는 여자아이가 하나씩 웅크리고 있었다. 누구든지 투명한 돌을 통하여 감긴 눈꺼풀과 작은 조개와 같은 귀를 볼 수 있었다. 얼어붙은 호수의 유리 속처럼 반짝이는 종이 아래에 새겨진 세상은 온통 마치 탈출구가 없는 엄청나게 무시무시한 사건이 일어나기를 기다리는 듯했다.

괴물이 거울을 깨고 거대한 촛대 샹들리에를 박살을 내면서 바닥의 구멍을 크게 뚫고 무도회장으로 밀고 들어왔을 때 마르첼은 책을 더는 읽을 수 없어서 바닥에 떨어뜨리고 말았다. 깜깜해졌다. 방 전체는 이제, 아이가 오래된 곤충처럼 영원히 굳어 있는 거대한 호박석이었다. 아이는 눈이 내리는지 보려고 창가로 갔다. 며칠 해가 나오고 다시 눈이, 크고 촉촉한 눈송이가 내렸기 때문이다. 마치 생명이 없는 장소, 사진에서와 같이 갑자기 눈이 내릴 것처럼 보였다. 그런데 풍경에서 무언가 바뀌었다. 아이는 무슨 일이 일어났는지 깨닫기 전에 이것을 느꼈다. 그리고 자신이 칼처럼 뾰족하고 곧고 순수한 공포, 밀려오는 두려움의 파도에 휩쓸려 가는 것을 깨달았다. 나무 창틀을 손가락으로 움켜잡으면서 마르첼은 이전에 동생이 여우가 다가옴을 느꼈을 때와 마찬가지로 몸을 떨기 시작했다. 창틀 속에서 창유리가 진동하기 시작했고 말라붙은 충전제 찌꺼기가 창턱 위로 흩어졌다.

얼어붙은 호수 한가운데, 검은색 얼음을 들여다본 바로 그곳에 낯선 그 아이가 서 있었다. 그는 머리와 어깨에 눈을 맞으며 움직이지 않았고 조용하게 내리는 눈에 반쯤 사라진 상태였다. 비록 거기까지 너무나 멀고 거의 밤이 되었지만, 마르첼은 모르는 그 아이가 자신을 마주하고 있고 자기 집 창문에 시선을 두고 있을 거라고 생각했다. "너는 누구니?" 마르첼은 간신히 입술만 움직이면서 속삭였다. 내면 어디에선가 그 아이를 알고 있다고 느끼면서. 그 아이를 더 자세히 보아야 했다.

마르첼은 마치 안간힘을 다해 악몽에서 깨어나려고 하는 것처럼 버둥거리면서 창가에서 벗어났다. 그리고 아빠의 서재로 뛰어갔다. 책장 서가 어딘가에 쌍안경이 있었다. 놋쇠로 만들어져 무거웠고 볼록한 유리 렌즈와 눈금을 새긴 원형 노브가 달린 것이었다. 쌍안경을 들고 창가로 다시 뛰어왔다. 완전히 깜깜해질까 봐 혹은 그 아이가 사라질까 봐. 어쨌든 똑같은 얘기다. 그러나 그 아이는 거기에 있었다. 황량한 곳의 한가운데에 꼼짝하지 않고 눈을 맞으면서 혼자서 마르첼의 집을 쳐다보고 있었다. 쌍안경 렌즈를 통해 단번에 얼굴이 보였다. 부자연스럽게 큰 눈은 새까맣고 표정은 마치 미소 짓고 싶어 하는 듯하고 시체의 얼굴이 메스에 베인 것 같았다. 만일 그 아이가 웃지 않았다면, 마르첼은 공포를 덜 느꼈을 것이다. 마르첼은 무언가 기억하려고 애쓰면서 그 아이를 뚫어지게 쳐다보았다. 장롱의 옷들 밑에 있는, 누렇고 닳아서 해진 봉투에 담긴 오래된 사진들에서 잉크와 세월에 잠긴 10여 명의 얼굴 중에, 모든 사진에 있어야 했지만 그 어디에도 없는 사람을 찾을 때처럼. 거기, 꽁꽁 언 호수의 한가운데에 서 있던 그 아이의 얼굴에 미소는 사라지고 멜랑콜리의 무거운 봉인만이 있었다.

어두워진 후에 지평선의 집과 나무를 그리는, 가늘고 누런 윤곽만이 남았고 나머지는 파란 밤이 삼켰다. 쌍안경 없이 낯선 그 아이는 겨우 보였다. 하지만 마르첼은 두꺼운 렌즈로, 그 아이가 돌아서서 호수 표면에서 멀어지고 공원을 지나 더 작아지고 더 어렴풋해지는 것을 보았다. 그 아이는 호수 주변 집들의 큰 그림자에 녹아들었고 칠이 벗겨진 방화벽만이 어둠 속에서 여전히 희미하게 빛났다. 미동도 하지 않던 얼마 후에 갑자기 마지막 층 창문에 장미색 별처럼 불이 들어왔다. 마르첼은 더는 의심하지 않았다. 저기가 바로 굴이었다.

그는 발이 바닥에서 꽁꽁 얼 때까지 창가에 서 있었다. 전투 외에 다른 탈출구가 없는, 구석에 몰린 야생동물처럼 머리가 점점 쭈뼛 섰다. 머리부터 발끝까지 얼어붙은 마르첼은 침대로 가서 머리끝까지 담요를 끌어 올리고 차가운 공기로 숨 쉬도록 작은 구멍을 하나 내고는 몸을 웅크렸다. 마르첼은 폐에서 가지가 나뉘듯이 그 차가운 공기를 느꼈다. 공원의 나뭇가지가 더 가느다란 가지들로 나뉘고 다시 그 가느다란 가지들이 다른 가지들로 나뉘고 그렇게 계속해서 나뉘어서 잠이 든 사람의 뺨에 남겨진 속눈썹처럼 가늘고 많아질 때까지 나뉘듯이. 가지가 나뉘는 것에 끝은 없었다. 마르첼은 점점 더 가늘고 더 가늘게 나뉘는 끝을 깊게 숨을 쉬면서 좇았다. 마치 그의 폐가 호흡하는 유리 나무를 감싸고 있는 하늘인 것 같았다. 곧 그는 흐름을 잃고 동틀 녘에 차례로 사라지는 꿈의 광맥과 금괴와 함께 검은 잠 속으로 빠져들었다.

아침에 엄마가 집에 돌아와 현관 문턱에서 신발의 눈을 털어내자, 이어서 차가운 공기가 따라 들어왔다. 마르첼은 평소처럼 거실에서 엄마를 보았다. 엄마는 코트를 입고 장갑을 낀 채로 의자에 털썩 쓰러지듯 앉았다. 두 팔에 얼굴을 묻고 머리카락을 식탁보 위에 펼친 채 쓰러져 있었다. 아이는 이 여인과 무엇을 할 수 있을까? 한참 후에 엄마는 정신을 차렸고 벽난로에 불을 붙였다. 불빛에 반사된 창가에서 집안일을 시작했다. 이전엔 아이가 도왔고 매번 마법을 부리는 것처럼 놀라웠다. 무언가 중요해서가 아니라, 고통과 피곤함에 녹초가 된 여인의 몸짓이 순간순간 매우 우아했기 때문이다. 그녀는 더는 그를 먹이고 돌봐주는, 얼굴 없는 유령 같은 엄마가 아니라, 다른 세상에서 온 요정이었다. 그녀는 왼 손가락 사이에 동전 하나만 한 크기의 향기가 나는 작은 상자를 끼웠다. 이유는 모르지만, 그 당시에 그런 상자는 어느 집에나 있었다. 마르첼은 그 작은 상자를 어디에서나 찾아냈다. 서랍에서, 동그란 자국을 남기는, 먼지 쌓인 부엌 찬장 위에서, 심지어 침대와 카펫 밑에서도. 작은 상자는 양철로 만들어졌고 뚜껑엔 꽃 그림이 그려져 있고 이상하고 낯선 외국 글자로 둘러싸여 있었다. 그리고 항상 손가락 사이에 끈적끈적한 기름기를 남겼다. 그것은 장뇌 냄새가 났고 손톱 끝으로 뚜껑을 열면 호박석과 같은 고체 물질이 보이고 순간 누구나 무감각에서 깨우는, 초록색의 강렬한 향이 방출되어 방 안에 가득 찼다. 비록 장뇌 조각이 유리처럼 단단해 보여도 손가락을 갖다 대면, 그의 손가락 끝에 투명한 크림 같은 무언가가 닿았다고 느껴질 것이다. 그 물질로 엄마는 관자놀이를 처음엔 오른쪽, 다음엔 왼쪽을 문질렀다. 창가에 서서 투명한 시선으로 눈을 쳐다보면서. 그 순간에 그 여인은 매우 아름다웠다. 마치 그 향유가 그 여인을 많이, 아주 많이 젊어 보이게 하는 것 같았다. 마르첼은 어느 그림에서처럼 혹은 어느 기억에서처럼 엄마가 아름답다고 생각했다.

밤이 될 때까지 할 일이 없었지만 그를 기다리는 일을 생각하고 싶지 않았기 때문에, 그는 종이 오리기를 시작했다. 그는 아주 가끔씩만 이런 놀이를 했다. 더군다나 점토로 무언가 빚거나 그림을 그리려는 마음도 그렇게 자주 들지 않았다. 마르첼은 종이를 여러 방식으로 접으면서 작은 모형들을 만들기를 좋아했다. 튤립, 기병, 배, 악마 등등 무엇이든 가볍고 날리고 불빛에 비치는 것들이었다. 이 순간처럼 때때로 그는 종이 오리기용 전지를 조각내고 싶어졌다. 그 결과를 항상 예측할 수 없고 놀랄 만한 다른 게 나왔기 때문이다. 그는 종이를 여러 번 접어서 가위로 잘라내기 어려울 만큼 두꺼운 네모 종이로 만들었다. 그리고 아주 복잡한 방식으로 모서리를 잘라내어 협만 모양과 S 모양을 여러 개 만들었다. 제멋대로 가장자리도 잘라내고 마지막으로 종이를 펼쳤다. 매번 맘에 들었다. 어떤 것도 서로 똑같은 모양이 없었다. 거울에서처럼 고유의 대칭 모양을 이루었고 여타 다른 모든 방식으로 전복된 또 다른 대칭도 만들어냈다. 아치 모양으로 잘린 것은 나중에 원이 되었다. 잘린 모서리는 마름모꼴을 이루었다. 곡선자로 그려진 듯한 소용돌이는 프리즈의 곧은 띠로 보였다. 그래서 전체적으로 모든 것이 누구도 빠져나올 수 없는, 아주 복잡하게 얽혀 있는 정원과 닮아 보였다.

그날은 커다란 색 전지 하나를 꺼냈는데, 학교 준비물로 엄마가 사준 것이었다. 은색 전지는 평소에 큰 눈송이를 만들 때 자르곤 했다. 이번엔 종이 오리기가 그 어느 때보다 더 크고 더 복잡했다. 구불구불한 오솔길들과 예기치 못한 광장들이 아이 앞 식탁에 펼쳐졌다. 아이는 오솔길과 광장을 따라 손가락을 움직였고 그 길이 얼마나 꾸불꾸불하고 긴지 놀랐다. 이쪽 끝부터 저쪽 끝까지 손가락으로 천천히 그 길을 지나가는 데에 30분이 걸렸다. 광택이 흐르는 식탁 위에 종이를 평평하게 편 뒤에 아이는 모서리를 잡고 이사벨과 같이 자던 방으로 가져갔다. 그리고 창문에 작은 투명 밴드 조각으로 네 모서리를 붙였다. 창틀에 딱 맞았다. 윗부분은 공원의 맞은편 집들이 보이는 곳에 닿았다. 그것은 또 다른 얼음꽃처럼 보였고 마치 서리꽃처럼 위쪽 가장자리까지 차가운 창문을 비추었다. 마르첼은 뒤로 물러나서 만족해하며 작품을 감상했다. 이제 그는 길을 알았다.

나무에 진홍빛 선을 그리면서 분홍 색조가 겨울의 광활한 하늘에 처음 반사될 때 아이는 나갈 채비를 했다. 멀리 보이는 도시는 빠르게 어두워지고 있었다. 서둘러야 했다. 아이는 창문에서 떼어낸 종이를 주머니에 넣었다. 거실을 지나면서 장뇌 상자도 챙겼다. 그곳에서 현관문에 가려면 먼저 부엌을 지나야 했다. 그 후에 창문이 많이 나 있어서 집에서 가장 차가운 공간인 복도를 지났다. 이곳은 난방하지 않아 바깥처럼 추웠다. 창가에 두 가지 종류의 꽃의 줄기와 이파리가 섞여 있었다. 진짜 꽃과 얼음꽃이. 거기 테라스에 엄마는 여름마다 푸크시아, 피튜니아, 수국, 협죽도 화분을 꺼내놓았다. 어느 화분에는 아이가 이름을 모르는 식물이 심겨 있었다. 유별나게 통통한 그 꽃잎의 색깔은 밤에 호수 너머에 불이 들어오는 창문과 정확하게 같았다. 이 추운 복도를 지나면서 꽃을 하나 꺾었다. 그가 보기에 꽃잎이 탐스럽게 벌어져 있었다. 식물이 아니라 굶주리고 긴 촉수를 가진 바다 생물처럼 생겼다. 아이는 장갑 낀 손으로 그 꽃을 꼭 쥐고 길을 나섰다.

하늘이 맑은 밤, 아이는 눈을 밟으며 걸어갔다. 콧구멍에 서리가 들러붙었다. 하지만 하늘의 경이로운 광경에 위로받았다. 집들이 모여 있는 근처의 나뭇가지들 뒤로 언뜻 보이는 달은 완벽하게 동그랗고 지평선 근처에서는 먼저 창백한 듯하더니 뒤이어 하늘 위로 떠올라 더 밝은 빛을 발했다. 하늘에 흩뿌려진 별은 아이에게 익숙한 별자리로, 테라스에서 부모님이 여러 번 알려주었다. 어릿광대 자리, 문어 자리, 모래시계 자리, 정문 자리 등등. 아이는 꽁꽁 언 호수 가운데에 가뿐히 도착했다. 그곳에서부터 길이 조금 복잡했다. 마음을 다잡으려 잠시 멈추고 눈 위에 무릎을 꿇었다. 몸을 숙이고 두 손을 눈 옆에 대고 검은 얼음을 통해 바닥 깊이 들여다보았다. 검은 소용돌이가 땅의 한가운데로 아이를 빨아들였다. 아이는 처음의 측량할 수 없는 깊이의 매력에서 힘겹게 벗어나 다시 일어섰다. 잠시 쉰 것이 아이를 강하게 했다. 이제 여우 굴로 들어갈 준비가 되었다고 느꼈다.

여전히 강하게 타오르는 달의 무게에 눌린 집들은 꽤 가까이 있는 것처럼 보였다. 하지만 가는 길은 똑바르지 않았다. 마르첼 앞에 공포라는 보이지 않는 담이 높이 올라가 있는 것 같았다. 높이 쳐진 철조망 위로 넘어갈 수 없는 것처럼 몇몇 장소는 지나갈 수 없었다. 주머니에 넣어 가져온 종이를 자주 펼쳐야 했다. 머리가 쭈뼛 곤두서고 식은땀에 젖지 않고 지나갈 수 있는 길을 알려주는 지도와 같았다. 그랬다. 그 복잡한 길을 따라가야 했다. 이 길은 아이의 머리 위 하늘에 너무나 선명하게 그려진 별자리와 관련이 있어 보였다. 여정은 몇 시간이나 걸렸는데, 공포의 보이지 않는 담으로 우회와 굴곡과 충돌이 발생했기 때문이다.

마침내 아이는 하얀 황무지를 건너서 자기 집 창가에서 보던 폐허가 된 동네에 들어왔다. 그 동네는 이제 보니 더 크고 넓었다. 10여 채의 오래된 건물과 하늘에 흩어진 검은 잔가지들이 달린, 말라버린 나무들로 이루어져 있었다. 장갑을 낀 채 통통한 꽃잎을 만졌고 손바닥에서 일어나는 떨림과도 같은 분홍빛까지도 느낄 수 있었다.

아이는 금방 그 집을 찾았다. 발코니에 비뚤어진 난간이 있고 유리가 드문드문 깨진 차양이 달린 어두운 건물들 사이에 방화벽이 있는 유일한 집이었기 때문이다. 현관문들은 열려 있거나 아예 없었다. 그래서 실내로 눈이 들이친 흔적이 있었다. 창문들은 오래되고 누렇게 변색한 신문에 덮여 있었고 눈송이가 불규칙한 반점처럼 붙어 있었다. 아이는 이렇게 황폐하고 버려진 곳을 본 적 없었다. 폐허, 저녁의 파란 빛 아래 을씨년스러운 폐허였다. 눈의 두꺼운 층이 땅의 표면을 일정하게 덮고 있었다. 그 낯선 아이의 흔적이 보여야 했다. 어젯밤부터 눈이 내리지 않았지만, 어떤 흔적도 보이지 않았다. 집 현관 문지방까지 쌓인 눈은 흔적 없이 온전하고 가루같이 고왔고 작은 대칭을 이루면서 빛을 발하는 얼음 수정이 여기저기에서 보였다. 마르첼은 머리를 뒤로 젖혀 그 집을 한 번 더 올려다보고 굴이 빈 것을 확인했다. 만약 여우가 거기 위에 있다면, 아이는 폐의 진동을 느꼈을 것이고 간신히 들릴 만한 소리로 창살이 덜컹거렸을 것이고 벽의 회칠이 떨어져 생긴 작은 조각들이 눈을 더럽혔을 것이다. 그러나 모든 것이 사진에서 보이는 것처럼 전부 굳어 있었다. 철로 된 현관문은 육중했고 검정 금속 소용돌이와 꽃과 줄기로 장식돼 있었다. 그 사이에 철사를 마름모꼴로 덧댄 속에 바랜 듯 채색된 물결 문양의 불투명한 유리창이 있었다. 아이는 문을 열고 어둠에 잠식된 복도로 들어갔다. 그리고 뒤로 묵직한 문을 당겨서 닫았다.

세상의 모든 사람처럼 마르첼은 칠흑 같은 어둠이 무엇인지 알고 있었다. 그가 태어나기 이전에 측량할 수 없는 시간 동안 칠흑 같은 어둠에 둘러싸여 있었다. 아이는 한 순간 세상에 있었고 또 다른 순간에 점 크기만 한 아이의 인생이 흩지 못했던 끝없는, 그리고 완전한 암흑의 끝없는 어둠으로 다시 들어갔다. 세상은 빛에 대하여 말하는 것이 의미가 없을 정도로 암흑같이 어두운 곳이었다. 눈이 존재하기 이전의 어둠, 귀가 존재하기 이전의 침묵, 생각을 앞서는 무형의 형상. 슬픔, 공포, 절망은 인간의 삶에 가장 친숙했다. 심지어 멀리 떨어진 도시에 하늘의 창백한 피부에 멍이 든 것처럼 보이는 집에 사는 사람들에게도. 아이는 이미 자기 인생의 시간이 끔찍하게 무서운 속도로 흐르고 있다는 것을, 그리고 그 후에 칠흑 같은 어둠, 끝도 희망도 없는 어둠이 그 자신이 변할 영원하고 작은 무(無)에게 허락된 유일한 색이라는 것을 알고 있었다. 그래서 아이는 완전한 어둠에 머물러 있는 것이 전혀 두렵지 않았다.

아이는 대문 옆의 오톨도톨한 벽을 손으로 더듬어보았다. 옛날 빌라처럼 회벽이었고 고무 스위치에 손가락이 닿았다. 그것을 돌리자 불이 켜졌다. 사물을 드러내기보다는 오염하는 추악하고 더러운 빛. 아이는 좁은 복도에 들어섰다. 타르를 칠해놓은 듯 믿기 힘들 정도로 더러운 철창에 둘러싸인 승강기와 건물 전체를 관통하는 송곳처럼 세워진 나선형 계단이 있었다. 좁은 콘크리트 계단과 몇십 년을 사용했는지 아무도 모르는, 수백 사람의 손에 잡히어 닳고 광택이 나는 계단 난간이 승강기 입구를 둘러싸고 있었다. 계단은 깊은 곳, 지하에서 시작되어 위층으로 올라가 우울하고 희미한 빛 속으로 사라졌다. 어디에선가 소리가 간신히 들렸다. 윙윙거리는 소리가 끊어지지 않았다. 하지만 아이는 이 오래된 건물의 지하 깊은 곳에서 나는 소리인지, 아니면 이 집의 나선형 계단과도 같이 그의 단단한 두개골에 감긴 자기 귀에서 나는 소리인지 알 수 없었다. 아이는 진짜 세상에 속한 것 같지 않은, 한 번도 와본 적이 없는 그 죽음의 장소가 무서웠다. 그것은 마치 아이가 두 살이고 부모님을 잃었으며 끔찍하게 무서운 세상이 그의 주위에서 윙윙거리는 것 같았다.

승강기의 버튼은 고장이 났고 뽀얀 먼지 층으로 덮여 있었다. 그것은 최근 몇 년 동안 아무도 창이 달린 문이 있는 승강기를 부르지 않았음을 의미했다. 철창 우리 안의 괴물이 얼마나 오랫동안 죽어 있었는지 아무도 알지 못한다는 뜻이다. 그래서 마르첼은 둥근 벽을 따라서 계단을 올라갔다. 얼마나 황폐하고 조용하고 기하학적인 멜랑콜리로 가득 차 있는가! 층계참에 완전히 말라버린 꽃 화분이 놓여 있었다. 2층과 3층은 거의 동일했다. 외눈 전구가 슬쩍 비추는, 소변처럼 노란 문이 몇 개가 있었다. 끝이 없는 두께에 화강암처럼 단단한 천장에 송곳이 가로막힌 것처럼 4층에서 계단이 끝났다. 공간에 관한 개념이 여기에서 끝났다. 아이는 움직이지 않고 말없이 좁은 층계참에 서 있었다. 그곳에는 세 개의 아파트 현관문이 나 있고 조잡한 널빤지 상자에 시든 협죽도가 담겨 있었다.

웡웡거리는 소리가 지금은 더 격렬하게 들리는 것 같았다. 아파트 세 군데 중 한 곳의 내부에서 들려오는 듯했다. 아이는 첫 번째 현관문에 귀를 갖다 댔다. 문 너머의 공간은 꽉 차 있지만 어떤 생명체도 없는 듯했다. 두 번째 문도 마찬가지였다. 사실 더러운 회칠 벽에 끼워 넣은 가짜 문이었다. 세 번째 문은 다른 문들과 마찬가지로 오래되었고 나무 무늬에 갈색으로 페인트칠이 되어 있었다. 그러나 살아 있었다. 그 문 너머는 빈 곳이지만, 폐의 깊은 곳에서 숨을 쉬고 있었다. 세 번째 문에 귀를 갖다 대기 전에 마르첼은 거기에서, 그 내부에서 웡웡거리는 소리가 나고 있던 것을 알았다. 경화된 유액의 균열이 오래된 사진 한 장을 찢는 것처럼 그곳의 완전한 침묵을 깨뜨리는 소리였다. 아이는 문 앞에서 잠시 깊은 생각에 빠졌다. 아이는 그곳이 장미색 창이 있는 곳, 여우의 은신처, 여우의 동굴이라는 걸 알고 있었다. 그는 자기 안에서 밀려 올라오는 게 느껴지는 공포의 파도에 계단으로 굴러떨어질까 봐 순간 무서웠다. 만약 여우가 거기에 없다고 확신하지 못했다면, 침묵이 더는 들리지 않도록 소리를 지르면서 계단을 한 번에 세 개씩 디뎌 도망갔을 것이다. 아직 여우는 없었다. 아이가 문손잡이를 누르니 문이 안으로 열렸다. 아이는 안으로 들어갔다. 아이가 아무 할 일이 없는 곳, 결코 갈 필요가 없는 곳으로. 뼈와 피 묻은 털로 가득 찬 여우 굴, 출구도 연민도 없는 곳. 이빨로 가득 찬 주둥이를 가진 여우의 집.

 방 안에 잿빛 석양이 가득했고, 이를 부드럽게 하는 불빛이 선홍색 거즈로 덮인 창문에서 들어왔다. 그렇다, 불빛은 갓 생긴 상처의 피와 혈청이 스며든 그 거즈를 지나왔다. 자홍색 그늘 속에서 아이는 방 하나가 이사벨과 자신의 방과 같은 곳임을 알아챘다. 흰색 금속 책장과 침대, 벽에 끝없이 그려진 똑같은 붉은 꽃무늬, 이 벽에서 저 벽으로 기어가는 뱀 같은 똑같은 수도관. 자체 생명으로 맥박이 뛰고 윙윙 소리를 냈다. 방바닥에 똑같은 장난감이 나뒹굴었다. 똑같은 침대 옆 협탁에 심지어 오후마다 마르첼이 동생에게 읽어주었던 똑같은 책들이 있었다. 그런데 침대 맞은편 창가 구석에 신비롭고 슬퍼 보이는 임신한 여인의 석고 모형이 받침대 위에 있었다. 석고상은 마치 누군가 뱃속에서 태아를 끄집어내려고 톱으로 자른 듯 두 개로 쪼개져 있었다. 폐와 심장, 내장, 간은 어두운색으로 칠해졌다. 석고상은 아이가 언젠가 산후조리원 복도에서 본 것과 모든 면에서 닮았다. 다만 방에 있는 엄마의 진주색 복부엔 한 명이 아니라 두 명의 태아가 있었다. 달빛 색깔의 둘은 서로 끌어안고 서로의 눈을 깊이 바라보고 있었다. 둘은 살아 있고 태어날 준비가 된 것처럼 보였다.

창문 쪽의 침대에 동생이 깊고 어슴푸레한 빛에 잠식되어 있었다. 동생은 생기 없이 미동도 하지 않고 누워 있었다. 두 눈은 감았고 얼굴은 무섭게 창백했으며 땀에 젖은 이마에 머리카락이 붙어 있었다. 한쪽 콧구멍에서 나온 관 하나가 이불 속으로 사라졌다. 관자놀이엔 분홍색 반창고로 여러 개의 줄이 붙어 있었다. 동생은 자신 안에 갇혀 도와달라고 소리치지도 못하고 누워 있었다. 거미줄에 둘둘 말려 늘어져 있는 곤충과도 같았다. 결코 벗어날 수 없이 산 채로, 투명한 거미줄의 큰 바퀴 한가운데에 있는 거미에게 잡아먹힐 신세였다.

마르첼은 침대 앞에 무릎을 꿇고 동생의 손목을 짚었다. 맥이 아주 약하게 뛰고 너무나 차가워서 마치 동생의 정맥에 얼어붙은 물이 흐르는 것 같았다. "이사벨!" 그는 동생에게 속삭였다. "일어나! 집에 가자!" 하지만 동생은 깨어날 기미가 전혀 없었다. 동생의 몸을 살짝 흔들었다. 소용없지만 따뜻한 손으로 동생의 이마를 짚었다. 결국엔 일어나서 어찌할 바를 모른 채 주변을 두리번거렸다. 이제 방 전체가 견딜 수 없게, 무섭게 윙윙 소리를 냈다. 사방의 벽, 방바닥, 방 안의 물건이 윙윙거렸다. 창문을 통해 들어오는 짙은 갈색 불빛이 윙윙거렸다. 침대 맞은편의 벽에 남매의 방과 같이 어린이용 의자 하나와 작은 탁자 하나가 있었다. 마르첼은 탁자 위에서 작은 공책 하나를 보았다. 초등학교에 다니는 아이가 책에서 모르는 단어들을 보면 적기 위해 쓰는 공책이었다. 호기심에 가까이 가서 공책을 집어 들었다. 공책은 페이지마다 연필로 쓴 작은 글씨들로 꽉 차 있었다. 아무것도 분명하게 보이지 않아서 마르첼은 창가로 갔다. 그리고 축축하고 차가운 커튼을 반쯤 잡아당겼다. 매우 멀리, 겨울의 한가운데, 남매의 집이 보였다. 작고 평범한 집, 이파리가 다 떨어진 나무에 반쯤 가려진 집. 바깥의 아주 약한 담갈색 빛줄기에 아이는 문장 몇 개를 읽을 수 있었다. 그런 다음 공책을 넘겨보다가 수십 페이지에 걸쳐 처음부터 끝까지 질문들만이 있는 것을 알게 되었다. 일반적인 질문들이 아니라, 아무도 할 수 없을 질문들이었다. 누구나 생각할 수 있는 것도 아니었다. 수백 개의 질문에 답은 하나도 없었다. 아이는 우연히 질문 몇 개를 뽑았다. "시력은 무슨 맛일까?" "미소는 어떻게 불이 붙을까?" "슬픔은 가격이 얼마일까?" "죽음은 무슨 소음을 낼까?" "왜 우유는 거짓말하지 않을까?" "**아마도**에서는 어떻게 보일까?" "**그리고**는 척추뼈가 몇 개 있을까?" "구름은 무엇을 먹을까?" "왜 우리는 자기 눈을 못 볼까?" "혀는 무슨 메아리를 칠까?" "콧구멍은 어떻게 냄새를 맡을까?" "**전혀**는 얼마나 노란 색일까?" 등등. 계속해서 이렇게 이어졌다. 지운 흔적도 없고 빈 곳도 없었다. 마르첼이 본 적 있는 아이 글씨체였다. 반쯤 채워져 있는 마지막 페이지의 마지막 질문은 어두워서 간신히 읽을 수 있었다. "운명은 어떻게 눈처럼 내리는가?"

이 신선한 질문, 아마도 바로 그날에 쓰였을 질문을 읽으면서 아이는 부르르 떨었다. 아주 오래된 장면 하나가 섬광처럼 뇌리를 스치고 지나갔고 짓누르는 듯한 감정만이 다시 기억났다. 무엇이었더라? 무엇이었지? 그 네 단어를 다시 읽었다. 다시 차가운 돌풍처럼 달콤하고 어두운 고통에 그는 벽에 기댔다. 바닥에 던진 장갑 한 짝을 집어서 통통한 꽃을 꺼냈다. 칠흑같이 어두운 방에서 무채색의 하얀 빛으로 빛났다. 아이는 해부학 석고상의 받침대에 꽃을 올려놓고, 벌거벗은 가슴 사이에 이마를 기대고서 그 엄마를 끌어안았다.

아이는 엄마가 저녁에 자기 집에서 나와서 눈이 바람에 날리는 거리를 지나 트램 정류장에서 차가운 강풍에 등을 돌린 채 트램이 오기를 기다리는 걸 상상한다. 머리를 감싸는, 이제는 눈에 덮인 얇은 숄 아래에 고수머리 몇 가닥이 휘날린다. 트램이 아주 멀리서 동체를 흔들면서 궤도를 따라오고 있다. 엄마는 텅 비고 아주 밝은 트램에 오르고, 트램은 곧 엄마의 관자놀이에서 흘러나오는 장뇌 향으로 가득 찬다. 엄마는 그렇게 기념비와 궁전으로 장식된 도시를 가로지른다. 광장마다 세워진 동상을 쳐다보느라 머리를 돌리면서. 이미 출산하여 엄마의 배 아래에서 나온 줄과 아직 끊어지지 않은 여자 아기를 가슴에 안은 여인의 동상들을. 엄마는 거대한 병원 앞에서 내려서 수많은 문 중의 하나로 들어가 직원용 계단으로 수십 층을 올라간다. 엄마는 혈청과 피의 혈액 주머니를 매다는 지지대가 달린 침대가 있는 개인 병실에 도착한다. 그러나 침대는 정리돼 있고 평평하고 앉은 자국이 없으며, 거친 파란색 담요가 놓여 있다. 그 위에 풀을 먹여 빳빳한, 주름 없는 이불이 덮여 있다. 침대에 누운 사람은 없는데 엄마가 침대 가장자리에 앉아 혼자서 밤을 지새운다. 가끔 욕실에 가서 양철 잔에 물을 담아 온다. 한편으로는 지지대에 매달린 혈액 주머니를 교체한다. 주머니에 연결된 투명한 호스는 침대 밑 어딘가로 사라진다. 해가 뜰 무렵, 창백하고 눈가가 거무스레해진 엄마는 그곳을 나온다. 집에 아이가 하나 더 있기 때문이다. 그 아이는 현재 뼈와 두개골이 가득한 굴에서 여우를 기다리고 있다.

아이는 칠흑 같은 어둠에 익숙해진 듯했다. 아니면 창문 너머에서 더 밝은 빛이 들어온 것이었는지도 모른다. 아이는 창가로 가서 커튼을 한쪽으로 걷었다. 얼어붙은 하늘에 달이 떠 있었다. 유백색 달빛은 방바닥까지 비추었다. 침대 옆 협탁의 책 무더기가 지금은 빛과 그림자를 가르는 선에 의해 반으로 잘렸다.

맨 위의 책을 집어 들었다. 예전에, 오래전에, 아주 오래전에, 언제인지 셀 수 없이 아주 오래전에 이사벨과 함께 펼쳤던 책이었다. 딱딱한 표지에 반짝이는 종이의 책에는 환상적인 삽화가 그려져 있었다. 아이는 창턱에 그 책을 올려놓고 밝은 달빛 속에서 계속해서 읽었다. 강하고 빛나는 개미들이 이루는, 무연탄과도 같은 검정 무지개가 밤하늘 전체에 걸렸다. 개미들은 계속해서 우글거리고 서로의 발과 더듬이가 뒤엉키고 개미 한 마리 한 마리는 모든 인간의 운명을 검게 비추는 불길한 검정 별이 되었다. 왕은 빨대로 달의 물질을 빨아 먹었고 달은 구겨진 비닐봉지처럼 땅에 떨어졌다. 그의 가슴에 살면서 투명한 살을 먹고 사는 거미는 나비가 누에고치를 찢듯이 그의 몸통 피부를 찢었다. 거미는 괴물과 맞서고자 나왔다. 거미와 괴물은 새틴 침대 위에 공주의 찢어진 양쪽 몸이 놓여 있는 내실에서 맞닥뜨렸다. 둘은 단지 송곳니와 발톱일 뿐이고 서로 똑같았다. 마치 공주가 자신들을 비추는 거울인 것처럼. 아주 강력한 두 개의 돌풍처럼 그들은 서로를 향해 돌진했다. 공주 등의 벗겨진 양쪽 피부가 상처 위로 일어나 아물 정도로 강력했다. 찢어진 살갗이 아물듯 맞붙었다. 그 순간 척추뼈에서 나오는 달콤한 빛만이 오롯이 작은 어깨뼈와 좁은 어깨가 연결된 아름다운 등의 여기저기를 부풀렸다. 그 위로 찢어진 옷이 기워지고 날개가 이전의 형태로 짜이고 목덜미까지 공주의 상반신에 옷이 입혀졌다. 공주 위에서 싸우고 있던 거미와 괴물의 숨결 속에 공주의 구릿빛 머리카락이 하나로 굵게 땋아졌다. 공주는 침대에서 일어나 서로의 독으로 중독된, 찢어진 두 환영을 한 손으로 쫓았다. 공주는 뼈가 우지끈하는 소리를 내면서 몸을 쭉 펴고, 춤을 추려는 듯 작은 한쪽 발을 내디뎠다.

그런데 마르첼은 공주가 어떻게 날카로운 면도날로 자기 손바닥에 금을 그었는지 더는 알 수 없었다. 책에서 눈을 떼는 순간 여우를 발견했기 때문이다. 여우는 달빛이 비치는 공원 쪽에서 다가오고 있었다. 주둥이에 이빨이 꽉 찼고 얼음처럼 딱딱해진 눈이 발밑에서 소리를 냈다. 여우는 배가 고팠다. 이번에 작은 토끼를 찢을 판이었다. 털을 피로 물들일 것이었다. 꿈속에서처럼 일정한 보폭으로 다가왔다. 동공이 완전히 확장된 눈이 얼굴의 반을 차지했다. 눈은 한 번도 깜빡이지 않았다. 여우가 가까이 다가올 때 아이는 여우의 주둥이를 보았다. 창백한 얼굴에 수술용 칼로 그어진 것 같았다. 침대의 진한 그림자 속에서 이사벨이 고통스럽고 깊은 한숨을 쉬었다. 잠을 자면서 맹수의 알싸한 냄새를 맡은 것이다.

시간이 되었다. 여우는 벌써 건물의 그늘 속에 들어왔고 검은 지주에 달린 출입문이 삐거덕거리는 소리가 들렸다. 그러자 진동이 집 전체를 흔들었다. 수 세기 동안 멈춰 있었던 승강기가 작동한 것이다. 여우는 검게 변한 철사로 둘러싸인 목구멍 속으로 태고의 원시 동물처럼 매우 천천히 미끄러지듯 움직였다. 세상을 끝낼 것 같은 우지끈 소리가 1층에 여우가 도착했음을 알렸다. 마르첼은 공포심에 얼어붙은 채 문이 삐거덕거리는 소리를 들었다. 다시 한번 더 진동이 집을 종잇장처럼 심하게 흔들었다. 여우는 땅의 한가운데로부터 끝을 알 수 없는 수직갱도를 따라 올라왔다. 곧 하얀 세상에 도착할 것이다. 계단을 통해 아래로 도망가지 못하도록 승강기가 내는 소리보다 더 크게 소리를 지르면서 아이는 이사벨을 생각했다. 누구도 그렇게 사랑하는 사람을 생각한 적 없는 방식으로 동생을 생각했다. 그들 위로 둥글게 만든 담요 속에 누워 있는 동생의 작은 몸을 껴안았던 것을 생각했다. 로아다가 마차에서 떨어졌을 때, 영리한 사자가 온 집 안에서 갈기로 마차를 이끌었을 때 동생의 웃음소리가 기억났다. 동생에게 책을 읽어주던 때에 책장들에서 반사된 겨울의 빛을 동생의 얼굴에서 보았다. 발가락 끝으로 동생의 부드러운 곱슬머리를 다시 느꼈다. 땅 아래 굴속에서 서로 꼭 붙어서 매일 밤 얼마나 행복해했던가! 바깥에서 눈과 밤이 모든 생명체를 죽이고 있던 그때, 그곳은 사랑과 포근함으로 채워졌다. 남매가 나란히 누워서 뺨을 맞대고 아이의 머리카락이 동생의 더 짙은 색 머리카락과 엉켰다. 아이의 손이 동생의 손을 잡고 손가락을 웃기게 움직이면서 함께 깔깔 웃었다. 동생의 말 몇 마디가 오빠의 말을 방해했는데, 작은 종이 섬세하게 땡그랑거리는 것 같았다. 비록 그의 몸이 조각조각 찢어지더라도 작은 토끼를 그냥 내버려둘 수는 없었다. 비록 그의 심장이 가슴에서 꺼내어지더라도.

낯선 아이는 지금 현관 복도에 와 있었다. 승강기가 마지막으로 우지끈 소리를 내고 윙윙거리기만 하는 소리의 침묵이 다시 찾아왔다. 누구든지 그 소리가 귀에서 나는 소리인지, 아니면 주위 사물에서 나는 소리인지 알 수 없었다. 여우는 방에 서둘러 들어오려고 하지 않았다. 아마도 콧구멍이 없음에도 다른 세상에서 나는 냄새를 맡았을 것이다. 미각으로 느끼기 위해 이빨로 꽉 찬 주둥이를 벌렸을 것이다. 현관문의 썩은 나무 사이로 보았을 것이다. 어쩌면 이미 방에 들어와 있을 것이다. 그 누구도 상상하지 못하는 어떤 감각 섬유가 문의 미세공을 통과하는 것처럼 말이다. "**전혀**는 얼마나 노란 색일까?" "운명은 어떻게 눈처럼 내리는가?" 피에 물든 거즈로 덮인 창문에 기댄 채 마르첼은 싸울 준비가 되었다.

여우가 동생을 납치했던 그날 밤처럼 둘은 서로 마주 보았다. 정확히 아이의 눈높이에서 다시 거대한 동공의 비인간적인 커다란 두 눈이 보였다. 얼굴의 반을 차지했다. 다시 그 음산한 미소를 참아내야 했다. 멜랑콜리가 잔인하게 봉인된 그 미소. 시체의 얼어붙은 악취에 아이의 감각이 무뎌졌고 아이는 조용하고 슬픈 마법에 빠져들었다. 아이는 그 낯선 아이를 보았다. 짙은 음영 아래 겨우 보이는 이사벨이 누운 침대로 다시 향하고 있었다. 잠옷에서 빠져나온, 줄무늬 양말을 신은 한쪽 발은 달빛에 하얗게 칠해진 것 같았다. 그 낯선 아이가 동생의 코에서 나오는 관을 천천히 잡아당기고 관자놀이에 붙인 줄을 뜯어내는 것을 보았다. 그때 동생이 살짝 움직였고 꿈꾸면서 무언가 중얼거렸다. 여우가 동생을 품에 안자, 동생 머리카락이 바닥으로 늘어졌다. 둘은 창가로 움직였고 아이는 이제 여우와 동생이 보이지 않았다. 이후에 불분명한 소음이 들렸다. 손으로 만지거나 볼 수 없기에 이름 붙일 수 없었을 그런 소음이었다. 굉음, 가볍게 땡그랑거리는 소리, 작은 외침, 그르렁거리는 소리. 마르첼은 그 마법에서 벗어나려고 안간힘을 쏟았다. 악몽을 꾸는 동안 바닥에 쓰러져 가위에 눌렸을 때 깨어나려고 손으로 뺨을 치는 것과 같았다. 여우가 아이의 목덜미를 때렸고 몸을 마비시켰다. 하지만 아이의 의지가 그 순간 공포와 절망에서 다시 깨어났다. 아이는 달빛에 물든 방의 구석으로 돌아왔다. 갑자기 결코 잊을 수 없는 광경이 앞에 펼쳐졌다.

  이사벨이 석고상의 발아래에 누워 있었다. 얼굴은 석고상을 향한 채였고 몸은 움직이지 않았다. 낯선 아이는 손바닥에 무언가를 들고 있었다. 처음에는 분필과도 같은 하얀 달빛에 불분명했지만, 마르첼은 보았다. 심장이었다. 둘로 쪼개진 엄마의 석고상에서 꺼낸 심장이었다. 낯선 아이의 가슴 앞에, 길고 투명한 손가락 사이에 심장이 있었다. 살의 빛깔이었어야 했지만, 둥근 달빛에 뚜렷이 보이는 심장은 타르처럼 검게 보였을 것이다. 그는 심장을 가슴에 바짝 붙여 꽉 쥐었다. 두려움에 떠는 토끼 한 마리나 날개에 상처 입은 새 한 마리를 보호하려는 것과 같이. 그는 심장을 한 번 쳐다보고, 해부용 석고상의 가슴안 제자리에 갖다 놓았다. 그리고 되돌아와서 강렬한 눈으로 마르첼과 마주 보았다. 낯선 아이의 입은 수술용 칼로 찢어놓은 것 같았다.

  싸움은 일어나지 않았다. 낯선 아이의 눈에 눈물이 글썽거렸다. 마르첼과 낯선 아이가 아주 서툰 포옹으로 서로 목을 기대자 낯선 아이의 목은 얼음장 같았다. 둘이 서로 손을 맞잡았을 때 낯선 아이의 손가락은 고드름 같았다. 오, 내 남동생, 영원히 잃어버렸던 동생! 방 안의 냉기는 참을 수 없어졌다. 사방이 꽁꽁 언 눈의 결정이 반짝이는 서리로 덮여 있었다. 섬세하고 조용한 얼음꽃은 창문 위쪽 가장자리까지 올라갔다. 천장 가까이 벽을 따라 기어가던 뱀은 서리가 내린 유리관처럼 보였다. 서리꽃, 장례의 꽃이 이사벨의 작은 몸을 덮으려고 했다. 작은 나비와 같은 반짝이는 조각이 푸르스름한 얼굴에 흩뿌려지고 얇은 얼음 바늘이 속눈썹 사이로 스며들었다. 땀에 젖었기 때문에 머리카락이 얼어붙었다. 바깥의 나무처럼 머리카락마다 한쪽으로 얇은 층의 눈으로 덮이고 있었다. 여자아이의 작은 이마 위에 부서지기 쉬운 왕관이 씌워졌다.

마르첼은 그 순간 거래도, 공포도, 사랑도, 가격도 알게 되었다. 한순간도 주저하지 않았다. 그는 서리가 동생의 심장에 도달하기 전에 좋아, 라고 말했다. 교환은 한순간에 이루어졌다. 그의 눈물 사이로 어떻게 그 아이가 그의 목을 끌어안은 동생을 데려가는지, 어떻게 자기의 무거운 짐을 데리고 방을 나가는지 보였다. 나선 계단을 내려가는 소리가 들렸다. 그는 머릿속에서 둘이 어떻게 추운 겨울 공원을 가로질러 가는지, 어떻게 호수 한가운데 있는 검은 눈 근처를 지나가는지, 어떻게 하얀 세상으로 돌아가는지 생각했다. 어떻게 집으로, 온기와 밝은 빛 속으로 다시 가는지, 어떻게 엄마와 아빠가 환영 만찬을, 아픈 딸의 퇴원을 축하하는 기쁨의 만찬을 준비하는지, 어떻게 마르첼과 이사벨이 이전의 행복한 시절과도 같이 뛰고 깔깔거리며 웃는지 생각했다. 어떻게 둘이 다시 함께 놀고 함께 웃고 다투다가 화해하고 협탁 위의 책을 읽고 하얀 창문에서 공원과 호수를 바라보고 학교에 가고 별을 쳐다볼 수 있을지 생각했다. 어떻게 시간이 흐르고 아이들이 자랄지, 어떻게 세상이 변할지, 어떻게 마르첼과 이사벨이 동상에서 태어난 여자아이들의 아름다움과 도시 건물의 웅장함, 날아다니는 트램의 색깔에 놀라워하면서 도시 여기저기 구석구석까지 돌아다닐지 생각했다. 그들은 다른 여자와 다른 남자와 결혼해서 아이들을 낳을 것이고 자기 아이들을 키울 것이고 걱정거리와 질병이 생길 것이고 물론 행복도 가끔씩 느낄 것이다. 그들은 경험으로, 피부와 두 눈, 반짝이는 치아 등으로 인생의 끝없는 기적을 알게 될 것이다. 그들이 그에게서 받은 것은 선물이었다. 이사벨에 대한 그의 사랑의 봉헌이었다.

오후 시간 내내 그리고 저녁 시간 동안, 그는 각자의 삶을 살아갈 모든 집의 모든 창문을 통해서 그들을 바라볼 것이다. 그림자 속에 숨은 낯선 그는 곤충의 거대한 눈을 하고 외로움에 짓눌린 짐을 지고 있을 것이다. 그는 그들을 오랫동안 기억할 것이다. 그들이 늙고 죽은 후에도, 그들의 무너지기 쉬운 세상이 사라진 뒤에도. 그는 영원한 얼음의 땅으로, 수 주 동안 뇌우가 지속되는, 수 세기 동안 어둠이 지속되는 그곳으로 돌아갈 것이다. 그는 여우들의 흔적이 흩뿌려져 있고 눈이 내려 쌓인 거대한 공간의 한가운데에 이글루를 하나 만들 것이다. 인간 존재에게서 멀리 떨어진 곳에 세워진 외로움의 기념비이자 제단이다. 거기에서 그는 멜랑콜리 때문에 봉인된 얼굴과 비인간적 몸과 얼어붙은 영혼을 숨길 것이다. 거기에서 그는 밤을, 영원한 밤을, 태어나기 이전의 밤을, 죽은 이후의 밤을 견딜 것이다. 반쪽 그림자 속에서 그는 낡은 공책에 무와 무가치에 관한 질문을 끝없이 적을 것이다. "물은 어떻게 잠을 잘까?" "구체는 어떻게 자를까?" "가을은 얼마나 많은 여름을 가지고 있을까?" "왜 거울 속에서는 자신이 보이지 않을까?" "손가락 하나가 얼마나 많은 손을 가지고 있나?"

"운명은 어떻게 눈처럼 내리는가?"

껍데기

종종, 특히 저녁에 멜랑콜리가 자기를 덮쳐올 때, 소년은 껍데기를 보기 위해 그 오래된 장롱을 열곤 했다. 사실 이런 일은 흔하지는 않았다. 볼만한 광경이 아니어서가 아니라, 소년이 머릿속에 떠올리지 못했기 때문이다. 소년의 인생, 그렇게 외로운 인생은 기하학 시간에 곡선자로 곡선을 그리는 것처럼 모든 종류의 의무와 할 일들, 비현실적이고 쓸모없는 것들로 가득 차 있었다. 침대를 정리하거나 가방에 책을 넣는 일들은 흐릿하고 역시 쓸모없는 일들이었다. 단지 저녁 늦게 창을 통해 들어오는 핏빛 노을로 고랑이 생긴 방 안에서 더는 앞이 보이지 않을 때면, 소년은 더 자유로웠고 외로움의 무게를 느끼곤 했다.

그는 너무나 외로웠기 때문이다. 아마도 이 세상에서 가장 고독한 사람이었을 것이다. 몇 주를, 몇 달을 자신과도 말하지 않을 정도로, 자신을 스스로 버릴 정도로 그렇게 혼자였다. 수백 번의, 수천 번의 노을이 지고 밤이 되면, 그는 그저 창가에 서서 몇 시간 동안 달과 얼굴을 마주하고 이번 주에서 다음 주로 넘어갈 때 달의 모양이 어떻게 변하는지 보고자 뿌연 창문을 통해 달을 쳐다보았다. 세상에서 소년이 사랑한 것이 있다면, 달이었을 것이다. 하지만 아무 달이나 사랑하지 않았다. 손톱처럼 얇은 초승달, 지평선 가까이 내려앉아 마치 뿔이 위로 솟은 것 같은 모양이 될 때의 초승달을 사랑했다. 초승달은 독처럼 초록빛인 하늘을 배경으로 고층 건물 위로 떠올라 소년이 살고 있는 도시 안의 첨탑과 지붕, 박공, 돔 지붕과 함께 사라졌다.

  소년은 열다섯 살이고, 세상에 아무런 의미를 두지 않았다. 하지만 생각으로도 이 문장을 말하지 않았다. 말만 낭비될 것이기 때문이다. 자기가 열다섯 살인 것으로 충분했다. 이미 여기에서 자신의 인생이 의미가 없음을 깨달았다. 학교 친구 모두의 인생 역시 마찬가지였다. 그들은 두 시기 사이에 떠다니고 있어서 양쪽 어느 기슭에도 올라갈 수 없었다. 왼쪽에는 아직 반짝이고 있지만 오래된 그림에서 보는 비단의 바랜 빛으로 반짝이는, 이미 멀어진 어린 시절의 기슭이 있다. 오른쪽에는 성숙한 나이의 기슭, 파란색 바위 사이에 난 바닥 없는 심연 혹은 성가신 파리 한 마리 같은 자살에 관한 생각이 유혹하는, 두렵지만 매혹적인 풍경이 뒤따를 기슭이 있다. 맞다. 소년의 절망은 다른 친구들의 절망과 닮지 않았다. 심지어 절망과도 닮지 않았다. 소년도 자주 방과 후에 학교 운동장에 축구하러 갔었다. 혹은 쉬는 시간에 담벼락에 기대어 의미 없이 수다 떨곤 했다. 하지만 대부분은 터무니없이 폭이 넓은 학교 건물의 뒤편에 갔다. 거기엔 반짝이는 트램 선로와 멀리뛰기용 모래밭이 있었다. 나무로 된, 모래밭 가장자리에 걸터앉은 채 두 발을 모래에 내려놓았다. 그리고 단추가 떨어지고 구겨진 교복 주머니에서 작은 시집을 꺼냈다. 아주 오래전에 죽은 시인이 쓴 것이었다. 그는 그곳에서, 무당벌레가 기어 올라가는 시멘트 담벼락 옆 잡초 사이에서, 죽은 자의 이상하지만 듣기 좋은 소리에 귀를 기울였다. 수업 시작을 알리는 종소리가 들릴 때까지. 소년이 알고 있는 사람 중에 다른 누구도 죽은 자들과 말하지 않았다. 때때로 소년은 죽은 자들이 자신의 외로운, 가련하고 외로운 친구들이라고 생각했다. 멀리 떨어진 어느 묘지에 화관이 하나씩 놓인 곳 아래 투명한 땅속에 나란히 아름답게 누워 있는 거주자들이라고. 죽은 자들은 서로 이야기를 나누지 않았지만 적어도 소년에게는 말을 건넸다. 소년의 부모도, 친척도, 친구들도 소년에게 말을 건네지 않았지만. 소년은 줄을 맞춘 무덤 사이사이를 지나갔다. 종종 무거운 수정 뚜껑을 들어 올렸다. 그러자 아득한 한 세기 이전의 위대한 시인이 앉아서 소년에게 말을 건넸다. 사람이 하는 말이라고 들리기에는 너무 오래전에 잊힌 그런 목소리였다. 하지만 바로 그곳, 멀리뛰기용 모래밭에서 소년에겐 시간이 많지 않았다. 학교 수업이 계속되었고 그 시간 동안 세상은 해부대의 비둘기처럼 내장 기관이 차례대로 해체되는 듯 보였다. 학교에서 배우는 과목과 소년은 무슨 관계가 있을까, 실체와 소년은 무슨 관련이 있을까?

낡은 장롱은 소년보다 더 오래되었다. 그의 방에 있는 다른 가구들은 세월에 따라 여러 번 바뀌었어도 장롱은 언제나 그대로 있었다. 소년은 희미하게 기억하는데, 몇 년 전에 장롱 위에 올라가 거기에서 침대로 뛰어내리곤 했다. 때로는 혼자서 숨바꼭질하면서(아무도 그와 놀아줄 시간이 없었다) 장롱 안 바닥의 새틴 솜이불 아래에 숨곤 했다. 숨바꼭질이 더 오래 계속되도록 숨은 곳을 잊으려고 애쓰면서. 그때 소년은 자기 자신이 집을 돌아다니다가, 어두운 구석구석을 탐색하다가, 다른 방으로 사라졌다가 침실로 돌아오는 소리를 들었다. 소년은 무질서하게 걸린 그 자신의 껍데기와 교대로 옷걸이에 걸려 있는 낡은 옷들과 솜이불 아래에서 어떻게 숨을 참는지 귀 기울이면서 침대 발치에 있는 오래된 가구의 반짝이는 문 앞에서 숨을 참고 꼼짝하지 않고 서 있는 순간, 자기 자신이 두려워졌다. 그 어려운 순간, 거울의 이쪽과 저쪽에 찾는 자와 숨은 자, 사냥꾼과 사냥감, 사형 집행인과 사형수, 사랑하는 남자와 사랑받는 여자, 태양과 달이 있는 그 어려운 순간의 두려움. 갑자기 문이 활짝 열리고 그 두 사람은 똑같은 소리를 질렀다. 결국에는 하나가 되는, 두 개의 목구멍에서 나는 외침이었다.

한번은 옆면의 반짝이는 단추를 누르면 튀어나오는 금속 뚜껑이 달리고 아주 딱딱한 소재로 만들어진 오래된 여행 가방에서 좀이 슬고 곰팡이가 핀 아버지의 껍데기를 찾아냈다. 엄마는 시장에 갔기에 소년은 마음이 편안해서 껍데기 일고여덟 개를 밖으로 꺼냈다. 껍데기들은 척추를 따라 지그재그로 찢어진 채였고, 방수포처럼 부드럽지만 단단했다. 그는 방 안 침대와 카펫 위에 껍데기를 넓게 펼쳐서 뒤집어놓았다. 장딴지 털과 팔뚝이 잘 보존된 팔다리, 가슴의 흐릿하게 말랑한 살, 눈 위치 바로 앞의 구멍, 수술용 칼로 잘린 듯한 얇은 입술이 있는 잠수복 같았다. 넓적다리 밑에 아버지의 성기를 감쌌던 껍데기도 있었다. 언젠가 소년이 아버지의 성기를 쑥스럽게 쳐다본 적이 있었다. 몇 해 전 여름에 아버지는 낙낙한 면 팬티를 입고 소파에 앉아서 텔레비전을 보고 있었다. 그때 소년은 팬티 가장자리에 삐져나온 휘어진 성기를 보았다. 아버지의 껍데기들은 한 살일 때, 네 살일 때, 일곱 살일 때, 그리고 마지막으로 벗겨질 때까지 5년 간격으로 있었다. 소년은 2년 전에 있었던, 늘 똑같았던 의식을 기억했다. 아버지는 저녁마다 피곤함에 절어 서류 가방을 끼고 집에 돌아오곤 했다. 아버지는 심장과 위에 대해 한탄했다. 엄마는 오래되고 단단해 보이는 알약을 물과 같이 먹을 수 있도록 아버지에게 가져다주었다. 하지만 알약은 심장과 아버지를 돕지는 못했다. 결국에 아버지는 회사에 더는 가지 못했다. 아버지는 대로에 접해 있는 작은 방에 틀어박혀서 나오지 않았다. 아버지를 꽉 조인 오래된 껍데기에서 빠져나오지 못하는 것 같았다. 어느 날 아침에 아버지는 우유처럼 하얀 새로운 껍데기를 쓰고 나왔다. 그 얇은 껍데기는 머리끝부터 발바닥까지 전신에 미세하게 문신을 한 것같이 붉고 푸른 모세혈관으로 골이 파여 있었다. 아버지의 모습은 무섭기도 했지만, 한편으로는 기쁘기도 했는데, 건강과 부활의 표시였기 때문이다. 머리카락은 이전의 오래된 껍데기에 남았기 때문에 아버지는 한동안 완전한 대머리였고 머리가 전구처럼 반짝거렸다. 그러는 동안 속눈썹, 눈썹, 수염이 천천히 자랐다. "아무것도 아냐, 면도날을 안 사니 돈을 아끼잖아!" 아버지는 농담했다. 엄마는 그 상황에 감동하여 동네 모퉁이 빵집에서 케이크를 사 왔다. 피스타치오색의 두꺼운 아이싱과 시럽을 덮은 층 케이크를 그 행사를 기념하여 행복하게 먹었다. 아버지는 신문을 읽고 텔레비전을 보면서 집에 몇 주 더 있었다. 그런 다음 서류 가방을 다시 들고 회사에 갔다. 그곳에서 무엇을 했는지는 소년에게는 정말 상관없는 우스운 수수께끼였다. 아버지는 가족 모두 먹고살 돈을 벌었다. 크레파스로 끄적여 있고 접착테이프가 대충 붙어 있는 비위생적인 종이 뭉치는 믿을 수 없이 끈적끈적하고 구겨져 있었다. 그 더러운 돈은 거실장 서랍에 들어 있었다. 그리고 다음 달 월급을 받을 때까지 매일 줄어드는 것이 보였다.

소년은 껍데기들을 여행 가방 안에 도로 넣어놓았다. 그리고 곰팡내가 빠져나가도록 창문을 열었다. 더는 여행 가방 근처에 가지 않았다. 그날 아침 내내 신성모독의 더러운 감정이 들었다. 엄마가 시장에서 더 일찍 돌아올까 봐, 여기저기 펼쳐놓은 아버지의 껍데기들을 들킬까 봐 소년은 두려웠다. 그때부터 소년은 자신의 껍데기들로 만족했다. 그것들은 숨겨져 있지 않았지만, 모두가 볼 수 있는 것도 아니었다. 옷장 문만 열면 되었다. 만일 조금 더 주의를 기울인다면, 바닥에 있는 이불과 베개 위로 늘어져 있는 아버지의 양복과 엄마의 원피스 사이에서, 스카프, 넥타이, 바지와 바둑판무늬의 오래된 조끼 사이에서 껍데기의 팔다리를 볼 수 있었다. 넣어둔 순서대로 있지는 않았지만, 순서를 추측하기는 어렵지 않았다. 소년은 때때로 혼자 집에 있을 때 장롱에 있는 것, 옷걸이에 걸린 것을 모두 끄집어냈다. 아무도 소년에게 꺼내도 된다거나 안 된다거나 말하지 않았기 때문이다. 소년은 그것들을 아주 잘 알고 있었다. 모두 네 개인데, 크기가 다 달랐다. 한 살 아이의 껍데기는 인형 크기만 했다. 척추를 따라 생긴 등의 틈은 부엌칼의 날 길이 정도였다. 머리는 4등신일 정도로 컸다. 작은 배 한가운데에 있는 배꼽은 창백한 작은 장미 꽃송이처럼 보였다. 네 살 때 껍데기는 상당히 컸다. 비율이 균형 잡히고 보드라운 팔다리는 겨우 보이는 금빛 솜털로 덮여 있었다. 소년은 귀의 분홍색 달팽이관 때문에 흥분했고 다리 사이의, 비단으로 짠 방울 술같이 주름이 진 작은 성기에 당황했다. 일곱 살 때 소년은 갈색 머리가 길었고 눈썹은 진했다. 신체 구조에서 처음으로 무언가 변한 것을 느꼈다. 더 호리호리하고 더 날렵했으며, 현재의 모습과 거의 비슷했다. 소년은 마지막 허물 벗기를 떠올렸다. 7학년 때였다. 그때 학교에 2주 정도 결석했고 어려운 수학과 외국어 과목을 복습하면서 공부해 따라잡아야 했다. 눌린 폐와 내장 기관의 압박감과 가려움과 기절하는 느낌은 얼마나 이상했나! 목덜미에서 꼬리뼈까지 등뼈 전체를 따라 덮인 피부를 때리는 느낌은 얼마나 고통스러웠나! 소년은 팔을 팔의 껍데기에서, 발을 발의 껍데기에서 빼내고자 얼마나 애썼나! 머리 가죽에서 머리를 끄집어내는 것이 얼마나 힘이 들었나! 그리고 특히, 그 직후 거울을 보니 얼마나 이상하던지! 가죽이 벗겨지고 가재처럼 붉고, 푸줏간의 갈고리에 걸린 양과 같은 동그란 눈! 다행히 새로운 껍데기는 정맥과 세맥 문신과 함께 며칠 후에 나타났다.

  소년은 침대 위에 껍데기를 펼쳐놓고 평평하게 했고 반점들과 어깨의 주사 자국을 찾았다. 현재 소년의 손발톱과 비교해보았는데, 형태가 너무나 닮았다. 소년은 껍데기 하나를 다른 껍데기에 집어넣었다. 작은 껍데기를 중간 크기의 껍데기에 넣었고 두 개를 겹친 것을 더 큰 껍데기에 넣었다. 그래서 결국엔 다른 것이 들어 있는, 또 다른 것이 들어 있는, 또 다른 것이 들어 있는 껍데기 하나만 남았다. 더 큰 껍데기를 입은 각각의 껍데기가 더 이전 것에 입혀졌는데(가장 작은 껍데기는 아무것도 입지 않은 채였다), 부풀어 오르지 않은 게 유감스러웠다! 마지막으로 등의 찢어진 틈에서 껍데기들을 꺼내고 옷걸이에 걸어서 엄마의 볼품없는 면 원피스와 아버지가 오랫동안 입어서 얇아지고 한물간 양복 사이에 다시 숨겨놓았다. "어머, 추억거리네." 엄마가 여러 옷 중에서 찾던 하나를 발견했을 때 이렇게 말했다. 그런 다음 가볍게 한숨을 쉬고는 자신이 찾던, 무늬가 있는 블라우스를 꺼냈다.

  아이들은 학교에서 쉬는 시간에, 바닥은 마름모꼴 모자이크로 되어 있고 사면의 벽은 타일을 입힌 남자 화장실에서 때때로 이것에 관해 이야기하곤 했다. 몇몇 아이는 들키지 않으려고 조심하면서 담배를 피우고 있었다. 다른 몇몇은 화장실 문을 야한 그림과 전화번호로 더럽히고 있었다. 하지만 대부분의 아이는 어른들의 비밀들에, 마치 세상에 존재하지 않는다는 듯이 집에서 부모가 이야기하지 않는 것들에 입문한 애들로부터 무언가를 알아내려고 그곳에 모여들었다. 소년은 때때로, 부모들은 다 거대한 음모의 구성원들처럼 지하실에 제단이 있고 주기적으로 입문 의식을 치른다고, 혹은 권력의 원천, 비밀스러운 회합 장소, 은밀한 감옥, 특별한 규범과 계산을 조심스럽게 유지하려는 전제적 힘처럼 침묵의 봉인과 위선적인 모호함 아래에 있다고 생각했다. 결국에 소년의 학교 친구 모두 아버지의 껍데기들을 찾아냈다. 쉽게 찾을 수 있는 곳에 숨겨두지도 않았고 얼마나 조심스럽게 숨겨두었는지 아무도 모르는 것도 아니었다. 몇몇 아이들은 똑같은 나이에 아버지의 껍데기를 입어보았다. 낯선 눈꺼풀 사이에 노루색으로 반짝거리는 눈으로 거울을 보았다. 이전 사춘기 소년의 입술 사이로 혀를 끄집어냈다. 다른 이의 머리카락을 손가락으로 쓸어 넘겼다. 다른 몇몇 아이들은 침대에 아버지의 최근 껍데기를 펼쳐놓았다. 소년의 아버지와도 같이 하루 종일 사라졌다가 저녁에 집에 돌아오는 남자들, 두세 부의 신문만이 들어 있는 서류 가방을 든 남자들에 관해 실제로 아는 게 거의 없다는 사실을 확인하고 놀라 멍하니 있었다. 몇몇 껍데기에는 설명할 수 없는 긴 자국이 나 있었고 다른 몇몇 껍데기는 얼굴과 손을 제외한 몸 전체에 환상적인 문신이 새겨져 있었다. 어떤 껍데기에는 가슴 아래나 허리께에 총알 자국이 있기도 했다. 9학년 소년 하나가 침대 밑에서 아버지가 방치한 마지막 껍데기를 찾아냈다. 그 껍데기는 가엾은 가정주부인 엄마가 한 번도 사용한 적이 없는 강하고 관능적인 향수에 푹 젖어 있었다. 남자들은 비밀스럽거나 음흉하기도 했고 아니면 그냥 단지 어리석었다. 남자들의 껍데기는 일상의 기록 같았고 때로는 전쟁 일기와 같았다.

소년의 학교 친구들은 화장실 칸같이 좁은 공간에서 커버가 없는 누런 변기 위로 머리를 맞댄 채 다른 껍데기에 대해 말하곤 했다. 소심하고 외로웠던 소년은 1년 동안 재빠르게 포착한 속삭임과 암시를 재구성하면서 껍데기에 관해 알고 있는 것을 모두 모았다. 마침내 소년은 임신한 여인들은 빛을 보기 전에 몇 차례 허물을 벗는 누에고치로 된 듯 얇고 찢어지기 쉬운, 태아가 자라는 자궁의 막을 손가락 두 개로 조심스럽게 끄집어낸다는 사실을 알아냈다. 자궁 막은 투명하고 무게를 느낄 수 없었다. 풍선처럼 부풀어 오르게 해서 방을 가로질러 한쪽에서 다른 쪽으로 날아가게 할 수 있었다. 태아가 어떻게 자라는지, 태어날 아이와 어떻게 더 닮아가는지 보여주는 자궁 막은 보통 식물도감의 종이 사이에 눌린 채 말라버리곤 했다. 가장 얇은 종이보다 더 얇고 뻣뻣하게 건조되었다. 엄마들은 보통 침대 협탁의 열쇠로 잠그는 서랍에 그렇게 식물도감을 간직했다. 그리고 남편이 잠이 들면 때때로 식물도감을 꺼내 침대에서 한 장 한 장 넘기면서 흐릿한 노스탤지어에 사로잡히곤 했다. 어떤 엄마들은 눌린 자궁 막 껍데기 주변에 꽃이나 나비 혹은 배경을 색연필로 그리곤 했다. 또 다른 엄마들은 그 위에 반원을 그리고 감상적인 문장을 하나씩 쓰기도 했다……

하지만 가장 큰 비밀은 다른 것이었다. 호기심이 있거나 운이 좋거나 용감하더라도, 아무리 찾아다니며 시간을 보내고 어른에게 물어보았더라도, 사춘기 때에 그 누구도 엄마의 껍데기를 찾지 못했다. 몇몇 아이들은 바닥부터 꼭대기까지 집을 다 뒤졌다. 마루 판자를 떼어냈고, 벽을 두들겨봤다. 식사 시간에 치오르바*의 김이 피어오를 때 넌지시 물어보기도 했다. 그러면 새틴 잠옷을 입은 엄마는 아이를 도와주고 싶지만 무슨 얘기를 하는지 전혀 감을 잡지 못하겠다는 듯 순수한 몸짓을 했다. 다른 몇몇은 심지어 남자들에게 대놓고 물어보았었다. 아빠, 담배 가게

---

* 루마니아의 전통적인 소고기 야채수프.

주인아저씨, 고등학교 교문 앞에서 도넛을 파는 할아버지는 이런 이야기에 전혀 관심이 없는 것처럼 보였다. 그들은 잠시 주저하다가 결정을 내리지 못하는 듯이 한쪽을 쳐다보았고 결국에는 낮은 목소리로 말했다. "그건 여자들 일이야." 남자들한테서 아무것도 들을 수 없었다. 소년들은 자기 자신보다 이것에 관해 더 잘 아는 남자들은 없다고 믿었다. 여자들은 여자들 일이 있었고 이만하면 되었다. 비밀이나 금지 사항이 아니라, 공공 화장실에 여성 칸을 구별해놓은 것과 같이 그냥 단순하게 남자가 찾을 수 없는 것일 뿐이었다. 아내와 남편의 인생은 공동이지만, 완전히 겹치지는 않았다. 신체도 그렇듯이 차이와 비대칭이 있고 시간이 지나면서 이것이 자연스럽다고 배웠다. 하지만 사춘기 때는 하나에서 열까지 엄마의 껍데기들을 찾고자 흥분한 채 집 안을 구석구석 끊임없이 뒤졌다.

아침에 소년은 학교에 갔다. 빛나는 추운 아침이었다. 교복을 입고 인조가죽 가방을 손에 들었다. 소년은 학교에 왜 가는지, 학교에 가는 것에 무엇을 느끼는지, 매일 가는 이 길이 의미가 있는지 알지 못했다. 그는 자신에게 묻지 않았다. 마찬가지로 왜 사는지도 한 번도 생각해보지 않았다. 도시의 아침 풍경을 지나서 그냥 순수하게 갔다. 한 발을 다른 발 앞에 놓았다. 마른 몸으로 외로움의 밀도 높은 실체를 쪼갰다. 몇 분 뒤 트램 정류장에 있었다. 소년은 집이 없고 학교 건물 자체가 없는 고등학교 시절을 상상할 수 있었다. 하지만 트램이 없는 것은 상상할 수 없었다. 트램 선로가 없는 도시에 고등학교가 있을 수 없었다. 소년은 멀리서 트램이 객차를 좌우로 흔들면서 서두르지 않고 다가오는 것을 바라보곤 했다. 앞에 헤드라이트를 달고, 강하고 둔탁한 소리를 냈다. 마름모꼴 집전지가 늘어진 전선과 접촉하는 곳에는 때때로 불꽃이 튀었다. 오랑캐꽃 색깔 테두리의 창문 안쪽으로 운전수의 얼굴이 보였다. 정류장에 다가오면서 트램은 최고로 위급한 상황을 띤 무언가를 미리 알리려고 하는 것처럼 세상이 끝날 듯이 종을 울리며 속도를 늦추었다. 마침내 발판이 내려지고, 아코디언처럼 접힌 낡은 객차의 양쪽 문이 열릴 때 나는 난폭한 소리와 함께 멈추었다. 트램에 오를 때 찌든 휘발유 냄새를 맡으면서 경첩의 기름때에 더러워지지 않는 것은 불가능했다. 그리고 언젠가는 쾅 하는 끔찍한 소리를 내면서 닫히는 낡은 문 사이에 끼어 옴짝달싹 못 하고 다칠 것만 같은 상황이 계속되는 듯했다. 하지만 푯값을 덜 내는 뒤쪽 객차에 오르니 안내양은 졸고 있고 나무 의자는 승객이 너무 많이 앉아서 반들반들 윤이 났지만 덜 편안했다. 소년은 고무로 테두리를 두른 창가에 앉아서 생각과 감정으로 가득 찬 마음을 비웠다. 그는 트램에 필요한 하나의 부품이 되었다. 운전수나 안내양처럼 혹은 금속 봉이나 천장의 손잡이, 창문에 비치는 도시의 풍경, 위로 솟은 나무 꼭대기와 교회 지붕, 집의 지붕으로 가려진 하늘의 구름처럼.

문이 닫히자, 트램은 다시 힘차게 종을 울리고 도시는 움직이기 시작했다. 이러한 현상은 그에게 얼마나 기적적으로 보이는지! 전기의 신비로운 힘, 거대한 힘으로, 모터는 철로 만들어진 바퀴를 작동한다. 바퀴는 레일을 낚아채고 아래로 강력하게 끌어당기면서 뒤이어 거리와 도시 전체를 천천히 출발시키고 움직이지 않는 객차 밑에서 점점 더 속도를 내면서 달렸다. 마치 전축의 바늘 아래에서 음반이 둥글게 돌아가듯이 돌았고 건물 모퉁이와 공원 대로에 바짝 붙거나 혹은 넓게 돌았다. 처리하기 어렵게 남은 볼링의 스페어 핀과도 같은, 여기저기의 석상을 계속해서 지나갔다. 마치 넓게 펼쳐진 도시 위의 견고한 대기에 아로새겨진 것처럼 움직이지 않는 객차 주위에서 도시가 빠르게 회전하면서 지날 때마다 여러 세기가 지난, 오래된 구시가지의 거대한 궁전이 무너지지 않는 것이 놀라웠다.

첫 번째 정류장을 지나고 소년은 아주 옛날의 문인(文人) 바실레 신구러타테(Vasile Singurătate)*의 이름을 딴 도시에 와 있었

---

*   시인이자 작가 바실레 보이쿨레스쿠(Vasile Voiculescu, 1884~1963)를 가리킨다. '신구러타테'는 루마니아어로 '외로움'이라는 뜻이다.

다. 그의 석상이 한순간에 가상인 듯 트램 앞을 지나갔다. 그 거리는 도시의 바로크적 실체에서 S자 형태로 파인 좁은 열곡이자 작은 협곡이었다. S자의 반대 방향으로 멀어지는 두 개의 굽은 길 중 하나는 넓고 다른 하나는 좁았다. 거리는 윗면이 살짝 볼록하고 내부가 반투명한, 단단한 정육면체 화강암으로 포장된 길이었다. 그 가운데에 트램 선로가 나 있고 늘어진 전선을 지탱하는 전신주가 세워져 있었다. 양쪽 가장자리에 좁은 인도가 있었고, 언젠가 인간에 의해 세워진 아주 환상적이고 놀랄 만한 불가능한 건물들이, 하지만 지금은 깊은 폐허 속에 남은 건물들이 차례대로 지나갔다.

  벼락부자가 된, 취향이 없는 상인들이 살던 동네였다. 영묘, 묘지, 바실리카 회당, 예배당, 교회 납골당, 가족 납골당 등을 건축하기 위해 철판과 석고를 사용했고 제과점 진열창에 있는 미라화된 층 케이크를 따라 분홍색, 푸른색, 더러운 노란색, 피스타치오색으로 벽을 칠했다. 건물 1층은 모두 거리에서 바로 연결되는 어두운 실내였다. 철물점, 텅 빈 진열장에 마네킹을 방치한 양복점, 양말을 짜는 작은 작업장, 음산한 장난감 가게, 옆쪽에 먼지로 뒤덮인 화환과 인조 꽃다발이 있는 입구에 관을 내놓은 장례식장과 이발소, 빵 가게, 탄산수 가게 등이 은신해 있었다. 2층은 관을 파는 상인들, 장난감을 파는 상인들, 면도해주는 사람들과 여성용 스타킹을 짜는 직공들이 살고 있었다. 지네와 집게벌레 때문에 구멍이 나고 바닷속 난파선과 같이 조개가 조각된, 바로크 양식의 발코니는 거리 위를 비스듬히 굽어보았고 그 좁은 공간에서 세월을 보내는 늙은 부인과 강아지들이 무게를 더하고 있었다. 천사 석고상들은 건물의 기이한 정면에서 사방팔방으로 날개를 펼치고 있었고 고르곤 부조들은 지붕 밑 다락방의 채광창 위로 뱀 머리카락들을 뻗고 있었다.

하지만 이 동네 사람들의 상상력과 오만함은 지붕이 있는 꼭대기 층에서 가장 생산적인 공간을 찾았다. 이곳의 경쟁은 냉정했다. 이 동네 사람들의 숨겨진 열등감과 충동, 강박관념과 공포, 매너리즘과 비열함은 체리 색깔의 구리 동판으로 된 둥근 지붕, 사치스러운 탑과 조각, 글로 설명되고 분류되는 게 불가능할 정도의 형태와 수량으로 표출되었다. 부서진 조각상은 날개를 하늘로 치켜올리고 있었다. 잡종 괴물이 지붕의 구리 동판에 부딪히며 쩔렁거리는 소리를 냈다. 단 한 명의 투사가 협곡 가장자리에서 거리의 이쪽과 저쪽 전체를 감시하고 있었는데, 거리의 그림자가 드리워진 길을 걷는 몇 안 되는 보행자 머리 위로 햇빛에 벗겨진 페인트칠 부스러기가 끊임없이 소리 없이 내리고 있었다. 건들거리는 집들이 폐허로 무너져 내려 서로 기대어 붙어 있거나 겹쳐져 있었다. 많은 건물이 버려진 지 오래된 듯이 보였다. 가끔 담벼락 전체가 무너져 내려 있어서, 아침의 파란 하늘 아래 거친 위엄이 드러난 방들, 여러 층 방들의 곰팡이 핀 내부가 보였다. 소년은 지난 2년 동안 학교로 향하는 이 거리를 트램을 타고 지나갔었다. 창밖을 내다보면서 기이함과 기적을 수집해놓은 이 동네를 자세히 보기 위해 일요일에 걸어서 이 거리를 지나고 싶다고 매일 생각하곤 했다. 한번은 철학 수업 중에 선생님이 질문했다. "얘들아! 너희는 천국을 어떻게 상상하니?" 그러자 소년은 놀랍게도 장면 하나가 생각이 났다. 폐허가 된 건물들로 이루어진 끝없는 땅에 대한 환상. 소년은 죽지 않는 자가 되어 세계적인 폐허의 그 공간을 끝없이 탐험하고 싶었다. 시간에 의해 파괴되고 식물에 의해 뒤덮인 건축물 안에 모두 들어가보고 싶었다. 그곳엔 담벼락에 낀 노란 이끼와 바닥에 흩어진 오래된 사진들, 부식한 휘장이 드리워진 식당의 식탁 주변에 둘러앉은 넝마 속의 해골들, 벨벳 상자 안의 오래되고 쪼개진 회색 진주, 따끔따끔한 솜털을 가진 거대한 애벌레가 끝없이 어스름한 속에서 반짝거리는 가느다란 실들로 아치를 이루고 있는 채광창이 달린 다락방이 있었다. 소년은 그렇게 살고 싶었다. 그 황량한 행성에서 유일한 거주자이자, 이해하기 어렵지만 절대적인 진실을 찾는 자, 사실은 결코 그 진실을 찾지 못하기를 원하는 사람으로 살고 싶었다.

소년의 학교도 역시 바실레 신구러타테라는 이름이 붙어 있었다. 건물 입구에 걸린 문인의 거대한 초상화는 시간이 지나면서 알아볼 수 없을 정도로 어두워졌다. 불분명한 실루엣이 의자 등받이에 손을 얹고 서 있었다. 문인의 뒤편 양쪽으로 건물 2층으로 올라가는 웅장한 아치형 계단이 나 있었다. 9학년 초에 소년도 고등학교 신입생 모두가 치른 의미 없는 통과의례를 치렀었다. 소년은 공포를 견뎌야 했는데, 밤새도록 학교 건물에 혼자 갇혀 있었다. 벽장에 숨어 있다가 나왔고 대리석이 깔린 기하학적이고 얼음처럼 차가운 큰 홀에서, 심장이 꽁꽁 얼 정도로 고요한 외로움 속에서 갑자기 정신이 번쩍 들었다. 철 대문 쪽에서 빛이 아주 조금 들어왔다. 단지 대리석 계단의 돌로 된 새의 양 날개만이 어렴풋이 보였다. 소년은 칠흑 같은 어둠 속에 작게 보이는, 곡선자로 그린 것처럼 돌아가는 두 계단 중 하나에 기어올라 갔다. 2층에 오르지는 못했지만, 시간과 자기 자신을 잊은 채 절망하고 새벽녘까지 방황하면서 아무 의미 없이 전시관과 빈 방들의 설명할 수 없는 방식에 도달했다. 그 후에 소년은 즐겁지 않았던 그 밤을 생각하면서 밤과 외로움의 미로인 한밤중 학교에서의 절망, 그 절망이 얼마나 깊은가를 자주 자문하곤 했다. 화학과 수학, 체육, 물리와 그 속에서 세상의 유리 표면이 깨지는 다른 모든 과목을 아무것도 이해하지 못한 채 아침마다 이유도 모르고 가야 하는 학교에서의 절망을. 소년은 오로지 쉬는 시간을 기다렸다. 학교 뒤편에 가서 멀리뛰기 모래판 가장자리에 앉아 보잘것없는 시집을 읽으면서 자신은 불행하고 쓸모없다고 느끼곤 했다. 소년의 인생은 이랬다. 아침엔 학교에서, 저녁엔 땀에 전 누런 침대보가 깔린 침대에서 글자가 더는 보이지 않을 때까지, 시집이 보이지 않을 때까지, 자기 손이 보이지 않을 때까지 시를 읽었다. 별과 달이 뜰 때까지 읽었다. 그리고 책의 삶에서 꿈의 삶으로 바로 넘어갔다.

소년은 자신이 살았던 낮과 밤을 모두 삶이라고 부를 수 있는지 알지 못했다. 하지만 어떤 삶이든 소년이 바라본 그 순간에 둘로 쪼개졌다. 왜냐하면 어느 일요일 아침에 자기 방 창문을 열고 봄의 흥분을 느꼈기 때문이다. 얼어붙은 물처럼 차가운 바람이, 다른 인생의 향기가, 언제나 다른 이들을 위해 만들어졌다고 생각했던 행복의 아주 오래된 향기가 머리카락 사이로 지나가는 것 같았다. 소년은 집을 나서야 한다고 느꼈다. 그러한 열정, 삶에 대한 그러한 절박한 열망을 감당하기에 그의 가슴은 넓지 않았다. 밤새도록 비가 왔다. 트램용 선로를 따라 웅덩이가 생겼고 쪽빛 하늘이 반사되었다. 저 아래 하늘색, 두 번째 하늘색은 소년에게 기절할 것 같은 감정이 생기게 했다. 우연한 빛이나 담장의 운모 입자, 참을 수 없는 백색의 구름을 동반한 돌풍이 소년을 어지럽게 했다. 몸에 공기가 가득 차, 순간 소년은 하늘로 솟아오르는 듯했다. 그래서 산책을 하기로, 고독한 첫 산책을 하기로 마음먹었다. 다른 길은 몰랐기에, 도시의 나머지 구역으로 가는 길을 전혀 몰랐기에, 소년은 익숙한 선로를 따라 내려가는 방법을 택했다. 눈부신 봄의 태양에 의해 환각에 빠진 채로.

일요일은 그 동네의 거친 외로움에 투명한 광택층 한 겹을 더 추가했다. 아무도 보이지 않았다. 뒤이은 맑은 날 몇 시간 동안 트램이 붉은 금속의 환각처럼 텅 빈 채로 단 두 차례 소년 옆을 지나갔다. 소년은 인도를 조용히 걸어가면서 거리의 아주 오래된 집들을 자세히 보려고 시간을 보냈다. 많은 집들이 문이 열려 있었고, 불빛을 향해 문을 활짝 열어놓았다. 문을 통해서 누구든지 방 안 깊은 곳, 침대에 모인 아이들의 눈까지 들여다볼 수 있었다. 짙은 그늘 속에서, 통냄비에서 뭔가를 빙빙 휘젓고 있는 주부의 더러운 잠옷도, 마룻바닥에 뭉쳐 있는 개털도 볼 수 있었다. 그 집들 각각엔 얼마나 많은 수수께끼가 있을까, 벽에 붙인 성상화들과 낡은 카펫들과 덜걱거리는 협탁 위의 이가 나간 도자기 인형은 얼마나 많은 걱정거리가 있을까!

첫 번째 정류장에 제과점이 있었다. 음산한 진열장은 거리의 집과 같이 석고색 데코레이션 케이크들과 너무 과도하게 장식된 쿠키들로 꽉 차 있었다. 구석에는 연두색, 보라색, 금색 알루미늄 껍질에 싸인 초콜릿 사탕이 담긴 상자가 불빛에 뾰족하게 반짝거렸다. 이곳 사탕들은 익숙한 타원형이나 원형이 아닌 다른 모양이었다. 의심할 여지 없이 제과사는 그의 젊은 시절에 곤충학자를 꿈꾸었을 것이다. 사치스러운 상자 속, 아주 섬세한 크림색 새틴의 깊은 곳에 곤충 사육장에서처럼 풍뎅이, 땅강아지, 사슴벌레, 거대한 메뚜기 모양의 묵직한 초콜릿 곤충들이 있었기 때문이다. 곤충들은 생물학 도표와도 같이 복잡한 기하학의 규칙에 따라 똑같이 알록달록한 알루미늄 껍질에 싸인 채 정렬되어 있었다. 모양에 꼭 맞는 홈에서 초콜릿을 꺼내어 손바닥에 올려놓으면 얼마나 무겁게 느껴졌을까, 초콜릿 곤충의 눈과 입, 다리와 날개들이 사실적으로 그려진, 가볍게 주름지고 얇은 금속 껍데기 속에서 초콜릿은 태양 아래 얼마나 이상야릇하게 이국적으로 녹아내렸을까! 그리고 알록달록한 껍질에서 꺼내면 세상에서 가장 달콤한 그것, 초콜릿은 카카오 향기를 퍼뜨리면서 얼마나 매끈하고 윤이 났을까! 소년은 배경으로 입체모형이 그려진 한물간 진열장 앞에서 바라보느라 가던 길을 몇 분 지체했다. 진열장은 열린 상자들, 퇴색한 데코레이션 케이크들, 기이한 모양과 점도를 보이는 작은 쿠키들이 담긴 쟁반들의 전시회였다.

    다음 정류장에는 도로 가장자리에 노란색과 보라색의 제비꽃이 심어진 둥근 화단 가운데에 석상이 있었다. 석상은 석회질로, 녹이 슨 구리 동판이 달린 채 꽃 사이에 기하학적으로 세워져 있었다. 아주 오래전의 문인 바실레 신구러타테는 받침대에서 어느 한 곳도 붙어 있지 않은 채 몇 센티미터 위에 붕 떠 있었다. 짧은 생애 동안 쓴 유일한 책을 가슴에 끌어안은 채 좁은 얼굴을 하고 몸에 딱 붙게 옷을 입은 날씬한 젊은이였다. 혁명의 세기에 유행하던 우스꽝스러운 중절모를 쓰고 있었다. 소년은 석상 앞에 처음으로 멈춰 섰다. 어떻게 석상이 공중에 붕 떠 있게 만들어졌는지 이해하고자 애썼다. 그리고 녹이 슨 구리 동판에 새겨진 내용을 읽어보려고 했지만, 소년에겐 불가능했다. 마치 글자가 단어가 되기엔 부족하게 어렴풋이 보이는 것 같았다.

세 번째 트램 정류장 건너편에 산후조리원이 마주 보고 있는데, 일종의 병원으로, 정면이 굉장히 긴 건물이 검붉은색 벽돌로 세워졌다. 벽에는 아주 많은 창문이 뚫려 있었다. 창문은 모두 창살이 쳐져 있었고, 만일 건물의 목적을 모른다면 보안이 최고 상태인 교도소라고 여길 수 있을 정도였다. 거기에서 소년도 태어났고 그는 거기에서 태어나지 않은 사람을 알지 못했다. 건물의 팔각형 탑 꼭대기에서 파란색 깃발이 태양에 젖은 채 바람에 펄럭이고 있었다. 소년은 끝없는 벽을 따라서 꽤 많은 시간을 걸어갔다. 그러는 동안 트램이 뒤에서 다가와 무섭게 으르렁거리면서 소년을 추월했다. 트램이 지나갈 때마다 건물들이 흔들렸고 회칠 가루들이 아스팔트에 눈송이 날리듯 떨어졌다. 산후조리원 건물의 창문마다 물 빠진 가운을 입은 산모가 한 명씩 아기를 안고 있었다. 산모도 아기도 하늘을, 봄의 환상적이고 자극적인 하늘을 올려다보고 있었다. 갑자기 이 친교만으로는 충분하지 않은 것처럼 혹은 어쩌면 그 일요일에 유일하게 지나가는 보행자인 소년을 위하여, 여인들은 탯줄로 아직 연결된 아주 가볍고 벌거벗은 갓난아기를 창문의 창살 사이로 들어 올리기 시작했다. 몇 개의 연처럼 떠다니고 구르는 갓난아기로 창살이 가득 채워질 정도였다. 엄마는 하늘에서 아기가 어떻게 재주를 넘기는지 바라보면서 따뜻하고 살아 있는 줄을 끌어당겼다. 그러면 아기는 행복하게 까르르 웃었다.

네 번째 트램 정류장 바로 전에 작은 사거리가 있었다. 왼쪽으로는 낡은 집들이 늘어선 조용한 거리가 펼쳐져 있었다. 똑같이 생긴 집들이 치석과 부식으로 악화된 치아의 작은 뼈처럼 누렇게 무너져 있었다. 입구 위에 부채 모양의 똑같은 차양, 연철로 만들어진 똑같은 담장, 아무것도 자라지 않고 다 타버린 똑같은 좁은 마당이 있었고, 코와 손가락이 없는 똑같은 모양의 석고상들이 무너져 내리고 남은 아케이드와 발코니를 지탱하고 있었다. 포도덩굴의 벽을 삼키면서 노란색으로 끔찍하게 자란 똑같은 이끼, 창문을 덮고 있는 똑같은 오래된 신문. 몇십 년은 아무도 살지 않은, 희망이 없는 그 모든 건물은 온통 강렬한 파란색 하늘을 배경으로 윤곽을 드러내고 있었다. 그 파란 하늘을 소년은 처음으로 본 것 같았다. 그렇게 파란 색깔에, 그러한 비현실성에 소년의 심장이 죄어왔다.

  소년은 가던 길에서 살짝 벗어났다. 황폐한 작은 골목길에 열 걸음 정도 들어섰고 거기에서 그녀를 보았다. 그녀는 시멘트 바닥에 철책을 둘러친 아주 작은 마당의 작은 벤치에 앉아 있었다. 붉은색 머리였다. 사실 붉은 머리의 결점이 소년의 주의를 끌었다. 다른 집들과 똑같이 낡고 부식된 그 집으로 소년을 안내했다. 벌써 정오가 되었기에, 그림자는 사물들에 흡수된 채 완전히 사라졌다. 사물들은 그 순간 절대적이고 영원한 존재를, 순간의 우연성과도 같은 스냅사진보다 더 소년의 시야에 각인된 개념들을 보여줄 수 있었다. 그 마당에 진짜는 아무것도 없었다. 모든 것이 단지 현실일 뿐이었고 희박한 공기와 불안정한 정신의 중력에 멍해졌다. 똑같이 반짝거리는 시멘트로 된 계단은 현관문 앞까지 연결되어 있었다. 현관문은 여기저기 작은 못이 박힌 지저분한 창문과 붉은색으로 페인트칠한 나무로 만들어졌다. 바짝 마르고 깨진 시멘트가 구석에 남아 있었다. 계단 난간은 돌로 조각된 사자 한 마리가 차지했다. 날씨에 침식된 바람에 실제로는 어떤 야생동물로도 보일 수 있었다. 문 위의 차양은 아르누보 양식의 풍성한 물결 모양으로, 현재는 뒤틀어지고 여러 군데 유리가 깨져 있었다. 소녀가 앉아 있던 마당 벤치와 함께 사방 몇 미터에 불과한 마당에 있는 유일한 사물은 뿌리까지 마른 협죽도를 심은 나무 상자였다.

  그 황폐한 한가운데에 소녀는 그렇게 젊고, 그렇게 살아 있었다! 소년과 나이가 같거나 적어도 한 살 정도 어린 게 틀림없었다. 그날, 소년이 소녀를 처음 본 날, 소녀는 깨끗하게 빨래된 황색 티셔츠와 허벅지 중간까지 오는 체크무늬 치마를 입었고 샌들을 신고 있었다. 얼굴을 하늘로 향하고 눈은 감고 팔은 벤치 뒤로 뻗은 채 태양 아래 그냥 앉아 있었다. 가슴과 엉덩이의 윤곽은 겨우 드러났고, 하지만 아니 바로 그 이유로 소년은 소녀의 순수함에 의해 그 실루엣이 매력적으로 보였다. 특히 세상과 격리된 듯한 소녀 주위의 공기에, 그 죽은 나라에서의 소녀 존재의 수수께끼에 소년은 소녀를 더 잘 볼 수 있도록 몸을 돌렸다. 소녀의 머리카락은 매우 붉었고 다듬지 않은 듯했다. 마치 조금 전에 머리 위로 스웨터를 벗고 손으로 머리를 쓸어내리지 않은 것처럼. 소녀의 머리 타래는 소녀 자신의 삶이자 의지처럼 보였고 정오의 형이상학적인 태양 아래에서 떨리고 뒤엉키고 반짝거리고 있었다. 눈썹은 다듬었고 아주 하얗고 둥글고 매끈한 이마 아래에서 활처럼 아름답게 휘어져 있었다. 눈동자는 초록색이거나 파란색임이 틀림없었다. 입술은 어린아이의 입술과 같고 코 주변과 뺨 위에 자연스럽게 주근깨가 나 있었다.

'만일 내가 여자라면 저렇게 생겼을 거야.' 소년은 이런 생각이 스쳤다. 그리고 이 생각에 소년은 그렇게 놀라지는 않았다. 소년은 학교 수업 시간에 끔찍하게 지겨울 때면 반 친구 한 명씩 성별이 바뀐 모습을 즐겨 상상하곤 했다. 쉬는 시간마다 농구 하는 갈색 곱슬머리 남자애가 여자라면 어떻게 생겼을까? 저속한 말을 쓰지 않고서는 한마디도 하지 못하는 반 친구 여자애는 어떤 소년이 될까? 소년은 상상 속에서 얼굴과 몸, 정신을 변형했다. 엉덩이를 둥글게 하거나 좁게 만들었다. 가슴을 납작하게 하거나 풍만하게 했다. 걷는 모습을 바꾸기도 했다. 연금술로 우리 영혼의 가장 깊고 가장 비밀스러운 꿈인 다른 성의 키메라로 변환하면서 허벅지 사이의 성(性)을 개조하기도 했다. 그때 소년은 목소리가 언제나 몸보다 더 관능적임을 이해했다. 소년은 하루, 아니 1년 동안 여자가 되어 다른 측면에서 사물들을 바라볼 수 있기를, 그런 다음에 두 시각을 천사 혹은 계시를 받은 자가 가질 수 있는 통합된 하나의 유일한 시각으로 결합하기를 바랐다. 여자도 아닌, 남자도 아닌, 양성에 종속된 상태에서 벗어난 인간 존재에게 세상은 어떻게 보일까? 소년은 심지어 여자-남자-노인-아이-태아-빈사자, 그 이상이 되기를 원했을 것이다. 외롭고 굶주린 천체, 창백한 손톱처럼 보이는 초승달 아래에서 키메라와도 같은 완전한 인생을 살아가기를.

"그래, 내가 여자라면 바로 저랬을 거야." 소년은 너머에 마당이 있는 곳, 얽히고 꼬인 검은 연철 덩굴로 고정된 검은 창살의 철책 앞에 올 때까지 반복해서 중얼거렸다. 그는 소녀가 눈을 뜰 순간이 두려웠다. 그래서 울타리 창살을 손으로 잡고 창살 사이로 작은 얼굴을 살짝 들이밀어 소녀의 얼굴을 더 잘 보려고 했지만, 그 전에 돌아섰다. 소녀에게서 등을 돌리고 멀어지면서도 소년은 그 이상한 장면에 푹 빠져버려서, 아주 오래된 도시의 작은 골목에서 태양과 따뜻한 바람 속에 혼자 남겨진 소녀를 바라보는 교복 입은 소년이 되어 있었다. 그 만남이 소년의 마음 한가운데에서 일어났다는 증거였다. 우리 인생의 커다란—그리고 결국 몇 안 되는—진짜 사건들이 언제나 일어나는 곳에서. 소년은 그 네 번째 정류장, 거기에서 산책을 멈춰야 했다고 생각하면서 계속 힘겹게 걸었다.

거기에서부터 거리는 해부학 구리 동판에 새겨진, 척추후만증에 걸린 등처럼 뚜렷하게 휘어 있었다. 주택들도 어린이들이 그린, 언덕을 따라 올라가는 건물들과 같이 기울어져 있었다. 소년은 트램 안에서도 역시 이 땅에서 언제나 가장 슬프게 보이는 곳 중 하나인 영화관의 비극적인 정면이 뒤쪽에 보이는 작은 광장까지 금방 왔다. 더러운 노란색 건물에 다가갈 때 느끼는 쓰디 쓴 맛을 스스로 조절하는 것은 불가능했다. 전쟁 이전에 지어졌고 그 당시엔 현대적이고 과감했던 기하학적인 건물에서, 기이한 건축 양식에 따라 정글의 식물에 침식당한 신전과 같이 석고로 빚어진 해조류와 식물 줄기, 담장 넝쿨에 압도된 건물에서 느낄 수 있는 쓴맛이었다. 극장 입구 위 간판 글자는 모두 아직 보였다. 비록 페인트칠은 벗겨져 있었지만, '**푸른 밤 극장**'이 반원형으로 쓰여 있었다. 하나의 석고상에 부조된 나체의 두 여인은 엉덩이가 과장되게 둥글고 비율이 무언가 병적이었는데, 이 중문의 양쪽에서 수금을 연주하고 있었다. 그리고 그 너머 저쪽 진열창들 안에는 수십 년 전에 유행한, 뭔지 모를 어떤 영화들의 흑백사진들이 압정으로 고정되어 있었다. 사진들에는 소년의 엄마와 학교 친구의 엄마들과 닮은 여자들이 보였다. 그 여자들은 뒤에서 조명을 받으며, 곱슬 파마머리를 하고 핀으로 고정된 우습게 생긴 작은 모자를 쓰고 회색 투피스를 바른 자세로 입고서, 뒤에 줄이 잡힌 나일론 스타킹과 뾰족한 굽에 에나멜 광이 나는 구두를 신고 있었다. 스무 살이 조금 넘었을 테지만, 바지통이 넓고 편치 않은 양복을 입어 마흔 살처럼 보이는 남자들이 여자들을 안고 있거나 권총을 겨누고 있었다. 사진들은 진열창의 두꺼운 창 뒤편에 거미줄로 가려진 채 구겨지고 말려 있었다. 그 진열된 사진들은 소년에게 고통스럽고 거북한 감정이 들게 했다. 사진에 나오는 웃거나 울거나 연민 없이 죽이는 존재들과 같이 사진들 그 자체도 소멸하기 쉬운 옛날의 조각들이었기 때문이다. 그것들 역시 사람들에 의해 버려진 일종의 껍데기로, 영원히 사라진, 삼켜진 나날들의 흐릿한 증거였다. 이중문에 자물쇠가 달려 있었는데, 녹이 너무 슬어서 소년의 손가락 사이사이에 가루가 떨어지고 아스팔트 위에 붉은 눈이 내릴 정도였다. 아마도 소년이 태어나기 전부터 그 영화관에 아무도 들어가지 않았을 것이다. 기억 속, 소년의 어린 시절의 모든 영화들에 배어 있는 세제 냄새가 짙은 어둠 속에 잠긴 상영관에서 다시 흘러나오고 있었다. 소년은 반원 모양을 이루며 서로 연결돼 있는, 좌석 번호가 붙은 시커먼 좌석들의 열 사이를 지나갔다. 소년은 영화가 시작된 후에 상영관에 여러 번 들어가서는 영화가 끝날 때까지 상영관 벽에 기대서 있었다. 아니면 영사기의 빛이 갑자기 더 밝아졌을 때, 어떻게 해서든 빈자리를 찾았을 것이다. 아치 모양의 천장은 무슨 내용인지 모르는 우화 그림으로 덮여 있었다. 좌석 1열 앞에 거대한 영사막이 있었는데, 말로 표현할 수 없이 더럽고 어둠 속에서도 아주 잘 보였다. 다른 쪽 끝, 예전에 파란색 불빛이 나왔던 두 개의 직사각형 문 너머 뒤편에서 휴식을 방해받은 거대한 한 마리 동물이 으르렁거리는 경고 소리가 올라왔다. 그 성난 으르렁거리는 소리는 폐를 흔들어 떨게 하면서 상영관 전체에 울려 퍼졌고 곧 견딜 수 없게 되었다. 그 진동에 의해 떨리고 설명할 수 없이 흥분된 감정에 휩싸인 소년은 출구로 서둘러 나갔고 곧 구름 한 점 없이 맑고 파란 하늘이 배경으로 보이는 인적 없는 작은 광장으로 나왔다.

소년은 차가운 태양에 현기증을 느낀 채 줄지어 선 건물들을 지나 앞으로 걸어갔다. 건물들은 다 각각 다르고 서로 더 기괴하게 생겼다. 마치 퇴적물 층에 알려지지 않은 거대 동물의 화석들이 밖으로 드러난 지질학적 풍경과 같았다. 집들 대부분엔 아무도 살지 않는 듯 보였다. 하지만 몇몇 집에서 음식 냄새를 풍겼고 튀김 기름이 꺼져가는 소리가 났다. 드물게는 반짝이는 눈을 가진 나방과도 같은 납빛 얼굴이 창문에서 하나씩 보이기도 했다. '카네이션' 백화점이 위치한 여섯 번째 정류장 앞에 다다랐다. 소년은 엄마와 이곳에 몇 번 온 적이 있었는데, 아동복 판매장에서 옷을 사고 나서 청소년 의류 판매장에서도 옷을 샀다. 그래서 소년은 어두운 백화점 실내의 넓고 황량한 계단, 가장 위층으로 데려다주는 기름때 묻은 엘리베이터, 직물과 고무, 가죽에서 나는 냄새, 머리가 없고 팔이 잘린, 아주 오래된 마네킹들에 익숙했다. 누군가 부주의하게 재단된 이미 한물간 헐렁한 옷을 마네킹들에 입혀놓았다. 다른 건물과 같이 페인트칠이 벗겨진 정면에 있는, 소년이 방금 지나친 백화점의 외부 진열창에서는 백화점 운영부가 일반병원이나 종합병원에서 구매한 것 같은 마네킹들을 볼 수 있었다. 얼굴 피부가 반쯤 벗겨져 있거나 히죽 웃는 얼굴의 해골에 뚜렷하게 둥근 근육을 그리는 입술을 보여주고 알록달록 페인트칠해서 해부학용으로 주조된 마네킹들이었다. 어떤 마네킹은 뇌가 다 보이도록 이마 위 머리가 잘려 나갔다. 또 어떤 마네킹은 검정 고무관에 번호를 붙인 뇌의 신경이 드러나 있었다. 혀, 치아, 붉은색 편도선은 풀을 매긴 깃 뒤로 사라진 후두와 인두로 이어져 있었다. 베이지색 비옷 아래, 어깨 패드를 넣은 양복과 프린트 원피스 아래, 어린이용으로 제작되어 조립과 분리가 가능한 폐와 기도, 심장이 노출되도록 잘려 나간 흉부가 보였다. 마네킹들은 세상 사람들에서 벗어나 테라스 탁자에서 신문을 읽거나 초록색 컵으로 음료수를 마시거나 더러운 축소 모형의 배경에 진주색 돛단배와 보일락 말락 한 갈매기가 그려진 바다 풍경의 수평선을 바라보고 있었다. 소년의 아주 오래된 기억 중의 하나가 바로 카네이션 백화점에서 일어난 일이었다. 길을 잃고 가장 높은 층, 아마 남성복과 외투를 판매하던 5층까지 갔다가 발견된 적이 있었다. 소년은 금속 옷걸이에 걸린 수십 수백 벌의 외투 사이에 어떻게 숨어들었는지, 양털과 신선한 냄새가 나는 그곳에서 어떻게 나오고 싶지 않았는지 기억해냈다. 그 당시 소년은 외투가 가득 걸린 진열봉과 난간 사이에서 바닥에 누인 마네킹을 하나 발견했다. 분을 바르고 입술에 루주를 바르고 푸르게 칠한 눈동자 위로 긴 속눈썹이 늘어지고 정육점의 타일 벽 갈고리에 걸린 돼지의 배를 반으로 가른 것 같은 진주색 내부는 아무 장기 없이 텅 비어 있는 여자 석고상이었다. 그녀는 거기, 남성복 층에서 무엇을 하고 있었을까? 그 무서운 잔혹 행위는 누구 잘못인가? 소년은 어떤 구멍도 없는 회음부 쪽에 머리를 두고 목욕통에서와 같이 꿈을 꾸면서 행복하게 마네킹 몸속에 웅크리고 있었다. 회색 직물의 들척지근한 냄새 속에서 걱정 없이 자던 소년은 사람들이 수 시간 동안 찾던 끝에 발견되었다. 백화점은 매우 층고가 높고 빛이 약하고 장엄했다. 층마다 좁은 창문들이 있고 그 위로 흐릿한 노란색으로 칠해진 석고 화환이 놀란 눈썹 모양으로 드리워져 있었다. 일군의 더럽고 불쾌한 분홍색 아기 천사들은 진열창에 매달린 고기에 우글거리는 뚱뚱한 파리들처럼 거대한 백화점 정면을, 그러지 않았으면 웅장했을 정면을 장식하고 있었다.

하지만 소년은 언젠가 했던 첫 번째 환상적인 여행에 더는 집중할 수도, 즐길 수도 없었다. 소년은 이제 끝에, 마지막 정거장에 다다르기를 바랐다. 밖에서 걸어 다니는 것이 익숙하지 않아 피곤하고 어지러웠다. 그래서 트램을 타고 집으로 돌아가리라 생각했다. 물론 빨간 머리 소녀가 현재 소년의 마음을 전부 차지하고 있었다. 소년이 살고 있고 그에게는 우주와 다름없는 이 납골당 도시 전체에서 소녀는 유일하게 진실한 것처럼 보였다. 지금 그녀는 폐허 속 끝이 없는 미로 한가운데에서, 진실에 굶주린 소년의 정신을 위한 하나의 미끼와도 같이 살아 있는 여인이었다. 그리고 공간과 시간 속에서의 그 섬세한 모습이 신이나 반신이 아니라, 행복에 대한 빛나는 시각을 한순간 갖게 하는 자의 최고의 지성을 보여줄 살아 있는 동물이었다. 소년은 단지 이 폭발에서 멀리 떨어져 있는 작은 위족에 닿았을 뿐이었다. 그렇지만 이 매우 가벼운 접촉은 소년의 정신적인 화학작용을 완벽하게 변화시켰다.

마지막 정거장에 소년이 2년째 다니는 바실레 신구러타테 고등학교가 있었다. 오늘 학교는 잠겼고 인적이 없었다. 트램은 한가운데에 플라타너스가 드문드문 심어진 작은 숲이 있는 커다란 둥근 화단을 돌아 나갔다. 고등학교 건물은 회색 벙커로 험악하게 생겼고 좁은 창문으로 각 교실의 천장에 매달린 크고 하얀 공전등이 보였다. 소년네 반 교실은 2층 모퉁이에 있었다. 거기에서 소년은 세계의 불합리한 규칙을 강요당하며 인생의 좋은 시절을 의미 없이 보냈다. 그는 공부하고, 그 이후에 수십 년을 일할 것이었다. 낯선 이들, 구름으로 이루어진 것보다도 더 그의 인생에 부재한 사람들로 가득 찬 미지의 공간에서. 소년은 왜 사는가? 소년은 왜 세상을 이루는 딱딱한 것과 부드러운 것, 보라색과 푸른색, 떨리는 것과 얼어붙은 것, 열정적인 것과 해로운 것을 이해할 수 있나? 소년은 생각할 수 있는 한 오래전부터 세상에, 끝이 없는 세상에 그의 것인 유일한 정신이 존재한다는 것을 이해했었다. 그리고 소년의 정신과 세상은 자물쇠와 열쇠처럼 혹은 고대 신전의 물결 문양의 벽에서 짝을 이룬 여신과 남신처럼 복잡한 접촉 관계에 놓여 있다는 것도. 세상은 소년의 손가락, 각막, 손톱, 머리카락, 입술, 성기를 꽉 조여 둘러쌌다. 모든 것이 완벽하게 들어맞았고 그것은 보편적인 규범이었다. 만일 손가락 지문의 소용돌이 꼴이나 혓바닥의 작은 돌기의 미세한 선 하나가 자신의 존재라는 얇은 얼음 안으로 완벽하게 들어가지 못했다면, 껍질 전체가 박살이 났을 것이다. 소년은 희망도 없고 출구도 없는 매우 복잡한 춤과 포옹 안에서 생각하고 살고 있었다. 소년은 외로움이라는 이름을 지닌 그의 인생, 호박석 속의 반짝이고 무한한 씨앗 속에 영원히 사로잡혀 있었다.

선로의 끝, 학교 앞에서 소년은 아주 오랫동안 트램을 기다렸다. 태양은 빛나고 하늘은 오후의 빛바랜 하늘색으로 선회했다. 트램 선로 주변의 웅덩이에 소년의 그림자가 어둡고 뾰족하게 보였다. 교복을 입은 갈색 머리 소년 외에 커다란 둥근 화단 주변에는 아무도 없었다. 소년은 인간의 얼굴을, 눈이 둘, 코가 하나, 입이 하나인 얼굴을, 투명하고 딱딱한 껍질이 덮인, 메뚜기처럼 무표정한 얼굴을, 최소한 오지 않는 붉은색 금속 트램을 거기에서 기다리고 있는 사람을 보고 싶었을 것이다. 소년의 외로움은 그 시간에 방 안에서 인형과 짚을 채운 동물 헝겊 인형을 가지고 놀던 동네 꼬마들이 밖으로 나와서 아스팔트에 알록달록한 분필로 사람들을 그리는 것으로 만족했을 것이다. 트램 정류장 게시판에 낡고 반쯤 찢겨 나간 벽보들이 덧붙어 있는 것이 보였는데 도시의 많은 창문을 가리는 신문들과도 비슷했다. 가수들과 설교자들의 얼굴, 아무것도 이해 안 되는 글자들. 소년은 멍하니 벽보들을 읽으며 현기증과 살짝 부는 바람을 느꼈다. 그것은 도시가 트램의 강력하게 움직이는 철제 바퀴 아래에 놓여 있음을 증명한다. 곧 트램은 선로 위에서 몸을 흔들면서, 있는 힘을 다해 종을 울리면서 작은 나무숲을 돌아 나타날 것이다. 평소처럼 소년은 표를 사는 것을 눈곱이 낀 눈으로 쳐다보는 차장의 시선에 만족한 채 두 번째 칸에 올랐다. 집으로 돌아가는 길에 소년은 소녀가 살고 있는 거리와 시멘트 마당이 있는 집을 다시 찾아보려 했지만, 성공하지 못했다. 옆쪽 거리가 햇빛에 한순간 반짝이면서 이미 형을 선고받은 몸을 내리칠 칼처럼 매우 빠르게 각도를 바꾸었기 때문이다. 소년은 창문마다 갓난아이를 안은 성모가 보이는 산후조리원의 긴 검붉은색 담벼락을, 다음에는 받침대 위로 떠 있는 바실레 신구러타테 석상을 보아야 했다. 그리고 제과점 진열창에서 눈을 멀게 할 정도로 반사되는 알루미늄 포일의 불꽃을 정면에서 받으면서 주택가인 친숙한 동네에 들어섰다. 소년은 행복하고 흥분하고 무서웠다. 소년의 가족은 아무도 한 번도 이런 여행을 하지 않았고 소년처럼 위험을 맞닥뜨리지 않았고 또한 그렇게 무기력한 아름다움을 만나지도 못했다. 마치 봄의 일요일에 태어난 것처럼, 마치 그때부터 마침내 살 이유가 생긴 것처럼. 소년은 태양 아래에서 텅 비고 소음이 들리는 거리를 서둘러 지나갔다. 그리고 집에서 자기 방 안의 그가 읽고 자고 꿈꾸는 침대에 쓰러지듯 누웠다. 억압적인 주위 세상에 그렇게 억눌린 나머지 딱딱한 두개골 내면의 똑같은 환영과 광기의 압력을 가하는 다른 세상에 대항해야만 하는 사춘기 청소년의 침대에. 그러나 소년은 환상의 양쪽 날개와 같은 두 현실을 펄럭이며 날아갔다. 이것이 진정한 소년 자체였다, 이것이 그였다. 그, 바로 그. 누렇게 변한 이불보는 언제나 땀 냄새가 났다. 창가엔 항상 석양이 있었다. 바닥에 던져진 것은 마치 다른 시대의 불길한 라디오에서 나오는 것처럼 소년에게 말했던 죽은 자들, 그보다 더 먼저 죽은 자들의 시집들이었다. 장롱 안의 철제 옷걸이에 소년이 갈아입는 몇 장 안 되는 셔츠와 껍데기들이 교대로 걸려 있었다. 오래된 사진 한 장에서처럼 모두 똑같았다. 하지만 그날엔 아니었다. 그때 사진 속의 그 사람이, 바로 그가 날씨에 갈라지고 건조된 유액 속에서 갑자기 고개를 돌려 자신을 바라보는 사람의 눈을 똑바로 바라보았다.

  소년은 곧 식사에 불려 갈 것이다. 기다리면서 창가에 갔고, 창틀에 팔꿈치를 괴고 있었다. 건너편 집들은 예전에는 지붕이 붉은색이었지만, 지금은 진갈색이 되었다. 그 위로 하늘은 아침의 빛을 잃었다. 이튿날 소년은 빨간 머리 소녀네 집 앞을 지나갈 것이다. 소년은 무슨 일이 일어날지 상상할 수 없었다. 자기 배와 가슴의 피부 위에 감성적인 그림이 그려진 것처럼 이미지 없는 몽상 속에 빠져 있었다. 엄마가 방에 들어와 아무 말 없이 방바닥의 책들을 들어서 협탁 위에 쌓아놓았다. 그러고는 창가의 소년 옆에 와서 한동안 둘이 거리를 바라보았다. 엄마와 소년은 한마디도 하지 않았다. 하지만 어떤 면에서는 은밀하고 조용하게, 단순하고 진실하게 소통하는 데 이르렀다. 마치 두 사람이 정맥과 두 동맥을 감싸는 관으로 아직 연결된 듯했다. 두 사람은 같이 식사하러 갔다. 그리고 자주 그랬던 것처럼 소년은 또래의 다른 소년들처럼 엄마의 껍데기, 엄마가 소녀였을 때부터 최근까지의 껍데기에 관해 묻지 않고 간신히 참았다. 평화롭게 숨을 쉬도록 내버려두지 않는 강박이자 수수께끼에 관해. "엄마, 엄마들은 보통 껍데기를 어떻게 하나요?" 소년은 닭고기 치울라마*가 담긴 접시를 받을 때 물어보고 싶었다. "태우나요, 아니면 파묻나요?" 꿈꾸는 눈과 같은 구멍 주위에 사향 냄새가 나는 치골의 털이 나 있고 넓은 엉덩이와 가슴이 있고 길고 부드러운 머리카락이 있는 껍데기를 어떻게 한 번도 찾은 적이 없을까? 하지만 소년은 앞으로도 용기를 내지 못할 것을 알았다. 그것은 여자들만이 알 수 있는 일이었다. 누구도 여자 공중 화장실에 들어가는 것을 말리지 않겠지만, 그렇게 할 생각이 들지 않을 것이었다.

시멘트 바닥의 마당에서 본 소녀는 이름이 도라였고 소년의 이름은 이반이었다. 둘은 이튿날 수업이 끝난 후에 소년이 트램을 타고 집에 돌아가는 대신에 처음으로 옆으로 작은 골목이 있는 정류장에서 내렸을 때 서로의 이름을 알았다. 소녀는 여전히 그늘에 잠긴 아주 작은 마당에 있었다. 이번엔 마치 소년을 기다리고 있었다는 듯이 검정 철창 울타리 뒤편 오른쪽에 서 있었다. 다시 한번 소년은 오래된 판화나 아주 오래된 책의 순수한 삽화 속에 있는 느낌을 받았다. 심지어 감상적인 그림 아래에 이렇게 적힌 것만 같았다. "소녀는 소년을 기다리고 있었다는 듯이 아

---

* 닭고기와 버섯을 볶고, 시큼한 크림으로 졸인 요리이다.

주 작은 마당의 울타리 뒤편에 서 있었다." 소년을 보았을 때, 처음으로 서로의 눈을 쳐다보았을 때, 소녀는 소년이 전날에 하고 싶었던 대로 앞으로 나와서 울타리 살을 잡았다. 그리고 소년에게 대화를 넘어서는, 인간적인 접촉이 있기 이전의 무언가를 암호처럼 말했다. 만화에서처럼 과하게 반짝이는 눈으로 소년을 쳐다보면서 소년에게 단어 하나를 말했다. "행운아!" 하지만 소년은 암호에 알맞은 답을 알지 못했다. 알더라도 대답할 수 없었을 것이다. 소년은 여자 앞에 있는 것이 처음인 것처럼 보였다. 사실, 세상에 여자가 존재한다는 것조차 알지 못해서 지금 그는 어린아이의 사랑스러운 이목구비에 빨간 머리를 한 이상한 소년을 보고 있다고 생각하는 것 같았다. 머리카락은 뺨과 어깨를 따라 비비 꼬인 구리 전선 같았고, 가슴은 초록색 티셔츠가 섬세하게 그리는 작은 두 언덕에 의해 기이하게 일그러진 모양이었고, 다리는 전날에도 입었던 체크무늬 치마 아래에 보이는 오다리로 소년보다 길었다. 소녀가 문을 열어 소년을 들어오게 하고 몇 분 있다가 소년은 소녀의 이름이 도라인 것을 알았다. 소년은 즉시 그 이름을 잊어버렸고 밤새도록 그 이름을 기억하려고 애쓰면서 잠들 수 없었다. 도라는 당장에는 소년에게 아무것도 의미하지 못했고 단지 신생아들에게 주어지는 이름처럼 느꼈다. 평생 동안 자기 이름의 실체로 채워지기를 기다리는 텅 빈 접시와 같은 이름. 그러나 소년도 자기 이름이 이반인 것을 알고 정말 놀랐다. 물론 소년도 자기 이름을 알았고 그때까지 수천 번은 이름을 말해왔었다. 하지만 한 번도 그 이름을 믿지 않았다. 어른이 어린이에게 말하는 모든 것을 일종의 최면 상태에서 받아들이는 것과 같은 아이들의 눈먼 신뢰는 언제나 소년에게 멍청한 짓으로 보였었다. 왜 지리 시간이나 역사 시간에 배우는 것을 믿어야 할까? 왜 아무도 그 이름들과 사건들의 진실성을 확인하려고 하지 않을까? 왜 소년은 매일 상대했던 부모로부터, 학교 친구로부터, 메뚜기와 갯가재의 모든 얼굴로부터 배우고 알게 된 것 모두가 단지 거대한 음모였다는 인상을 항상 받았을까? 소년은 자신의 이름이 이반임을 알고 있었지만, 도라가 소년의 이름을 말하는 것을 들을 때까지 이것을 믿지 않았다. 소년이 소녀에게 자신의 이름을 말했을 때 소녀는 소년의 눈을 쳐다보면서 반복해 말했다. 이반. 그제야 비로소 소년에게 그 이름이 붙었다. 그제야 비로소 소년은 다르게 불릴 수 없다는 것을 깨달았다. 소년은 이반이었다. 소녀가 그렇게 불렀기 때문이다. 세상에 다른 이유는 없었다. 오직 도라를 위해서만, 도라와 관련해서만, 소년은 단지 그 순간 이후로 이름이 이반이었다. 도라의 경우에 소녀의 이름은 소년이 소녀가 머리부터 발끝까지 황금 촌충에 휘감긴 것을 보고 나서야 비로소 의미로 가득 찼다.

그날 저녁에 둘은 그다지 오래 이야기를 나누지 않았다. 소녀 역시 학교에서 막 돌아왔고 옷을 갈아입고 밥 먹으러 바로 가야 했다. 소녀의 학교는 작은 거리 아래쪽에 있었는데, 삼켜진 한 세기 전의 또 다른 유명인의 이름을 땄다. 마주 보고 서서 이야기를 나누는 동안 소년은 꿈을 꾸는 듯했고 응, 아니로 간신히 대답했다. 차양 아래 입구의 현관문은 한 번도 열리지 않았다. 큰 도로로 트램이 지나갈 때마다 집 전체가 흔들렸고 회칠한 부스러기가 눈송이처럼 떨어져 내려 장밋빛 하늘에서 반짝거리기 시작했다. 그 후에 소년은 교복 차림에 팔에 완장을 차고 교과서가 든 가방을 들고 떠났다. 그리고 정류장에서 트램을 한참 기다렸다. 도시에 저녁이 내렸고 둥근 검정 지붕 위로 더 창백하고 유령 같은 달이 떠올랐다.

똑같은 달, 더 노랗고 더 큰 달, 더 날카로운 뿔 두 개가 있는 달은 그날 밤 아파트 전체를 밝게 비추었다. 집에 온 이반은 불을 켜지 않았다. 부모님은 일요일 저녁에 집에 있는 적이 한 번도 없었다. 보통 연극, 서커스, 콘서트, 산책, 친구 모임 등으로 불리는 알 수 없는 곳에서 자정이 지난 후에야 집에 오곤 했다. 집에 돌아오면 바로 자러 갈 것이었다. 그들은 일요일 밤에만 사랑을 나누었다. 침대가 삐거덕거리는 소리, 침대가 벽에 리듬 있게 부딪치는 소리, 신음과 속삭임, 다 끝난 후에 욕실에 다녀오는 소리가 소년을 깨웠다. 어렸을 때는 무서웠고 손으로 귀를 막았고 이불 속에 웅크렸고 다시 잠들려고 애썼다. 수년 전부터는 조용히 엿들었다. 축축한 이불 사이 흥분된 열기로 가득한 밤에 소년은 다른 얼굴과 다른 이름으로 모든 걸 되풀이했다. 그런 다음 낯선 침대의 고독 속에서 남녀가 짝짓기 하는 광란적이고 열광적인 영화를 열렬히 지켜보았다. 하지만 현재 이반은 어둠에 잠긴, 텅 빈 집에 있었다. 갑자기 달이 집 안의 이쪽과 반대쪽의 모든 창문에 동시에 나타났다. 소년은 자기 방에서, 부엌의 창문에서, 반대쪽 침실과 복도에서 달을 볼 수 있었다. 달은 욕실 선반 위, 모기를 막고자 더러운 거즈를 달아놓은 창문을 통해 집 안으로 들어오려고 했다. 집은 달에 둘러싸였고 포위되었다. 창문이 바닥 전체에 하얗게 투영되면서 아파트의 쓸쓸함은 참을 수 없을 정도로 팽창되었다.

한동안 이반은 달에 빠져서 쳐다보느라 이 방 저 방 이유 없이 왔다 갔다 했다. 하지만 무기력하게 주입된 것처럼 마음엔 도라를 두었다(아이의 입술과도 같은 도라의 입술, 주근깨, 진짜 녹색 눈동자, 집에서 입는 평범한 옷차림, 진주색의 매끈한 다리에 어울리지 않는 탄탄한 무릎). 그 후에 소년은 부모님의 침실에 가서 몽유병 환자처럼 침대 끝에 앉았다. 거기에 어떻게 갔는지, 무엇을 할 생각이었는지는 알지 못했다. 소년의 아버지는 언제나 침대 왼편에, 엄마는 반대편에 누워서 잤다. 침대 양쪽에 있는 협탁들은 잠금장치 서랍이 달렸는데, 소년에겐 모든 게 낯선 가구였다. 소년은 한 번도 열어본 적이 없는데, 어릴 때부터 허락되지 않은 걸 알고 있었기 때문이다. 그래서 보통 그 서랍을 전혀 신경 쓰지 않았다. 하지만 소년은 지금 꿈에서 깨어나 언제나 알고 싶었던 비밀들을 갑자기 아주 가까이에서 본 것처럼 자신도 모르게 서랍들을 뚫어지게 응시하고 있었다. 아직 서랍을 열어볼 용기를 낼지 확신하지 못한 순간에 소년은 침대 끝에 이미 앉아 있었고 서랍을 열어보려는 중임을 깨달았다. 자기 의지가 있는 듯 보이는 양손은 진작 열린 서랍 앞에 있었고 소년은 최면 상태에서 깨어나듯 정신을 차렸다. 아버지의 협탁이었다.

하얀 달빛에 소년은 서랍이 한쪽으로 밀어 여는 유리 뚜껑이 달린, 밝은색 나무 상자로 꽉 찬 것을 보았다. 유리 뚜껑을 통해 상자 안에 누런 새틴이 깔려 있는 것이 보였다. 그 위에 곤충 표본 전시관에 전시된 외국의 메뚜기들처럼, 웅장한 것들 주위에 놓인 자잘한 것들 등 매우 다양한 크기와 모양의 열쇠 열두 개가 놓여 있었다. 몇 개는 오래됐고 나머지는 달빛에 빛나는 니켈처럼 새것이었다. 몇 개는 전형적인 열쇠로 대문이나 현관문을 잠그는 용이고 다른 것들은 금고나 서랍을 잠그는 용으로 만들어진 것이었다. 각각의 열쇠는 자물쇠와 딱 맞았다. 마치 실용적인

용도로 만들어진 것이 아니라, 모든 종류와 크기의 열쇠를 생산하는 회사에서 만든 일련의 제품을 진열해놓기 위한 것 같았다. 열쇠마다 직사각형의 라벨이 달려 있었고 하나의 단어가 대문자로 쓰였는데, 침대 옆의 희미한 빛에 흔들리듯 불분명하게 보였다. 이반은 창가로 상자를 가져왔고 더는 달빛이 너울거리면서 반사되지 않도록 한쪽으로 유리 뚜껑을 밀어 열었다. 그러자 작은 라벨의 글자를 읽을 수 있었다. 그것은 그냥 여성의 이름들이었다. 소년은 무심한 듯했다. 사실 진심으로 아무 관심 없었다. 아버지는 소년에게 언제나 낯설었기 때문이었다. 소년은 원래대로 정확하게 놓으려고 신경 쓰면서 상자를 서랍에 갖다 넣었다. 소년은 그 상자로 딱히 할 일이 없었고 폭로된 비밀 위로 서랍을 닫았다. 그리고 여전히 최면 상태인 것처럼 아버지의 침대를 돌아가서 엄마 쪽 침대의 가장자리에 앉았다. 소년이 예상한 대로 협탁의 서랍은 잠겨 있었다. 하지만 조금 전에 상자 안 열쇠의 라벨 중에서 엄마의 이름을 보았었다. 엄마의 열쇠는 가운데에 있는 것도 아니고 가장 빛나는 것도 아니고 가장 큰 것도 아니었다. 다시 침대를 돌아서 엄마의 이름인 에마 라벨이 붙은 작은 열쇠를 꺼내 왔다. 서랍의 자물쇠에 기름칠이 된 듯 딱 맞았다. 소년은 죄스러운 끔찍한 감정으로 서랍을 열었다.

소년은 부모님의 침실에 가지 말았어야 했다. 지금 막 하려고 하는 짓을 하지 말아야 했다. 마치 뇌를 태워버릴 정도로 신성모독의 말을 중얼거릴 때와 같았다. 소년은 흑마술에 빠진 상태처럼 보였다. 도라와 관련이 있는 듯했다. 만일 도라를 만나지 않았다면, 결코 소년이 갈 필요가 없는 곳, 그 경계 지역에서 모험을 감행하지 않았을 것이다. 그곳은 무슨 가혹한 금지와 위협을 통해서가 아니라 자연 그 자체의 힘을 통하여 소년에게 금지되었다. 아무도 담을 통과해 지나가는 것을 금하지 않지만, 피와 살을 가진 몸을 아무리 부딪치더라도 누구도 통과할 수 없듯이. 그러나 소년은 지금까지 거의 들어본 적이 없는, 소년의 세상에 속한 것처럼 보이지 않는 사막과 산맥을 통과할 준비가 되어 있었다.

망설이다가 떨면서 천천히 서랍을 열었다. 그리고 사진이나 우표 수집용의 큰 앨범을 하나 꺼냈다. 예전에 학교 변소에서 들었던, 한 번도 의심하지 않았던 이야기가 기억났다. 매우 부드럽고 투명하며 유령과도 같은 벗겨진 껍데기들이 몇 주 혹은 몇 달 간격으로 앨범 사이에 눌려 있는 것을 찾을 것이었다. 탄력 있는 몸체의 배아의, 다양한 성장 단계에 있는 태아의, 양치류의 돌돌 말린 줄기와 같이 가슴에 머리를 숙인, 곧 태어날 준비가 된 아기의 껍데기들. 그는 태어나기 직전에 시작된 성공적인 허물벗기를 하면서 그렇게 자랐다. 그렇게 사람들은 한때 모습의 멜랑콜리한 흔적처럼 뒤에 껍데기를 남기면서 성장했다. 소년은 창가로 가서 흥분한 듯 앨범을 빨리 넘겼다. 비단 펠트로 만들어진 앨범의 내지는 두꺼웠다. 그 위에 마르고 단단하고 납작한 자궁 내의 껍데기가 정말 붙어 있었는데, 창백한 색깔에 정말 낯선 모양이었다. 껍데기가 커짐에 따라 사진첩 내지의 모서리까지 사지가 꽃잎처럼 펼쳐져 있었다. 두꺼운 내지는 사이사이 초콜릿 껍데기 같은 초록색, 분홍색, 하늘색, 다홍색의 은박지와 교대되었다. 손톱처럼 매끄러운 이 은박지는 완벽하게 평평하고 얇은 깃털처럼 가볍고 손가락 사이에서 바스락댔다. 그리고 거기에 아직 원래의 섬세한 색깔을 유지한 채 눌린 꽃과 나비, 외국 우표 등이 붙어 있었다. 그 주변 전체에는 색연필로 아주 작은 글씨들이 쓰여 있었다. 그 모두는 초등학생의 공책에서처럼 순수하고 환상적인 그림으로 연결되었다. 소년이 학교 건물 뒤편 멀리뛰기 모래판 가장자리에 앉아서 읽곤 했던, 오래전에 죽은 작가들의 작품의 감성적인 시구절과 인용구가 여기저기 보였다. 바실레 신구러타테가 쓴 가장 유명한 시 한 편이 한 장 전체를 차지했는데, 에마의 자궁 속에서 아직 태아였던 때 이반의 가장 큰 껍데기와 마주 놓여 있었다. 마지막 장에 엄마는 볼펜으로 쓴 똑같은 숫자가 적힌 접착 띠 두 개를 붙였는데, 소년이 태어난 후 산후조리원에서 머무는 동안 발목에 찼던 것이다.

  소년은 시간 밖의 시간 동안 거대한 앨범을 꿈꾸듯이 넘기면서 달빛 아래 창가에 서 있었다. 아파트 엘리베이터에서 나는 소음이 들리고 복도에서 발소리가 들렸을 때에야 비로소 자신으로 돌아왔다. 소년은 앨범을 닫고 열쇠를 서랍의 제자리에 두고 부모님 침실에서 달려 나와 자기 방에서 문을 잠글 시간이 간신히 있었다. 그제야 부모님은 소란스럽게 일상적인 수다를 떨면서 집에 들어왔다. 소년이 깨어 있을 때 부모님이 집에 돌아온 건 처음이었다. 이전에 그렇게 추측한 대로 부모님은 일요일 밤의 시간을 보낸 잘 알지 못하는 곳에서 서로에게 취한 채, 너무나 열광적으로, 삶에 대한 그토록 강한 욕망을 품고 집으로 돌아왔음을 소년은 확신할 수 있었다. 그리고 아마도 둘은 끌어안고 입을 맞추고 바로 침대로 쓰러졌을 것이다. 옷도 벗지 않은 채 거의 순간적으로 뒤엉켜서 광란의 춤을 추기 시작했을 것이다. 아직 망막에 그 놀랍게 색칠된 앨범 내지들이 잔상으로 남아 있는 동안 이반은 침대에 누워서 엿들으려고 하지 않고 그저 들리는 대로 그날 밤 성인의 밤 의례를 듣고 있었다. 부모님의 공모이자 비밀, 그리고 몇 년 안에 소년의 차례가 될, 소년이 질투심의 세속적인 눈과 귀를 피해야 할 현실을 생각하면서 잠이 들었다. 그날 소년은 인생에서 가장 긴 날을 보낸 후에 밤늦게 잠이 들었고, 엄마가 학교에 가라고 소년을 깨웠을 때 단지 몇 분간만 잠을 잤다고 생각했다.

그날 이후 매일 오후에 도라를 만났다. 해는 길었고 그림자는 좁은 시멘트 마당에 가볍게 내려앉았으며 조각구름이 시간이 지날수록 점점 분홍색, 보라색, 초록색, 붉은색으로 물들었다. 얼마 전부터 소녀의 집에 도착할 때면 달이 하얀 얼룩처럼 보였다. 이반과 도라는 거기 마당 벤치에 오후의 투명한 정육면체 안에서 마주 보고 앉아 있었다. 둘 옆에는 거대한 나병 환자 몸과 같은 누런색의 집이 있었고 그 집 입구 위에 좁은 차양이 있었다. 둘은 학교생활에 관해 얘기했고 선생님 성대모사를 했고 학교 친구 뒷얘기를 했고 학교 건물의 끝없는 미로에서 방황했던 일을 서로에게 털어놓았다. 웅장한 학교의 계단을 오르내려야 하고 해당 교실을 찾기 위해 복도에서 30분씩 헤매야 하고 이미 수업이 진행 중임을 확인해야 했던 일들. 소년과 소녀는 농담을 주고받고 라디오에서 들은 노래를 흥얼거리고 옷과 신발에 관해 얘기했다. 당연히 거의 대부분 시간 동안 말하는 건 도라였다. 도라는 또래 여자아이들이 그렇게 하는 대로 혼자서 잇새로 말을 뿌리고 글자를 먹으면서 젠체하며 얘기했다. 그리고 블라우스나 티셔츠의 짧은 소매 아래로 붉은 솜털과 주근깨를 드러내며 가는 팔과 손을 끊임없이 움직이면서 말했다. 소년은 무엇보다도 전적으로 어안이 벙벙한 채 소녀를 쳐다보았다. 사방으로 돌돌 말리고 뻗은 붉은 철사와도 같은 소녀의 머리카락에만 경탄한 것이 아니라, 소녀가 말하고 손가락을 움직일 수 있고 가슴이 뛰고 마당을 걸으면서 공간을 만들고 매일 30분을 소년 옆에서 늙어가는 것에 경탄했다. 소년 앞의 소녀에게 어깨가 있고 귓불이 있고 티셔츠 아래로 보이는 작은 가슴이 있고 쇄골에 붙은 얇은 근육이 목을 움직이고 있음에도 경탄했다. 소년은 소녀의 과장된 몸짓을 기쁘게 바라보았고, 소녀의 자잘한 말을 다 믿진 않지만 경청하고 있었다. 도라는 소년을 즐겁게 했다. 말로 표현할 수 없을 정도로 소년을 행복하게 했다. 소녀가 말하는 것이 소년을 웃게 한 게 아니라, 소녀가 소년 앞에 생생하게 몸으로, 진실하게 살아 있었기 때문이다. 소녀의 손톱을 만져보고 싶었다. 매끄러운 피부와 작은 힘줄의 촉감을 알고 싶었다. 표현력이 강한 무릎에 손을 대고 싶었다. 고양이가 하듯이 소녀의 뺨과 갈비뼈, 엉덩이를 만져보고 싶었다. 발뒤꿈치를 손에 쥐어보고 싶었다. 안과 의사처럼 눈꺼풀을 뒤집어서 모세혈관이 지나는 각막을 보고 싶었다. 도라는 소년의 투명한 땅의 묘지에 수정 관 속에 산 채로 안치되었다. 소녀는 소년의 슬픈 친구들인 죽은 시인들 사이에 살아 있었다. 소녀는 소년의 삶과 세상에서 유일하게 살아 있는 생명체였다.

소년은 집에 오는 트램 안에서 창밖을 쳐다보면서 계속 싱글거렸다. 종종 너무 큰 소리로 웃어서 앞에 앉은 승객이 고개를 돌려 소년을 기분 나쁘게 쳐다볼 정도였다. 소년은 둘이 무엇을 이야기했는지 기억하려고 애썼다. 기억 속에 소녀의 목소리를 재구성하느라 소녀와 똑같은 어린아이 웃음을 터뜨렸다. 소녀가 바지를 입을 때 특히 눈에 띄고 치마의 주름 아래에서는 더 어렴풋이 보이는, 허벅지와 치골이 합쳐지는 Y 부분을 생각하면서도 미소를 지었다. 소년의 눈은 소녀의 치마 주름에 멈추지 못한 채 저절로 멀어져갔었다. 그런데 도라의 집에 갈 때 다른 누군가가 있다는 느낌을 전혀 받지 않은 것이, 차양 아래 현관문이 한 번도 열린 적이 없던 것이 이반에게 전혀 이상해 보이지 않았다. 소녀와 함께 보냈던 10여 차례 저녁에 시멘트 바닥의 마당에서 소녀가 항상 그곳에서 소년을 기다리고 있었음을 왜 생각하지 못했을까? 소년은 어떻게 그 작은 거리까지 오게 되고 집과 삭막한 마당을 보게 되었는지 그냥 단순하게 상상하려고도 하지 않았다. 소녀가 없다면 어떻게 될까? 의미 없는, 던질 수 없는 질문이었다. 도라는 소년의 인생 안에 **있었다**. 이제 그렇게 되지 않을 수 없었다. 토요일과 일요일마다 소년은 트램 세 정류장을 걸어서 갔다. 서두르지 않고 제과점, 석상이 있는 둥근 화단, 산후조리원을 지나갔다. 지역 공장에서 방직한 원단으로 재봉된 교복을 입고서. 그보다 더 형편없는 원단은, 더 닳아 없어질 천은 없었다. 처음 입는 날 팔꿈치와 무릎이 나왔으니. 교과서로 가득한 무거운 가방은 집에 있다. 갑자기 소년의 심장이 멈춘 순간도 있었다. 가방을 잊고 있었네! 어떻게 가방 없이 학교에 갈 수 있을까? 오늘이 주말인 것이 바로 생각났다. 도라에게 조금 늦게 갔고 더 오래 머물렀다. 하지만 그 외에 소년과 소녀의 만남은 크게 변화가 없었다. 몇 주가 지났다. 이반은 자신에 대해 몇 가지를 이야기했다. 소년이 사랑하는 시 두세 편, 집과 부모님에 관한 한두 문장 등. 그러던 중에 제과점 진열창 앞에 서서 도라에게 선물할 것을 생각했다.

제과점 내부는 진열창에서 보이는 것보다 더 기괴했다. 제과점 안은 진열창의 사탕 상자가 벽에 불빛을 생생하게 비출 정도로 그렇게 어두웠다. 밤색으로 페인트칠이 된 좁은 나무 계단은 위층까지 연결되어 있었다. 위층에는 자연사박물관의 전시실처럼 큰 상자들이 벽에 붙어 있었다. 거기 높이, 은박지에 싸인 초콜릿 곤충들은 매우 컸고 공간을 많이 차지했다. 나무 틀 안에 주름 잡힌 새틴으로 감싸인, 이반만큼 큰 하늘가재가 반쯤 드러나 있었다. 그 주위를 은박지에 싸인 초콜릿 알부터 초콜릿 애벌레 그리고 초콜릿 번데기까지, 성체로 성장하는 변태의 모든 단계가 둘러싸고 있었다. 다른 전시물 상자에는 어린아이 크기의 초콜릿 메뚜기도 있었는데, 은박지의 반사면에 꼼꼼하게 그린 입 기관과 날개의 정교한 신경, 배 부분이 보였다. 거리에 트램이 한 대씩 지나갈 때, 제과점의 얇은 벽이 너무나 강하게 흔들려서 알록달록한 은박지에서 나오는 빛이 들뜨게 만들고 다른 세계에서 온 빛의 폭풍, 뭐라 말로 표현할 수 없이 아름다운 빛 속으로 모든 것을 침수시켰다. 작고 무해한 여인이 약사처럼 하얀 가운을 입고 눈가가 거무스레한 엄청나게 큰 눈을 뜨고 가장 향이 강한 초콜릿으로 만들어진 나방, 메뚜기, 톡토기가 담긴 상자들 사이 판매대 뒤에 서 있었다. 가게 전체에 어지러울 정도로 카카오 향이 가득했다.

이반은 도라에게 선물로 황금 촌충을 주리라 생각했다. 그것은 판매대 뒤편의 벽에, 작은 여인의 머리 바로 위에 있었다. 판매원은 손님한테 방해받고 싶지 않은 듯이 지루한 눈으로 이반을 쳐다보고 있었다. 촌충은 대여섯 번 나선형으로 둘둘 말린 채 커다란 판지 상자 안에 놓여 있었다. 그리고 해부학적으로 정확하게, 매우 정성스럽고 자세히 그려져 있었다. 양귀비 봉오리처럼 통통한 촌충 머리마디의 사방에 각각 네 개의 큰 빨판이 있고 끝엔 갈고리가 아주 많이 달려 있어서 내장의 벽에 매달려 있을 수 있었다. 몸체가 긴 벌레는 고리 모양으로 분절되어 꼬리를 향해 폭이 점점 더 넓어졌고 그 안에 알이 가득 차 있었다. 수백만 개의 알은 더럽고 위험한 동물의 후손에게서 살아남을 아주 작은 기회를 보여주고 있었다. 하지만 거기, 제과점의 벽에서 촌충은 황금빛 포일에 그려진 만다라처럼 강하고 신비하게 반짝이고 있었다. 이반은 도라를 위해서 촌충을 손에 넣고 싶었다. 판매원의 왼쪽 가슴 주머니에 파란색 실로 필리파라는 이름이 수놓아져 있었다. 판매원은 업자의 환상이 만들어낸 하나밖에 없는 촌충을 벽에서 내리려고 발뒤꿈치를 들었다. 그래서 소년은 수천 개의 빨간 핏빛의 자잘한 핏줄이 있는 판매원의 허벅지를 몇 초간 볼 수 있었다. 소년은 포장지로 싼 큰 상자를 겨드랑이에 끼고 나선형 계단을 내려왔다. 학교에서 상자를 책상 아래에 두었고 본인이 자리에 없을 때 반 애 중의 누군가 어느 순간에 상자의 포장을 벗기고 열어보지 않을까 전전긍긍했다. 감당하기 어려운 불가피한 상황에도 소년은 수업이 모두 끝날 때까지 화장실에 가지 않았다. 상자를 들고 시선은 상자에 고정한 채로 몇 시간을 통제당한 뜨거운 소낙비가 타일 변기에 마침내 뿜어져 나왔다. 오랜 시간 견딘 후에 소변을 볼 때 팔의 정맥에서 찌르는 듯한, 반사작용의 고통을 느꼈다. 마치 신경이 소년의 몸 안에서 교차되고 멀리 있는 지점에서 누전이 일어난 것처럼.

  소녀는 언제나 그렇듯이, 시멘트 바닥 마당의 벤치에 앉아서 소년을 기다리고 있었다. 오늘은 자기 눈 색깔과 같은 초록색 티셔츠를 입었다. 허리에 커다란 장식용 안전핀을 꽂은 채 날카로울 정도로 주름 폭이 좁은 주름치마를 입고 있었다. 소년은 행복하게 소녀 옆에 앉았다. 소녀에게 선물을 주려고 했기 때문이다. 누군가에게 선물을 주는 일이 처음이었다. 사실, 자기 자신이 아닌 다른 누군가와의 첫 번째 관계였다. 물론 자기 자신을 감동하게 할 만한 것은 준비하지 못했을 것이었다. 처음으로, 5월 말 그날, 혼자 있지 않을 것이었다. 낡은 책가방과 분홍색과 주홍색으로 아름답게 포장된 상자는 벤치 옆에 내려놓았다. 그리고 언제나 그렇듯이 손으로 뺨을 괴고, 도라의 생기 넘치는 수다, 과장된 몸짓, 머리 타래에 몸을 맡겼다. 도라의 머리는 전기 코일에서 나온 전선 가닥 색깔이었고 등 뒤의 벽과 네모난 하늘 조각을 가리고 있었다. 소년은 소녀의 이야기를 따라가지 않고(도라의 학교 친구에 관한 이야기와 불확실한 이름의 숙부와 숙모들에 관한 이야기였다) 자연스럽게 자기 얼굴을 소녀의 얼굴에 가까이 대면서 소녀 얼굴의 특징을 탐구했다. 섬세한 콧구멍, 살짝 부르튼 입술, 머라르* 나물의 가는 이파리가 통과할 만한 치아 배열, 족집게로 다듬은 눈썹. 입술이 소년을 극도로 흥분시켰음에도 소녀의 얼굴 중에 가장 아름다운 곳은 맑고 볼록한 이마였

---

* 당근 이파리처럼 아주 가늘게 생긴 야채로 치오르바에 고명으로 얹어 먹는다.

껍데기 211

다. 그리고 특히, 소녀의 몸 전체에서 관능적인 매력을 무효화하고 어린 여자아이처럼 보이도록 생긴 둥근 아래턱에 소년은 감탄했다. 여름이 다가올수록 소녀의 얼굴에 주근깨가 더 생겼는데, 이반이 천문학자의 열정으로 주근깨의 위치를 제도하고 분류하고 이름을 붙였다. 아주 가까이에서 도라의 눈을 들여다보자 밝고 환상적인 배경에 그려진 자기 모습을 선명하게 볼 수 있었다. 거의 똑같은 그림 두 개가 부조 이미지의 마법을 일으키는 오래된 입체경의 렌즈에 걸러진 것과 같았다. 도라와 같이 있을 때 이반은 자신이 아주 오래된 담벼락들, 단순하게 모양 잡힌 잎들이 달린 태곳적 나무들의 세계 속에 가볍게 초점이 집중되는 소녀의 눈에 의해 만들어진 환상, 소녀의 생산품일 뿐이라고 수없이 느꼈다. 순결한 탄생의 과정에서와 같이, 바로 그때 그가, 날씬한 얼굴에 담갈색 눈과 입술 위로 솜털 같은 수염이 있는 소년이 나타났다. 어떤 거울도 그 소년을 보여주지는 못했다. 거울 속의 자신을 보았을 때 그는 아무도 보지 못했기 때문이다.

날이 저녁을 향해 미끄러져 가고 달이 아직 푸른 하늘에 간신히 보일 듯 유령처럼 희미하게 드러나기 시작할 때 이반은 선물을 주기로 결심했다. 잠시 돌아섰다가 평평한 큰 선물 상자를 들고 조금 떨어져서 소녀에게 내밀었다. "내 생일도 아닌데!" 소녀가 말했다. 눈살을 찌푸릴지, 조용히, 어쩌면 행복하게 선물을 받아야 할지 망설이면서. 결국에 선물을 받았고 이반이 모르는 노래를 흥얼거리며 상자를 신이 나서 사방으로 돌렸다. 소녀는 포장지 모서리를 손톱으로 긁었다. 그러자 소년은 소녀의 손톱이 짧고 다듬어지지 않았고 손톱 밑이 살짝 까만 것을 보았다. 하지만 손톱들은 반짝이는 하늘에 떠다니는 하얀 반달 모양이 하나씩 있었고 그 위로 둥글게 진짜 저녁 하늘을 진분홍색으로 반사하고 있었다. 도라는 분홍색과 주홍색의 포장지를 찢으면서 한동안 땅을 쳐다보며 생각에 빠져 있었다. 그러고 나서 진지하게 소년을 바라보았다. "알았어. 선물을 같이 열자. 하지만 여기서는 말고. 안으로 들어가자." 소녀가 일어섰다. 소년이 놀라서 망설이자, 그의 손을 잡고 벤치에서 잡아 빼듯이 갑작스럽게 힘을 써서 잡아당겼다. "가자, 시간이 많이 없어."

이반에게 도라의 집은 들어갈 수 없는 공간이었다. 도라의 집 안으로 들어간다는 생각이 소년에게 불합리하게 다가왔다. 언젠가 딸이 있는 부모님의 친구 댁에 부모님과 함께 초대받은 적이 있었다. 소년보다 더 나이가 많은 그 딸은 오래전에 집을 떠났다. 어른들의 얘기를 듣는 것에 싫증이 났을 때 그 딸이 쓰던 방에 갔다. 책 몇 권과 인형이 아주 여러 개 있었다. 한 인형은 일곱 살 여자아이만큼 **매우** 컸다. 곱슬머리를 주황색 리본으로 묶었고 레이스가 달리고 프린트가 된 면 소재의 가벼운 원피스를 입었다. 안락의자에 엉덩이를 걸치고 앉아서 다리를 곧게 쭉 뻗었고 하얀색 플라스틱 신발을 신었다. 퀴퀴한 냄새와 낡은 벨벳 냄새를 풍기고 어슴푸레하게 빛이 나는 그 방에서 소년은 처음으로 끔찍하게 자극적이라고 느꼈다. 성기가 위로 올라섰고 축축해졌다. 이전엔 오직 꿈을 꾸는 동안에만 그랬다. 깨어나니 묽은 진주색 액체가 조금 나왔고 차갑고 불쾌했다. 이런 일이 깨어 있을 때도 정말 가능할까? 소년은 음탕한 눈과 육감적인 입술을 한 가짜 소녀의 플라스틱 맨다리의 허벅지 위로 손가락을 뻗었다. 주름진 원피스 아래 깊이, 인형의 불두덩뼈에 닿을 때까지 손을 넣었다. 레이스가 달린 팬티를 입었다. 그때 소년은 뜨겁고 충혈된 채 인형을 뒤집고 몸통에 연결된 다리의 관절이 보일 때까지 원피스를 들어 올렸다. 다리 사이에 레이스 팬티가 있었고 욕정으로 팬티를 벗겨냈다. 하지만 그 아래는 인형의 몸 전체와 같이 연분홍색에 윤기가 나고 매끈한 플라스틱일 뿐이었다. 바로 그때 문이 갑자기 열렸고 아버지의 찌푸린 얼굴이 보였다. 얼어붙은 공포의 물결이 그 순간에 불분명한 기쁨을 대체했다. 도라의 집에서도 마찬가지였다. 이반에게 도라의 집은 그때까지 연극의 무대장치, 건물의 낡은 정면에 그려진 거대한 대문과 같았다. 하지만 도라는 선물을 겨드랑이에 낀 채 철 손잡이를 눌렀고 벗겨진 석회 가루와 문 사이로 갑자기 열린, 타르처럼 시커먼 틈으로 이반을 끌어당겼다.

공기가 갑작스레 차가워졌다. 짙은 어둠에서 구리로 만들어진 물건 몇 개가 꺼져가는 빛을 냈다. 소녀가 뒤로 문을 닫자, 아무것도 빛을 내지 않았다. "전기가 없어……." 어두운 한가운데에서 들렸다. "우리 이렇게 어둠 속에서 살아……. 엄청 일찍 자……." 소년은 어떤 두더지 민족에서 자기 여자 친구가 나왔는지 궁금해할 여유가 없었다. 갑자기 둘이 있는 방 전체에 노란색 불빛이 비쳤다. 마치 예상치 못하게 높이 달린 샹들리에가 아니라, 얼어붙은 큰 복도의 벽과 각 표면과 작은 물건들이 빛의 출처인 것 같았다. "속았지!" 도라가 스위치에 손가락을 올려놓은 채 소리쳤다. 그리고 깔깔거리면서 웃기 시작했다. 그 웃음소리는 소년이 알고 있던 소녀가 아니라, 납골당 벽과 아주 유사하게 회칠한 복도에서 과장되고 왜곡된 다른 누군가의 웃음소리였다. 복도에 아주 오래된 흑단 문이 많이 있었는데, 모두 닫혀 있었고 다른 방들로 이어져 있었다. 낡은 전화선이 벽을 따라 늘어졌고 여기저기 흰색 압정으로 고정되어 있었다. 소녀는 회색 플러시 천 소파 위로 그를 잡아당기고 고양이처럼 진지하게 알록달록한 포장지를 벗기기 시작했다. 소녀는 포장지가 찢기면서 내는 소리가 큰 즐거움을 준다는 듯이 긴 포장지를 천천히 당기면서 벗겨냈다. 하지만 이 소리는 소년을 머리부터 발끝까지 소름 돋게 했고 오래된 해부학 수업을 듣고 있는 듯 느끼게 했다. 마치 서너 명의 늙은 교수님이 지하 납골당의 좁은 공간에서 해부된 몸통 위로 머리를 모으고 있는 것 같았다.

곧 포장지는 구겨진 채 낡은 양탄자 위에, 포장 끈은 검정 바닥에 떨어졌다. 소녀는 무릎 위에 상자를 올려놓고 뚜껑을 열었다. 황금 촌충은 새틴의 물결 위에서 화려하게 빛나며 기괴하고 기하학적이고 우아하고 위험하고 구불구불하게 보였다. 불빛이 황금 촌충이 감싸여 있는 은박지에 떨어졌고 수백수천 개의 작은 불빛으로 반사되었다. 도라는 황홀해했다. 도라는 촌충의 머리마디 바로 아래를 잡아서 상자 밖으로 천천히 들어 올렸다. 내부의 초콜릿은 부드럽고 유연했는데, 촌충이 느린 속도의 연동 운동을 통해서 천천히 긴장을 풀었다. 촌충은 일자 형태를 이루었다. 소녀가 붉은 머리 타래 위, 천장을 향해 머리마디부터 알로 가득한 가장 불룩한 끝부분 마디들까지 들어 올렸고 마지막 마디는 바닥에 닿았다. 살짝 구불구불한 것은 촌충이 언젠가 그의 찬란함을 담지 못하는 평범한 상자 안에서 원형으로 감겼기 때문이었다.

소녀는 허리 주위에 혁대처럼 매고 몸에 맞추어 세로로 목에서 가슴을 거쳐 더 아래 엉덩이까지 늘어뜨렸다. 그리고 소녀와 소년 사이의 공간보다 더 두꺼운, 아주 두꺼운 벽이 있는 그 방에서 뱀 조련사처럼 춤을 추었다. 눈이 없는 촌충의 머리마디를 입술에 아주 가깝게 들고 춤출 때 도라라는 이름이 비로소 소녀에게 짝 달라붙었다. 그리고 피부에, 머리카락에, 뼈와 내장 기관에 스며들었다. 복도 한가운데에서 빛나는 황금 촌충으로 감싸인 채 돌던 그녀는 이제 완전한 도라가 되었다. 언젠가 몸과 이름이 순수하고 환상적이고 파괴적인 아름다움 속으로 차례로 들어갈 때까지 봄 내내 그런 상태일 것이다. 하지만 지금부터 그때까지 소년은 손가락으로 튕겨져 하늘로 던져진 동전이 앞면과 뒷면을 바꾸듯이 바뀌는 달 아래에서 소녀의 집에 더 자주 들를 것이다.

마지막에 소녀는 원피스를 벗을 때처럼 거대한 촌충의 금빛 나선을 아래로 내렸다. 그리고 바닥에 놓인 촌충의 둥근 원 안으로 들어오라고 이반을 불렀다. 둘은 그곳에서 얼굴을 마주하고 서로의 눈을 바라보면서 잠시 있었다. "행운아!" 소녀가 복도의 두꺼운 벽에 의해 크게 울리는 목소리를 일종의 바람 소리같이 낮춰서 소년에게 말했다. 그리고 소녀는 자기의 뺨을 소년의 뺨에 대면서 그에게 기대고 소년을 거의 비뚤어지게 깜짝 놀랄 만하게 한, 아주 이상하게 들리는 무언가를 귀에 속삭였다. 소년은 소녀에게 그런 호기심이 있을 거라고 상상하지 못했었다. 황금 촌충이 소녀에게 무엇을 한 것일까? 소녀는 무엇에 취하고 무슨 최면에 걸린 걸까? "제발." 소녀는 촌충의 둥근 원에서 소년이 나가기 전에 애교를 부리듯 살짝 잠긴 목소리로 소년에게 속삭였다. 하지만 소년은 아무 말도 하지 못했다. 할 말도 없었다. 소년은 이미 소녀가 말을 기다리고 있지 않는다는 것을, 그 "제발"을 무시하는 것이 불가능하다는 것을 알았다. 그것은 명령보다 더 강한 것이었다. 예감이었다. 소년은 갑자기 과거와 미래를 똑같이 아주 명확하게 보았다. 그는 새끼 새처럼 자신의 두 날개를 활짝 펴려고 애썼다. 한참을 계속했고, 다시 날개를 접어 몸 옆에 붙였다. 당분간은 날 힘이 없었다.

마당으로 나갔을 때 맞은편의 집들은 지는 해의 마지막 빛을 삼키고 어두운 핏빛 하늘을 배경으로 반짝거렸다. 이반은 유리가 빠진 비뚤어진 차양 아래 대문턱에 서 있는 도라를 다시 바라보았다. 실내에서 입는 소박한 옷을 입은, 다른 소녀와 별다르지 않은 소녀. 소년의 학교에 다니는 그 누구일 수도 있었다. 마당에서 나와서 다시 뒤돌아서 소녀를 바라보고 손짓했다. 하지만 소년의 손짓은 어쩌면 거리의 그림자와 멜랑콜리로 주목받지 못했을지도 모른다. 소년은 트램 정류장으로 향했다. 그는 체념한 채 거의 한 시간을 기다렸다. 정면에 불을 켠 채 트램은 거대한 도시의 타르처럼 새카만 둥근 지붕 사이로 으르렁거리면서 나타났다. 소년은 밤늦게 집에 왔고 가능한 한 빨리 자려고 애썼다.

하지만 소년은 잠들지 못했다. 소녀가 뜨겁게 숨을 내쉬면서 열정적으로 속삭인 말을 자기 뇌에서 끄집어낼 수 없었다. 왜 소녀는 그것을 달라고 했을까? 소녀가 그것에 관해 아는 것은 무엇인가? 다리 사이에 가지고 있는 것도 아닌, 몸의 형태도 아닌, 겨드랑이의 사향 냄새도 아닌, 여성과 남성을 구분하는 그 미친 선은 무엇인가? 소년의 엄마는 남편의 껍데기에 아무 관심도 없는 듯, 공기가 잘 통하도록 종종 침대 위에 꺼내놓는 게 중요한지도 모르는 듯 보였다. 엄마는 껍데기가 곰팡이가 슬도록 오래되고 삭은 가방에 그냥 방치했다. 엄마는 소년의 껍데기를 거의 신경을 쓰지 않았고 옷장 안 내의 사이 옷걸이에 걸어두었다. 남자들은 자라는 만큼, 그리고 더 자라기를 그친 후에도 계속해서 몇 년에 한 번씩 껍데기를 벗었다. 자연스러운 일이었다. 오래된 껍데기는 더는 맞지 않았으니까. 뱀이나 게, 거미 혹은 메뚜기도 마찬가지다. 서투르고 게으른 사람들은 오래된 외피에서 밖으로 빠져나왔다. 그리고 마치 신생아처럼 무방비 상태로 죽음을 두려워하는 듯 벌거벗겨진 채 눈을 크게 뜨고 고통스러운 시간을 견뎌냈다. 남자는 새로운 껍데기를 입기 전엔 세상에 자신을 드러내지 않았다. 먼저 수염이 없는 껍데기를, 그다음에는 호르몬이 풍부해서 수놈의 털이 많이 난 새로운 껍데기를 입고 겨드랑이에 서류 가방을 끼고서야 동정 없는 세상에 다시 맞설 준비가 되었다. 남자는 가족 모두가 살아야 하는 데에 필요한 더러운 돈뭉치를 한 달에 한 번 집에 가져와야 했기 때문이다. 남자는 자기에게 일어난 일을 자주 말하지 않았다. 말이 많으면 가난하기 때문이다. 늙은 사람들처럼 어차피 영원히 사라진 과거를 탈탈 털지 않도록 앞을 바라보아야 했다. 그러나 여자는 껍데기를 벗지 않거나, 아무도 눈치채지 못하게 혹은 누가 알게 된다면 끔찍하게 고통스러워하는, 한 달에 한 번 피를 흘리는 것과 같이 비밀스럽게 쑥스러운 무언가를 믿을 수 없이 신중하게 만들어냈다. 남자와 여자의 운명에서 만들어진 이 불균형이 소년을 괴롭혔다. 소년은 몸이 두 개로 쪼개졌을 때와 같이 반쪽으로 축소된 것처럼 느꼈다. 그는 동시에 해와 달, 추위와 무더위, 안개와 빛, 깊이와 높이, 삶과 죽음, 여자와 남자인 것이 아니라 단지 분리되지 않는 한 쌍으로 나타나는 두 요소 중의 하나일 뿐이기 때문이다. 소년은 여자가 세상을 어떻게 보는지 알고 싶었을 것이다. 가슴과 풍만한 엉덩이, 매끄러운 피부, 허리까지 풍성하게 떨어지면서 수백 가닥으로 많은 금발을 갖고 싶었을 것이다. 하지만 남자라는 성과, 눈썹 뼈 아래에 침착하게 뜬 담갈색 눈동자는 포기하고 싶지 않았을 것이다.

"네 마지막 껍데기를 나에게 가져와!" 도라가 미래에 일어날 일을 분명하게 보듯이 소년에게 요구했다.

 소녀는 어떻게 껍데기 얘기를 알았을까? 소녀의 집 마당에서 소년은 우연히 만날 수도 있을 부모님이나 다른 친척은 본 적이 없었다. 소녀는 오래된 신문이 덮인 창문이 달린 폐가에서 혼자 사는 듯 보였다. 사실, 소녀는 단지 소년을 위해서 사는 듯 보였다. 여학생은 남학생처럼 어른의 비밀 영역을 밝히기 위해 학교 화장실에 모이지 않았다. 그런데도 그 비밀스러운 신화와 의례를 남학생보다 더 잘 알고 있는 듯 보였다. 남자가 껍데기를 벗는다는 사실을 알고 있는 듯 소녀는 소년의 벗겨진 껍데기에 관해 물어보았다. 하지만 소녀는 너무나 호기심이 세서 껍데기를 구체적으로 알고 싶어 하고 스스로 손을 뻗어 껍데기를 만지고 싶어 했다. 그래서 소녀는 불안과 불면의 밤에 아마도 껍데기를 생각했을 것이다. 어쩌면 정말 문이 잠긴 방에서 힘들고 고통스러운 탈피의 순간에 그녀의 손가락 사이 윤기 나는 손톱에 부드러운 장갑만—아마도 소년이 장갑을 끼고 옷을 입고 신을 신고 있던 몸에 달라붙어 있는 껍데기에서 고통스럽게 팔다리를 빼내면서 남겨놓았을—남을 때까지 껍데기를 만지려 했을지 모른다고 소년은 생각했다. 그렇게 벌거벗은 채로, 두 번이나 벌거벗은 채로, 옷을 벗은 채로, 두 번 벗은 채로 깨지기 쉽고 무방비 상태의 거대한 태아로 축소된 소년의 몸을 소녀가 안아줬을

지도 모른다. 혹은 소년도 소녀도, 그에 대해선 아무것도 몰랐던 믿음의 순교자처럼 그의 옷자락을 잡았을지도 모른다. 모든 믿음이 벗겨진 살과 고통으로만 전락하지 않는 한.

  일주일간 소년은 도라의 집에 가지 않았다. 그 오래된 옷장을 열어보기만이라도 할 것인지 결정하지 못했기 때문이다. 옷장 앞에 다시 섰더니 갑자기 끔찍한 반감이 소년을 덮쳤다. 어디에선가, 소년의 협탁 위에 쌓여 있는 책 몇 권 중의 하나에서 어떤 여자 이야기를 읽은 것이 생각났다. 한 여자가 햇빛이 빛나는 맑은 겨울 아침에 시내에 나갔다. 중앙 광장에서 어떤 거지가 그 여자의 외투 끝자락을 잡았다. 그는 벽에 기댄 채 바닥에 앉아 있었고 살을 에는 추위에도 불구하고 가슴이 다 드러난 옷을 입고 있었다. 멍든 머리처럼 거대한 종기가 강추위에 붉게 변색한 몸통에서 솟아나 있었다. 여자는 너무나 무서워서 뛰어서 집으로 돌아갔고 더럽혀진 외투를 벗어 던졌다. 그리고 외투를 장롱에 넣고 잠가버렸다. 그때부터 다시는 그 외투를 입지 않았다. 그러고 나서 잠긴 장롱과 안에 있는 옷 전부를 만지지 못하게 됐다. 눈에 보이지 않는 반발력의 장으로 둘러싸인 것처럼 말이다. 여자는 다른 옷을 사야 했다. 얼마 지나지 않아 여자는 그 장롱이 있는 방에 들어갈 수 없었다. 그 후에는 그 오래된 가구에서 나는 역하고 비위에 거슬리는 냄새가 집 전체에 퍼진 것처럼 집의 나머지 방들에도 들어가지 못했다. 여자는 집을 떠났고 다음엔 도시를, 그리고 결국엔 아주 조금 가지고 있는 것을 싸서 나라를 떠났다. 아주 예전 아침에 더럽혀진 외투에서 나는 역하고 참기 어려운 냄새가 그녀가 가는 곳마다 따라왔기 때문이다. 여자는 치명적인 냄새에 점령당한 전 세계를 수십 년 동안 방황하고 외딴 무인도의 하수도관 속에 쥐들이 지나가는 땅속 깊은 곳과 거대한 잠수함의 요리사로 바다 깊은 곳에서 지낸 후에 살균제 가득한 요양소의 하얀 방, 흰색 철제 침대에서 피난처를 찾았다. 그 요양소는 전지전능한 의사가 여전히 환자의 콧구멍에 살고 있는 악취를 없애기 위해 하루에 세 번 창문을 활짝 여는 곳이었다. 지금 소년도 그 여자와 같다고 느꼈다. 도라와 마지막으로 만난 날 이후 자기 껍데기를 다시 꺼내볼 생각을 도저히 하지 못했다.

소년은 쉬는 시간에 학교 뒤편의 멀리뛰기 모래밭에 계속 갔다. 그곳이 가장 조용했다. 모래밭은 한 해에 서너 번 체육 점수를 줄 때를 제외하고 거의 사용되지 않았다. 나머지 시간에는 도관 창고와 학교를 구분하는 시멘트 담벼락이 서 있는 버려진 장소에 불과했다. 담벼락을 따라서 식물이 어지럽게 올라가고 있었다. 사막과 황무지, 버림받은 곳의 냄새가 났다. 이반은 멀리뛰기 모래밭 가장자리에 앉아서 모래 위로 발을 뻗었다. 그리고 주머니에서 작은 시집을 꺼내어 시를 읽었다. 쉬는 시간이 끝남을 알리는, 공습경보처럼 날카로운 종소리가 시끄럽게 울릴 때까지 자신과 세상 전체를 잊었다. 소년은 시를 사랑했다. 다시는 할 수 없을 만큼 강렬하게 시의 모든 구절을 온몸으로 느꼈다. 머리카락이 곤두섰고 온몸에 소름이 끼쳤다. 어떤 시구의 소리는 소년 자신에게서 소년을 끄집어냈고 뼈 한 조각 남지 않을 때까지 시멘트 담벼락에 소년을 내던졌다. 혹은 격렬한 힘으로 땅에서 소년을 들어 올려 공중에서 빙빙 돌렸고 한순간 축축한 모래밭에 허리까지 묻어버렸다. 어떤 구절을 읽으면서 소년은 땅 위로 손가락 몇 개를 공중에 띄웠다. 오래된 돌 받침대 위 바실레 신구러타테 석상처럼. 또 다른 시구절을 읽으면서 소년의 몸은 조각났고 각 기관이 주변 기관에서 떨어져 나가, 가벼운 공기의 공중에 고립된 채 복잡한 해부학적 구조 속에서 외로이 빛나고 있었……. 소년은 시 속에서 살고 시 속에서 죽었다. 시 속에서 괴로워하고 시에 도취한 채 소리 질렀다. 연극에서와 같이 팔을 움직여 큰 몸짓을 하면서 소년은 놀라워했다. 자연스럽지 않은, 복화술을 하는 사람의 목소리로 오래된 시와 현대 시를 읊으면서 얼굴 근육을 비틀었다. 소년이 학교에 있는 동안, 즉 인생의 절반에 이르는 시간 동안 소년은 한 시간에 10분만은 그곳, 왜 그런지, 누가 시작했는지 알 수 없지만 사춘기의 학생들이 가장 아름다운 수년의 시간을 죽이기 위해 보내진, 괴물과도 같은 그 건물의 뒤편에서 살았다. 나머지 시간은 다른 학생처럼 끝없이 긴 복도를 따라 화학 실험실이나 물리 실험실을 찾아다니면서 시 없이, 의미 없이 헤맸다. 눈에 보이지 않는 반도와 곶, 산맥에 관한 수업을 들었다. 학생들은 모두 그런 것이 있다고 믿는 척하고 검증되지 않고 확실하지 않은 역사의 날짜를 공책에 일렬로 적었다. 공포와 광기의 단순한 목록일 뿐이었다. 그리고 외국어로 말하고 싶을 때처럼 방정식을 풀었다. 그 외국어가 언어인지, 의미가 있는지, 뇌를 조이는 고문 기구보다 더한지 확신하지 못한 채로. 하지만 특히 소년은 알고 있는 것 전부, 생각할 수 있는 것 전부를 마음에서 비웠다. 그 마음에 끝이 없는 멜랑콜리를 담기 위해서. 수업이 시작하는 종이 울릴 때 소년은 힘없이 책을 덮으면서 오래전에 죽은 시인에게 작별 인사를 했다. 시인은 수정 관 뚜껑 아래로 조용히 돌아갔다. 그의 관 위엔 언제나 누군가 꽃다발을 놓아두었다. 학교까지 가는 긴 거리를 따라서 걸어가는 새로운 길을 산책하리라 결심한 이번 일요일까지 여전히 도라의 집을 들를지 결정하지 못했지만, 도라에게서 멀리, 자기 집에 있을 수도 없었다. 소년은 시인들이 많이 묻힌 지하 묘지에 관해서는 아무것도 알지 못했다. 그가 상상하는 것보다 더 놀랄 만한 것임을, 학교에서 배운 거짓된 섬, 대륙, 나라, 도시와 달리 정말로 존재함을, 그 지하 묘지로 들어가는 입구의 문이 자신이 생각하는 것보다 훨씬 더 가까이 있음을 몰랐다.

그날 하늘은 이전 대가들의 화폭에서처럼 여러 층의 검은 소용돌이 구름에 덮여 있었다. 공기는 황폐한 거리의 깊은 협곡을 흐르는 물처럼 매우 차가웠다. 건물들의 축축한 정면은 일상적인 빛과 그림자의 대조를 더는 보여주지 못했는데 여기저기 건강해 보이지 않는 홍조에 침입당한 듯 음울해 보였다. 부동의 하늘에서 끝없이 싸우고 있는 맹수인 미친 돔과 탑은 살아 있는 기괴한 그림에서처럼 시커멓고 더럽고 돌처럼 굳어 있었다. 소년은 도라가 귀에 속삭인 이야기를 계속해서 곱씹으면서 무심하게 제과점 앞을 지나갔다. 도라의 요구는 소년에게 너무 경악스러웠고 소년을 충격에 빠뜨렸으며 무장해제시켰다. 제비꽃과 한가운데에 석상이 있는 둥근 화단에 가까워졌을 때 트램이 묵시록적으로 덜컹거리는 소리가 들렸다. 트램은 바람에 펄럭이는 깃발처럼 소년의 머리와 옷을 흔들면서 소년을 스쳐 지나갔다. 동그란 작은 광장의 집들은 활 모양으로 휘어진 정면들 때문에 가운데의 석상을 불붙은 성냥개비를 손바닥으로 감싸듯이 보호하는 것처럼 보였다.

오래전에 죽은 시인 바실레 신구러타테는 받침돌 위로 몇 센티 떨어져서 한 곳도 붙어 있지 않은 채 붕 떠 있었다. 시는 그 세계에 속해 있지 않기 때문이었다. 이반은 엄청나게 무거운 돌로 조각된 석상의 공중 부양이 어떻게 이루어졌는지 알고 싶었지만 이를 그냥 단순하게 받아들였었다. 소년은 석상의 받침돌 앞에 가보려고 둥근 화단으로 들어가서 노란색과 보라색의 제비꽃 사이 작은 길을 걸어갔다. 지금은 녹이 슬어 초록색을 띠는 안내 동판 위에는 마치 직각자와 컴퍼스로 그려진 듯이 대문자가 근사하게 새겨져 있었다. 하지만 끈질긴 곰팡이처럼 뒤덮은 두껍고 부드럽게 산화된 층으로 인해 안내판의 문구가 흐려져 읽기 힘들었다. 아마도 필멸의 세상을 향한 시인의 메시지였을 것이다. 아니면 시인의 짧은 삶 동안 썼지만 불멸할 지혜의 격언이나 세상에 알려지지 않은, 얇고 유일한 시집의 구절이었을 것이다. 그것은 오로지 소년 이반을 응시하던 시구절, 기억 밖의 아주 오래된 시절부터 그곳에서 소년을 기다리고 있던 시구절, 즉 안내판에 쓰인 계시 혹은 경고였을 것이다. 석상은 소년에게 끔찍한 말, 황홀한 말, 소년의 인생을 변화시킬 말을 외칠 수 없었기 때문이다. 소년은 녹청색으로 녹이 슨 것을 손바닥으로 닦아 지우려고 했다. 하지만 문구가 더 희미해질 정도로 안내판에 녹이 더 세게 퍼지고 손바닥에 스며들 뿐 지우지 못했다. 받침돌 윗부분의 가장자리와 돌로 만들어진 시인의 구두 사이 틈으로 도시가 띠처럼 보였다. 추억처럼 흐릿한 집들과 나무들이 멀리 보였다. 멍하니 있다가 시인의 발을 자기도 모르게 손으로 짚었다. 순간 깜짝 놀랍게도, 석상이 받침대 위에서 천천히 흔들리기 시작했다. 뭐라 말로 표현할 수 없을 정도로 쉽게 움직이고 있었다. 무언가 강력한 추진력에 의해 오른쪽으로, 왼쪽으로, 특히 앞으로, 뒤로 매우 천천히 미끄러지듯 움직였다. 고정된 채로 움직이는 석상이 부동자세로 돌아가려면 시간이 좀 더 필요했다. 놀랍기도 하고 재밌기도 해서, 이반은 석상을 거의 눕혔다가 갑자기 놓았다가 하면서 한동안 돌덩이 시인과 놀았다. 그리고 오랜 세차(歲差)운동 후에 흐릿한 공기 속에서 위엄을 되찾고자 석상이 어떻게 끝없이 고군분투하는지 보고자 했다.

석상 받침대 주변에 자갈을 깔아놓아서 소년은 발아래의 탄력적인 공기층 위에서 춤추고 있는 석상 주위를 한 바퀴 돌 수 있었다. 석상 뒤편에서 소년은 석회 받침대의 희끄무레하고 거칠거칠하게 페인트칠이 된 판자문을 발견했다. 아직 꽃이 피지 않은 라일락 한 그루가 석상 뒤편을 촘촘히 둘러쌌기 때문에 그 문은 동네 사람한테 들키지 않은 채 숨겨져 있었다. 그 문이 거기 석상을 세웠을 때부터 있었는지 혹은 나중에 알 수 없는 이유로 받침대에 고정된 것인지 아무도 알 수 없을 것이다. 어쨌든 중앙 전기실이나 창고의 문처럼 보였는데, 이반이 발견한 장소에 전혀 어울리지 않았다. 언젠가 푸른 밤 영화관의 문에서 본 자물쇠와 똑같은 것이 문에 달린 게 보였다. 자물쇠는 녹이 너무 슬어서 이반이 손을 대자 부스러질 정도였다. 좁은 문을 가장자리로 잡아당기자, 석상 받침대 안이 텅 빈 것을 알았다. 사방 내벽은 마무리가 안 되어 있었다. 그런데 이 텅 빈 공간은 땅속으로 좁은 수직갱도가 이어져 있고 여기저기 하나씩 달린 전구가 갱도를 비추고 있었다. 금속 걸쇠가 지하로 깊이, 아마도 아주 깊이 내려가는 사다리처럼 보였다. 소년은 문 앞에서 한참 주저했다. 어떻게든 위에서, 그리고 밖에서 자기 모습이 다시 보였을 것이다. 정오의 기하학적으로 정지된 듯한 순간, 석상의 그림자 아래, 열린 판자문 앞에 머뭇거리면서 서 있는 교복 입은 학생.

소년이 문 앞에서 주저한 이유는 단순한 불안함이나 알 수 없는 것에 대한 공포 때문이 아니었다. 사실 소년은 자기가 사는 세상에 관해 이미 알고 있는 것보다 더 많이 알고 싶은지 확신하지 못했다. 이 세상이 눈꺼풀의 안팎 어느 쪽에 속해 있는지 알지 못했다. 소년은 자신이 살고 있는 도시가 얼마나 큰지 몰랐다 (소년은 아주 어린 시절의 기억에 확신은 없었지만, 종잇장처럼 얇은 벽의 투명한 건물들이 기억났다. 거리를 굽어보는 산의 경사면에 있는 일군의 대저택들, 모두 다른 색으로 채색된 오두막

판자촌, 분홍색의 대리석 사원과 사용 불가능한 기계로 가득한 공장도. 하지만 소년은 단지 꿈을 꾸었을지도 모른다. 어쩌면 도시가 단지 척추골처럼 굽은 길 두 곳이 있는 거리로 축소되었는지도 모른다. 도시 바깥에 단지 끝없이 모양을 바꾸는 불분명한 덩어리만 있는지도……). 소년은 자신이 왜 존재하는지 몰랐다. 소년이 조용한 물체를 건드린 건지, 조용한 물체가 소년을 건드린 건지 알지 못했다. 무시무시한 세상 한가운데에서 바실레 신구러타테와 마찬가지로 소년도 역시 망설였다. 여기저기 세상은 열린 상처가 있었다. 소년은 갈라진 틈 사이로 세상 깊은 곳으로, 끔찍하게 고통스럽다고 상상되는 곳으로 내려가고 싶은지 확신하지 못했다.

결국에 소년은 네 개의 벽 사이로 발을 내딛고, 뒤로 철문을 닫고, 몸을 움츠리고 내려가기 시작했다. 다른 방법으로는 불가능했기 때문이다. 걸쇠 사다리를 내려가는 이야기는 이미 쓰였고 영원히 존재했다. 이반의 손가락, 가슴, 입술, 속눈썹을 꼭 끼는 껍데기처럼 짓누르면서 이반을 옴짝달싹 못 하게 조이는 것은 단지 주변 세상만이 아니라 바로 탈출구가 없는 이야기, 냉혹하고 무자비하고 투시적이고 대칭적인 이야기였다. 호박석 속에 갇힌 씨앗처럼 공간과 시간, 이야기 속에, 특히 엄격하고 냉혹한 소년의 외로움 속에 소년의 삶이 영원히 사로잡혀 있었다.

 처음에 소년은 수직갱도를 따라 이어진 전선에 일정한 간격으로 달려 있고 붉은색 불이 들어오는 전구들을 셌다. 이후에 소년은 전구 세는 것을 놓쳤다. 발을 디디는 사다리를 의식해야 하는 것도 놓쳤다. 한참 후에 그 셀 수 없는 걸쇠 사다리가 자기 발인 듯 느꼈다. 수직갱도 전체를 독차지하고 있는, 지네와 같은 다지류 한 마리인 듯, 다리들이 하나로 연결된 채 그곳에 첫발을 내디딘 듯 느꼈다. 바로 이 세상과 저세상의 경계 지역*에……. 아주 오래전 그 일요일, 학교를 갈 때 지나가는 그 거리를 처음 산책한 후에 자기 인생이 얼마나 많이 변했는지를 생각하면서 기계가 움직이듯 내려갔다. 제과점 진열창에 있던 곤충들, 판매원 아가씨(주머니에 박음질이 된 이름: 필리파)의 허벅지에 있는 붉은 핏줄, 아버지 협탁 서랍의 열쇠가 담긴 상자 등등이 갑자기 생각났다. 집 안의 이쪽과 반대편의 창문 모두를 비추는 달도. 왜 생각났는지 모르겠지만, 소년이 욕망에 달아올라 거친 레이스 팬티를 끌어 내린, 플라스틱 구두를 신은 큰 인형도 생각났다. 인형 내부의 생기 없는 공기를 품은 장미색의 딱딱한 뼈대

---

* 루마니아 민담에서 주인공이 목적한 바를 이루기 위해 통과해야 하는 공간으로, 현실과 죽음의 경계 지역을 의미한다.

외에 아무것도 볼 수 없었던. 소년은 깊고 매혹적인 몽상에 빠졌다. 시를 읽으면서 잠이 들 때와 같은, 아주 오래되고 강렬하게 색칠된 기억에, 무력감을 느꼈을 때의 이상한 감정에 압도될 때와 같은……. 소년은 갑자기 내면이 찢어진 것처럼 한순간 생각했다. 그 큰 인형은 그냥 살아 있는 한 소녀의 피부가 아니었을까? 언젠가 인형의 매끄럽고 깨끗한 내부에는 살과 뼈, 내분비샘이 있는 몸이 있지 않았을까? 이런 식으로 껍데기를 벗었을까? 깃털처럼 가볍고 텅 빈 껍데기를 뒤에 남겨두었을까? 소년은 땅의 한가운데로 더 깊이 기계처럼 하강하면서 그 신비로운 터널 문을 생각하다가 잠이 들었다. 소년은 즉시 번개처럼 빠른, 미로 같은 꿈속으로 빠져들었다. 꿈에서 움직이지 못하고 표정이 없고 괴물과 같은 파리와 메뚜기, 눈먼 트리톤의 얼굴이 그와 똑같아진 소년의 얼굴에 아주 가까이 다가왔다.

정신이 들었을 때 소년은 아직 갱도를 내려가고 있었다. 그런데 전구의 빛보다 더 밝은 한 줄기 빛이 보였다. 몸을 투명하게 만들기 때문에 저녁의 불빛이라 말할 수 있을 이 다른 빛 속에서 소년은 몸 마디마디가 아프고 마비되는 것을 느끼면서 마지막 사다리를 내려왔다. 사다리 맨 아래쪽에서 땅 위로 발을 디뎠을 때 어스름이 녹아들고 있었다. 큰 대문 앞에 서자, 놀랄 만한 광경이 소년의 눈앞에 펼쳐졌다.

소년은 산꼭대기에 세워진 건물 안의 층고가 높고 넓은 공간에 있는 것 같았다. 하늘은 아주 가끔 본 적이 있었던 것처럼 황홀하게 아름다웠다. 노란색과 파란색, 노란색과 파란색, 지면과 맞닿은 곳이 푸르게 물든 노란색 구름은 파란 하늘에서 고요히 떠다니고 있었고 지평선을 향해서 진분홍색이 미묘하게 드리워져 있었다. 환상에서처럼 매우 많은 달이 흐릿하고 허연 덩어리처럼 한꺼번에 떠올랐다. 발아래 지평선까지 초록색 계곡이 펼쳐져 있었고 네 개의 강이 구불구불 흐르면서 계곡을 지나가는 것이 시야에 들어왔다. 강바닥은 투명한 분홍색으로 반짝거렸다. 강 사이사이에 길게 깔린 풀밭 위에 수백수천 개의 수정 무덤이 흩어져 있었다. 무덤의 모든 뚜껑은 영원한 해 질 녘 노을빛에 반짝거렸다. 빛이 만드는 각도에 따라서 더 하얀빛으로, 더 분홍빛으로, 더 호박빛으로 반짝거렸다. 소년의 눈높이에 작은 정자가 보이는 매우 높은 탑 하나가 그 계곡의 한가운데에 우뚝 섰는데, 한쪽은 흰색으로, 다른 한쪽은 사프란의 보라색으로 칠해져 있었다. 길고 날씬한 탑은 그을음이 뒤덮인 어두운 색 벽돌 건물 위로 솟아 있었다. 금속 신경조직으로 받쳐진 그 건물 지붕은 수정 무덤과 마찬가지로 투명했다. 소년은 성이 내려다보고 있는 바위산의 협곡을 향해 무작정 몇 발을 내디뎠다. 그리고 무서워 떨면서 벼랑 아래를 내려다보았다. 아래 무덤가에 내려가기가 불가능해 보였다. 수직 절벽을 따라 바위의 갈라진 틈이나 돌출된 곳을 밟으면서 내려가야 할 것 같았다.

"네 눈앞에 보이는 것은 너의 뇌 속 깊이 가라앉은 것이야." 언제나 소년과 함께 있었던 큰 하늘가재가 소년에게 말했다. 하늘가재의 밤색 겉날개에 노을이 반사되었다. "아래 네 개의 강엔 물이 흐르지 않아. 네 안에 독을 섞는, 쓰고 어두운 네 가지 즙일 뿐이야. 세로토닌, 아드레날린, 도파민, 아세틸콜린 말이야. 범선, 돛단배, 카약을 쳐다봐! 석양에 분홍빛을 띠는 팽팽한 돛을 단 채 젤라틴의 파도 위를 나아가고 있어. 그리고 세상 구석구석 모든 시간대에서 와서 오래전에 죽은 시인들의 무덤에 꽃더미를 쌓는 사람들을 바라봐! 그 사람들은 모든 종류의 피부색에 모든 길이의 머리를 하고, 천국에서 볼 수 있는 모든 종류의 깃털로 장식한 챙이 넓은 모자를 쓰고 있지. 네가 보는 것은 네 의식의 한가운데, 네 뇌의 **전장(前障)**이라고 불리는 영역이야." 이반은 유리같이 반짝이는 하늘가재의 눈을 쳐다보면서 제과점 2층의 벽 상자에 있던 커다란 하늘가재를 기억해냈다. "이리와!" 하늘가재가 지천사와 같이 밤색 겉날개를 펼쳐서 신경으로 가득하고 복잡하게 주름진, 투명하고 얇은 아래쪽 날개를 드러내면서 소년에게 말했다. 소년은 엄마의 추억 앨범 사이에서 본 태아 시절의 얇은 껍데기를 기억해냈다. 거기에 전부 있었다. 얼굴에 싹처럼 솟은 눈 코 입, 커다란 감은 눈꺼풀, 이제 막 제 모양을 갖춘 팔다리. 소년은 이제 해야 할 일이 있음을 깨달았다. 왜냐하면 이야기는 이미 쓰였고, 소년의 인생 경로에는 빈 곳이 없었기 때문이다. 하늘가재의 목에 매달리니, 가파르게 휙휙 날아 소년을 다른 기슭에 내려놓았다.

절벽 아래 수원에서 솟아난 밤색 물이 폭이 넓고 길이가 짧은 큰 강을 이루어 네 개의 강줄기를 따라 흩어졌다. 소년은 큰 강을 따라갔고 좁은 다리 두 개를 지나갔다. 그리고 바로 수정 무덤 사이에 들어섰다. 여러 가지 색깔의 꽃 더미가 섞여 던져져 있어 몇몇 무덤들은 잘 보이지 않았다. 어떤 무덤들에는 장례식 화환과 꽃다발이 놓여 있었다. 해골처럼 비극적이고 완전히 마른, 영원히 시들지 않는 꽃들이 놓인 무덤들도 있었다. 작은 흙더미만 보이기도 했다. 무덤 주위에 부드럽고 가시가 많은 풀이 아주 작은 꽃들과 함께 여기저기 자라고 있었다. 작은 꽃은 무덤 위의 꽃보다 더 아름다웠다. 살아 있기 때문이다. 무지개가 빛나는 수정 뚜껑을 통해 옛 시인들의 얼굴들이 많이 보였다. 언젠가 여자였고 남자였으며 이제는 죽은 자이고 그 이상도 그 이하도 아니었다. 피부는 납빛이고 손톱은 보라색인 벌거벗은 죽은 시인들의 몸은 유백색 액체에 가라앉아 있었다. 아주 오래된 은판 사진처럼 얼굴은 지워져 있었고, 눈은 흐릿했다. 보라색 입술은 계속해서 움직이고 있었다. 자신들을 위해 여전히 자신들의 시를 읊고 있는 것 같았다. 유명해지는 건 비극이었다. 죽은 이후에도 영속되는 부끄러운 일이었다. 이반은 무덤의 수정 뚜껑 위에 꽃을 던진 사람들 사이에서 방황하면서 그들이 꽃을 던진 이유가 존경이 아니라 동정임을 깨달았다. 시인들은 달팽이처럼 땅에 반짝거리는 자국을 내며 더럽혔다는 생각에 고통받는 종족이었으니. 사람들은 경건하게 꽃으로 무덤을 덮었다. 시인을 더는 보지 않도록, 시인이 더는 보이지 않도록. 무덤 하나가 일몰에 강하게 빛을 발하고 있었다. 그 무덤 위에 아무도 꽃을 던져놓지 않았기 때문이다. 축제의 군중을 힘겹게 헤치고 그 무덤 앞에 다다랐을 때 소년은 무덤 안이 비었음을 보았다. 무덤의 수정 뚜껑을 통해 바닥에서 수도꼭지와 계기판이 달린 수조가 어렴풋이 보였다. 거기에서 시인들이 잠긴 불투명한 액체가 스며들어 왔다.

소년은 하늘가재와 함께 네 강 중 두 강의 호박색 물결을 통과해 지나갔고 벽돌 건물 앞에 멈춰 섰다. 건물 위엔 공장 굴뚝처럼 우뚝 솟은 탑이 있었다. 건물은 절벽 위에서 본 것보다 훨씬 컸다. 소년은 건물을 돌아서 뒤편에 있는 입구를 찾아냈다. 거대한 문을 열고 엄청나게 큰 성당의 어두운 내부로 들어갔다. 이 건물 안에 예배당이 있었다니! 청금석으로 벽기둥을 올린 고딕 양식의 예배당으로, 아치가 많이 깨진 채 궁륭과 연결되어 있고, 벽의 스테인드글라스에서 빛이 흩어져 내리고 있었다. 투명한 지붕의 리브* 사이로 하늘이 보였다. 안개 속으로 성상벽 이코노스타시스**가 사라져가는데(그 냄새가 공간을 가득 채울 때까지 유향을 피웠기 때문이다) 공작석의 어두운 모자이크 바닥에는 검은색 긴 의자들이 두 줄로 배치되어 있었다. "불안해하지 마, 정신 놓지 마!" 하늘가재가 여러 번 소년에게 속삭였다. "우리는 어쩌면 되돌아가야 할지도 몰라……." 하늘가재는 소년이 더 가지 못하게 했다. 심지어 긴 앞다리로 소년의 가슴을 막아 세웠다. 하지만 이반은 눈으로 보고 찾고 알고 싶었다. 사실 오래전부터 알고 있던 것을, 언제나 알았던 것을. 소년은 몸을 빼내어 여기저기 희미한 윤곽이 하나씩 드러나는 예배당 의자 사이를 지나 앞으로 나아갔다. 익숙한 듯한 목소리가 낯선 말로 미사를 집전하고 있었다. "하리 나빌 앗 로에 바잘라아, 나빌 로에 아줄……." 이따금 마치 어딘가 먼 곳에서 노래하는 것처럼 비통한 노스탤지어가 들려왔다. 때로 성직자의 음조는 더 거칠고 더 체념한 투였다. "고바그나 마그, 주 데 네 마기……." 종종

---

* 둥근 천장에 있는 갈빗대 모양의 뼈대. 로마네스크식이나 고딕식 건축의 특징이다.
** 동방 정교회 예배당에서 단상의 지성소와 회중석을 구분하는 칸막이로, 격자의 나무틀에 판을 붙이고 그 위에 성화를 그렸다.

고통스럽게 알아들을 수 없는 말을 중얼거리면서 외쳤다. "아마야, 아파야!" 그리고 몇 분 후에 다시 소리쳤다. "아마야! 아파야!" 소년은 함선을 반으로 쪼갠 듯한 통로를 끝없이 걸어갔다. 예배당 의자는 단조롭게 늘어서 있고 그 끝이 보이지 않았다. 소년은 자신이 거기에 왜 있는지—그가 만일 알고 있었다면—잊고 있었다. 웅장하고 광적인 성상벽이 서서히 보이기 시작했고 마침내 유리를 통해 보이는 것처럼 분명하게 보였다. 하늘가재의 경고가 헛되지 않았다. 마지막 윤곽까지 선명하게 보이고 나서 벽의 접합부가 흔들리고 시작했다. 하지만 소년은 집중해서 듣고 나서야 돌아갈 거라 마음먹었다. "아마야, 아파야!" 성직자가 거세된 듯 외치는 것이 다시 들렸다. 성상벽 아래에 아주 작은 성직자가 있었고, 소년은 빛을 발하는 그에게서 눈을 뗄 수 없었다.

그 광경은 소년이 끝까지 보고 있도록 감당할 힘의 한계를 벗어났다. 소년은 얼굴을 가리지 못하고 고개를 숙이지도 못한 채 울기 시작했다. 눈에 가득한 눈물이 양쪽 뺨에 흘러내렸고, 그 눈물을 통해서, 눈물 사이로만 볼 수 있었다. 소년 앞의 거대한 성상벽은 보석 상자나 초콜릿 상자와 같이 달콤한 주름과 광택으로 가득한, 주름 잡힌 금빛 새틴으로 완전히 가려져 있었다. 거대한 몸과 똑같은 모양으로 움푹 들어간 곳에 묻혀 있던 두 개의 동상이 새틴 벽에서 우뚝 솟아올랐다. 동상은 인간의 형상보다 열 배나 더 컸다. 왼쪽에 잿빛 고무로 만들어졌고 알아보기 어려운 얼굴을 한 나체인 남성이 있었다. 하지만 이반은 그가 아버지라고 바로 알아차렸다. 머리뼈에 착 달라붙은 머리카락이 너무 익숙했기 때문이었다. 눈은 허공을 향해 멍하니 쳐다보고 있었고, 입은 회의적이고 씁쓸한 듯 삐뚤어져 있었다. 마치 거울에 비친 자기 얼굴을 보고 그렇게 혐오했던 것처럼. 그 옆에 엄마의 초콜릿 동상이 있었다. 금박지로 둘러싸인 동상에는 이목구비와 곱슬머리뿐 아니라 목까지 단추를 다 잠근, 깃이 달린 얌전한 블라우스, 프린트 무늬 치마, 싸구려 스타킹, 바닥이 다 닳아서 밑창을 덧대어야 했던 굽이 있는 구두가 그려져 있었다. 심지어 신분증과 낡은 사진들이 가득한, 전체가 다 닳은 붉은색 봉투 모양의 지갑까지……. 젊고 아름다운 모습의 엄마였다. 눈은 이 미소를 돌려받지 못할 미래를 믿고 있는 듯 활짝 웃고 있었다. 거대한 성상벽 앞에 제단 모양으로 밤색 방수포로 뒤덮인 수술대가 놓여 있었다.

두 동상은 매우 높이 떠올랐다. 그래서 얼굴이 노란 저녁 빛에 녹아버렸다. 소년은 간신히 동상의 발목 부분에 도달했다. 그리고 목을 뒤로 젖혀 그들을 보려고 했다. 갑자기 참지 못하고 소리를 내면서 흐느껴 울었다. 심장을 찢는 고통을 몸 밖으로 끄집어내려는 듯했다. 그러는 사이에 예배당 의자는 지난날에 죽은 시인들의 실루엣으로 가득 채워져 있었다. 그들이 자기 무덤에서 어떻게 빠져나왔는지, 지금은 어떻게 납빛 얼굴에 크고 어두운 눈을 하고 보라색 입술은 끊임없이 움직이면서 나란히 앉아 있는지를 누가 알겠는가. 최근까지 죽은 시인들이 잠겨 있던 뿌연 액체는 바닥의 윤기 나는 공작석 위에 발자국과 흔적을 남겼다. 그리고 시인들의 발밑에 웅덩이를 만들었다. 시인들은 각자 아득한 옛 시대에 본인이 쓴 나달나달한 책을 하나씩 받침대에 꺼내놓고 땀, 커피, 손자국에 얼룩진 책을 펴고 읽으면서 어딘가 숨어 있는 성직자에게 웅얼웅얼 응답했다. 그때 성직자가 몸을 돌렸고, 소년은 그가 바실레 신구러타테임을 알았다. 그는 여전히 바닥 위로 몇 센티미터 떠올라 있었다. 손엔 향로 대신에 니켈 소재의 외과 수술용 도구로 꽉 찬 상자가 들려 있었고, 도구는 상자 바닥까지 채워 넣은 노란색 스펀지로 싸여 있었다.

죽은 시인들을 보면서 소년은 울음을 멈추었다. 그는 받아들였다. 오래전부터 자신의 속죄를 받아들였었다. 거대한 하늘가 재와 돌로 빚어진 성직자 사이에서 소년은 옷을 벗고 제단 앞에 나체로 섰다. 갈비뼈가 드러날 정도로 마른 몸이었다. 소년은 차가운 수술대 위에 누웠고 팔다리가 꽉 묶였다. 소년의 몸 위로 유리 지붕을 통해 노란색과 보라색의 구름이 떠 있는 하늘이 보였다. "아마야, 아파야!" 소년은 반쯤 감긴 눈으로 중얼거렸다. 아주 오래전의 시인은 상자에서 외과 수술용 칼을 꺼냈다. 시인은 칼을 머리 위로 들어 올렸고, 칼은 한순간 전기를 먹은 활처럼 번쩍거렸고 빛을 뿜어냈다. 그러고 나서 두 사제의 동상을 향해 돌아서서 소년이 종종 꿈에서 들은 그 이상한 말을 오랫동안 중얼거렸다. 마지막으로 소년의 벗은 가슴을 칼끝으로 찔렀다. 이반은 순간 차가움을 느꼈고 이어서 찔리는 따가움을 감지했다. 짧게 소리쳤다. 핏방울이 가슴에서 솟아 나왔다. 무슨 일이 일어날지 미리 알고 있던 것처럼 심장이 엄청난 힘으로 뛰기 시작했다. 갈비뼈까지 튀어 올랐다. 살아 있는 몸에서 꺼내진, 동맥과 정맥의 뿌리로 가득한 동물의 심장은 용서의 기도와 함께 소년의 부모님을 향해 당당하게 들어 올려졌다. 그렇게 되어야만 했다. 예배당에서 완전한 침묵을 뚫고 보이지 않는 발전기가 덜덜거리는 소음이 들렸다. 처음엔 거의 들리지 않다가 점점 더 떨리는 깊은 중얼거림처럼 들렸다. 피스톤이 기름때가 묻은 금속 원통을 미끄러지듯 왔다 갔다 움직이는 소리였다.

　하지만 소년이 그렇게 두려워했던 희생은 일어나지 않았다. 그러나 영원히 손상되고 파괴된 무언가가 있었다. 메스는 무방비한 상태의 앞가슴뼈 위를 지나가지 않았다. 소년은 팔다리를 묶은 끈이 풀리는 것을 느꼈고 일어나 앉았다. 뼛속까지 어지러웠다. 가슴 아래쪽에서 날카로운 고통이 느껴졌다. 피 한 방울이 아주 가는 선을 그리면서 가슴에서 흘러 배꼽에서 멈추었다. 소년은 제단에서 일어났다. 그러자 바실레 신구러타테가 바로 방수포로 덮인 평평한 제단 위에 자리를 잡았다. 돌로 된 거대한 그의 몸은 방수포 위에 떠서 누워 있었다. 하늘가재는 마치 액체 금속으로 만들어진 것 같은 망치와 끌을 꺼내서 제단에 가까이 갔다. 죽은 시인들은 자기 자리를 벗어나서 더 자세히 보기 위해 제단 앞으로 몰려들었다. 곧 수술대 주위에 반원을 그리면서 떼 지어서 모였는데 제식을 집전하는 성직자 두 명이 간신히 움직일 정도로 바싹 붙어 있었다. 시인들의 납빛 나체는 죽음과 소독약의 고약한 냄새를 풍겼다. 발전기에서 나는 소음은 지금 공장의 큰 공간에서처럼 예배당 중앙 홀 전체를 진동시켰다.

"아마야, 아파야……!" 죽은 시인들이 중얼거렸다. 발전기의 덜덜거리는 소리와 시인들의 목소리가 합쳐지면서 소리가 점점 커졌다. 하늘가재가 제단에 가까이 와서 공중에 떠 있는 시인의 몸 위로 몸을 숙였다. 거대한 공간에 금속과 금속이 부딪쳐 날카롭고 고통스럽게 울리는 소리를 내면서 하늘가재는 석상의 돌로 된 해골을 끌로 쪼개고 돌로 된 뇌를 꺼냈다. 거대한 두 모조 동상의 발밑 바다에 뇌를 내려놓았다. 제단으로 돌아와 돌로 된 심장을 꺼낸 거대한 흉부를 끌로 내려쳐 부숴버렸다. 그러곤 구름이 비치는, 광택이 나는 바닥으로 밀어 떨어뜨렸다. 결국에 돌로 된 옷자락 아래로 조심스럽게 성기가 드러났다. 바닥에 뇌와 심장과 나란히 성기를 내려놓았다. 하늘가재는 그의 큰 겹눈으로 십대 소년을 쳐다보았다. 하지만 어떤 위로도 필요하지 않았다. 소년은 눈물을 훔쳤다. 이제는 눈물의 시간이 아니었기 때문이다. 그는 몸을 숙였고 기계 소리에 스테인드글라스가 진동 소리를 내자 돌로 된 뇌를 잡았다. 뇌를 머리 위로 가능한 한 높이 들어 올렸다. 두 동상을 향해 얼굴을 돌렸고 있는 힘을 다해 바닥에 내동댕이쳤다. 돌 조각들이 납빛 시인들의 발까지 튀자, 시인들이 겁에 질려 소리쳤고 원을 넓히면서 뒤로 물러섰다. 소년이 심장을 들어 올려 잠시 입술을 댄 후에 무어라 말할 수 없는 분노에 심장을 바닥에 내던져 조각냈다. 죽은 시인들이 건물에서 도망가듯 무질서하게 흩어지자, 소년은 석상의 성기를 들어 올렸다. 다른 기관과 같은 운명을 맞았다. 소년은 엄마에게 그려진 구두 끝 위에 앉았다. 그리고 그곳에서 오랫동안 그렇게 있었다. 두 손으로 머리를 감싼 채 한숨을 내쉬면서.

 소년은 눈을 들어 거대한 하늘가재를 올려다보았다. 소년이 정신이 들기를 기다리고 있었다. 소년은 일어나서 바실레 신구러타테 석상을 흘깃 보았다. 석상은 마치 수천 년이 지난 듯 부서져 있었다. 단지 몸통이 비극적으로 잘린 것만이 아니라 수술대 위에 떠 있는 몸통에서 기관 조각들이 떨어져 나갔다. "너는 탑을 올라가야 해." 하늘가재가 소년에게 말했다. 보이지 않는 발전기가 내는, 지옥에서나 들을 수 있는 소음 사이로 목소리가 간신히 들렸다. "죽은 시인들은 이미 자기 무덤으로 돌아갔어. 모든 게 준비되었어." 둘은 예배당 의자 사이 통로를 지나갔다. 그리고 제단 반대 방향의 구석에 있는 나선형 계단을 올라갔다. 그 대성당의 스테인드글라스는 얼마나 기이한지! 금속으로 된 해부도를 나타낸 것으로 생물학책에서 볼 수 있는 비둘기와 토끼 등의 내장 기관이 몸 밖으로 나와 있었고 아주 많은 화살표가 그어져 있었다……. 소년과 하늘가재는 유리 지붕에 다다랐다. 발밑으로 예배당 전체가 보였다. 그리고 가운데의 탑을 향해 나아갔다. 문을 열자 1인용 승강기 조종실이 보였다. 하늘가재가 소년에게 타라고 신호를 보냈다. 그러고서 겉날개를 꺼냈고 파리 날개처럼 투명한 날개를 펼쳤다. 그리고 계곡의 환상적인 풍경 속으로 날아올랐다.

승강기는 정자가 있는 꼭대기까지 타르 칠을 한 지지대에 매달린 채 미끄러지듯 천천히 올라갔다. 소년의 몸은 예배당에서 너무 울어서 뜨거웠다. 탑의 꼭대기에서 소년은 무지개가 뜬, 부드럽고 아름다운 나라의 경계 지역까지 볼 수 있었다. 강력한 확대경 아래에서와 같이 매우 세세하게 보였다. 곳에 세워진 대저택들, 종잇장처럼 얇은 벽을 가진 건물들, 분홍색 대리석으로 세워진 사원들, 그리고 이상하게 생긴 산업용 건축 양식의 공장들이 보였다. 여러 가지 색깔의 빈민가 주택엔 빨랫줄마다 세탁물이 걸려 있는 게 보였다. 발아래 생생한 물이 흐르는 네 개의 강 사이엔 수정 무덤들이 처음 보았을 때처럼 석양에 반짝거리며 빛나고 있었다. 그런데 무덤들의 경사가 아주 조금 변한 듯이 보였다. 이반은 잠시 수정 무덤들을 내려다보았다. 그리고 건축물 전체가 진동하도록 발전기를 작동하는 무덤들이 탑 꼭대기의 작은 정자를 향해 매우 천천히, 일제히 평평한 얼굴을 돌리고 있음을 알아차렸다. 그리고 그 탑에 갇힌 죄수가 소년 자신임을 깨달았다―왜냐하면 승강기 문이 보이지 않았기 때문이다―바로 자신, 자신, 자신임을……. 소음이 멈췄을 때, 사방에서 묘비가 소년의 몸에 황혼의 빛을 비췄다. 수백수천 개의 거울이 모여 비춘 듯한 황혼의 정수, 황혼의 본질의 본질이었다. 자줏빛 불꽃 속에서 소년의 알몸은 무한한 멜랑콜리에 잠겼다.

트램이 쿵쾅거리면서 화단 옆을 다시 지나갈 때 이상한 아나

바시스 원정*에서 이반이 깨어났다. 소년은 동상 받침대에 박힌 구리 동판에 시선을 던졌다. 그리고 자신을 그토록 힘든 시험에 빠뜨렸던 그곳, 불쾌하고 위험한 그곳에서 벗어났다. 소년은 다시 트램 선로를 따라가는 길에 들어섰다. 손은 교복 주머니에 넣은 채 아무것도, 특히 미래를 생각하지 않으려고 애썼다. 미래가 없었으면 했다. 어두운 복도의 옷걸이에 아버지가 걸어놓은 비옷을 증오했다. 거실 식탁 위에 던져놓은, 신문 두 부와 볼펜이 든 서류 가방을 증오했다. 한 달 동안 날이 줄어드는 만큼 줄어드는 거실장 서랍 안의 돈뭉치를 증오했다. 몇 년에 한 번씩 껍데기를 벗는 것을 증오했다. 마지막 껍데기에 펜으로 날짜를 적는 사람들을 증오했다. 매일 저녁 기도하듯이 아버지가 되지 않겠다고 맹세했다. 이반에게 엄마는 과거였고 아버지는 유일한 미래였기 때문이다.

 소년은 그가 태어난 산부인과 병원과 산후조리원을 염두에 두지 않았다. 산책하고 싶은 마음이 이젠 없었다. 길 건너 주택가의 집들을 그냥 쳐다보면서 끝이 안 보이는 붉은 담을 따라서 끌려가듯 걸어갔다. 멀리서 도라의 집 앞 거리가 보였고 네 번째 트램 정거장에 가까워질 때 크고 슬픈 도라의 집이 보였다. 도라

---

* 고대 그리스의 군인 크세노폰이 이끌었던 만 명의 용병대의 페르시아 원정.

는 마당에 없었다. 벤치는 비었고, 썩은 나무 상자 안의 협죽도는 말랐다. 이것이 시멘트 바닥의 작은 마당에서 볼 수 있는 전부였다. 거리 전체가 황량했다. 철책을 손으로 잡고 기대섰다. 그렇게 혼란스러워하면서 그 자리에 서 있었다. 아침에 세면대 위의 거울을 들여다보았을 때 아무도 보지 못한 것처럼. 참을 수 없었다. 현관문 위에 차양이 있고 나병에 걸린 듯한 담과 조잡한 마당이 있는 그 집은 현재 텅 빈 납골당, 묘지였다. 무뎌진 톱니바퀴처럼 닳아 낡은 흑백사진에 빠져 있는 건 도라가 아니라 소년이었다. 아무도 그를 보지 못하는 세상이었다. 이반은 그때까지 그렇게 큰 고통을 견딜 수 있을지 알지 못했다.

소년은 트램으로 집에 돌아와 밤이 오기 전에 아주 일찍 잠자리에 들었다. 몇 시간 후에 깨어나 몽유병 환자처럼 불을 켜지 않은 채 장롱에 다가갔다. 달이 방바닥을 하얗게 비추었기 때문이다. 장롱문을 열고 오래된 셔츠와 원피스, 아버지의 양복 두 벌, 자기 어린 시절의 껍데기 사이를 한참 더듬다가 최근의 껍데기에 손이 닿았다. 옷걸이째 껍데기를 꺼내서 더 잘 보이게 창가로 가져갔다. 소년이 열세 살 때 벗은 껍데기였다! 자전거에서 떨어져 무릎에 난 상처! 라디에이터에 머리를 부딪혀 이마 끝 머리카락이 나는 곳에 여러 군데 봉합한 흔적! 팔뚝에 예방주사를 맞은 흔적! 그 당시에 소년은 살짝 통통했는데 껍데기를 벗은 후에 근심스러워 살이 빠졌다. ("배가 등에 붙었네." 엄마가 한동안 이렇게 말하곤 했다.) 소년은 2년 전 머리카락을 보고 재밌어했다. 앞머리가 눈썹까지 내려오는 약간 웃긴 모양에다 현재 머리보다 색이 더 밝았었다. 소년은 그때와 비교해 많이 변했다. 그때는 외로움이 무엇을 의미하는지 아직 몰랐다. 이반은 가늘고 부드러운 머리카락을 쓰다듬었다. 의심할 여지 없이 엄마에게서 물려받은 것이었다. 껍데기는 유연한 튜브와 같았는데 그 텅 빈 팔 속에 팔을 집어넣으려 했고 어느 정도는 들어갔다. 하지만 끝까지 들어가지 않았다. 마치 다정하게 추억하는 죽은 어린 동생인 것처럼 껍데기를 가슴에 바짝 끌어당겼다. 그러고서 비닐봉지를 찾았다. 앞면에 웃긴 광고 그림이 그려진 봉지를 하나 찾아냈다. 껍데기를 꼭꼭 둘둘 말아서 봉지에 집어넣었다. 그리고 아주 차분하게 잠자리에 들었다. 엄마가 학교에 가라고 소년을 깨울 때까지 깊은 잠을 잤다. 이튿날 이상한 꿈을 꾼 것처럼 석상 아래에서 본 환상을 기억해냈다. 하지만 교복 조끼를 입었을 때 얇은 교복 천에 스며든, 희미한 제단의 향 냄새를 맡았다. 바짓단 접힌 곳에서 작은 돌조각도 찾아냈다. 소년은 전부가 꿈은 아니지만 완전한 현실도 아니며 그때까지 자신의 인생에서 몇 차례 느꼈던 마법의, 요술의 세 번째 상태가 아니었을까 생각했다. 밤에 종종 방 한가운데에 혹은 부엌에 혹은 부모님 방 앞 복도에 서 있던 채로 깨어나 느꼈던. 거기에 어떻게 있었을까? 어떤 날 밤엔 거실 벽에서 그림 두 개를 내려서 수정 식탁에 올려놓고 얼굴을 그림에 바짝 대고 있기도 했다. 아침에 부모님이 소년을 발견했고 질겁해서 소년을 깨웠다. 혹은 그 몽상 중의 하나로, 책을 읽을 때 잠이 소년을 덮치면 깨어 있으려고 마법의 기운에 저항하고자 싸웠던 적도 있었다. 그리고 갑자기 불꽃놀이처럼 소년의 마음에 달콤하게, 기절할 것 같이, 믿을 수 없을 정도로 뚜렷하게 아주 오래된 기억이, 소년의 인생에서 일어나지 않은 것 같은 기억이 불쑥 떠오르기도 했다. 그 기억은 영원히 잃어버린, 행복하고 머나먼 다른 인생에서 일어난 일이었다. 소년은 애절한 노스탤지어를 느꼈다. 그렇다, 그곳에 있었다. 그 건물, 그 구름, 그 단엽비행기! 소년은 말로 표현할 수 없는 그 형상들 앞에 가까이 다가갔다. 노란 담장을 배경으로 해서 놀고 있는 아이들을 보았다. 해 질 녘에 새들이 우는 소리를 들었다!

학교에서 과목마다 다른 선생님이 소년의 반에 들어와 교탁에서 개념과 이름, 날짜를 담은 보따리를 풀었다. 이반은 책상 아래 다리 사이에 최근의 껍데기를 담은 봉지를 숨겼다. 그는 설명을 듣는 전부를 믿으려고 애썼다. 수많은 전투와 순환 체계, 발음하기 어려운 외국의 나라와 수도. 여러 도면과 도표들을 봤고, 종종 시험관과 알코올램프로 실험도 했다. 도자기 사발에 수은을 획획 저으면서 자기 얼굴이 비치는 알갱이들로 부서지는 것에 재밌어했다. 그런 다음 노란 유황 가루에 넣어 섞었다. 소년은 검정 칠판에 그려진 힘의 벡터를 무심히 쳐다보았다. 지우개로 지워지고 다시 그려지고, 옆에 이상한 공식도 그려졌다. 모든 공식이 설명되었고, 세상이 어떻게, 무엇으로 만들어졌는지 이야기되었다. 이것이 현실이었다. 현실 바깥의 것은 존재하지 않았다. 소년은 수업 시간에 들은 것을 의심하지 않았다. 그렇지만 여전히 최소한 자기에게 더 긴급하고 더 가치 있는, 하지만 너무 멀리 있는 것처럼 보이는 다른 것을 물어보고 싶었다. 선생님이 그렇게도 자세히 설명하는 세상이 만약 자기가 태어나지 않았더라도 정말 존재했을지 알고 싶었다. 소년이 태어나기 이전에 세상이 존재했는지, 소년이 죽은 후에도 세상이 존재할지를. 이런 질문에 소년은 연민을 담은 미소 외엔 대답을 바로 듣지 못했을 것이다. 소년은 인간이 탄생하지 않았더라도 세상이 존재했을지 물어보고 싶었다. 살아 있는 감각적 존재가 탄생하지 않았다면, 최소한 가장 기본적인 미생물같이 살아 있는 감각적 존재조차 탄생하지 않았다면 세상이 존재했을지. 이반은 자기가 가본 적 없고 앞으로도 가보지 못할 대륙이 어떻게 존재하는지 이해할 수 없었다. 자기가 결코 만나지 못할 사람들이 어떻게 숨 쉬는지도. 소년은 자신의 시선이 닿은 모든 사물이 바로 그 순간 비존재 상태에서 나타나는 것이라고 믿었다. 마치 사물을 향한 자기 시선이 그 사물을 구성하는 분자와 원자만큼 중요한 것인 양. '존재하다'라는 말을 아무도 하지 않았더라도 정말 세상이 존재할까? 소년은 궁금했다. 이것을 생각할 때마다 이반은 아주 끔찍한 감옥 혹은 눈도 깜빡이지 못하고 머리도 돌리지 못하는 사진 혹은 펼칠 때마다 항상 똑같은 말만 되풀이하고 똑같은 행동을 하는 책 혹은 한 알의 씨앗을 영원히 꼼짝 못 하게 가둔 — 언제인지 누가 알겠는가 — 무자비하고 단단한 호박석의 형태 외로는 세상을 묘사할 수 없었다.

다행히도 쉬는 시간이 있었다. 학생들이 담배를 피우고, 여자들에 대해, 옅은 분홍색 젖꼭지의 맛과 다리 사이 그곳의 모양에 대해 이야기하면서 크게 웃는 화장실에 가거나 즉흥적으로 축구 시합을 하거나 학교 뒤편 멀리뛰기 모래밭에 갈 수 있었다. 모래밭 가장자리에 앉아서 발을 모래 속에 묻은 채 그날 이반은 주머니에서 시집을 꺼내지 않았다. 수정 돌판으로 봉인되고 그 위에 장례용 화환이 뿌려진 관 속에서 죽은 시인들이 쉬도록 내버려두었다. 예전에 소년을 그렇게 흥분시켰던 시 대신 예배당에서 미사가 진행될 때 들은 이상한 말을 낮은 소리로 말하기 시작했다. 너무나 잘 기억났다. "……하리 나빌 앗 로에 바잘라아, 나빌 로에 아줄……." 그러다 소년이 아니라 다른 사람의 후두에서 나오는 듯한 약한 외침이 종종 끼어들었다. "아마야! 아파야!"

방과 후에 소년은 네 번째 정거장에서 내렸고 도라가 사는 거리에 들어섰다. 도라의 집 마당에 아무도 없는 것을 보고 충격을 받았다. 빛과 그림자가 비스듬하고 정확한 선으로 나뉘어 건물을 차지하고 있었다. 구석에 있는 협죽도는 끝까지 다 타들어간 성냥개비와 같았다. 소년은 슬픔에 빠져 계단을 올라갔고 현관문 앞에 섰다. 그때까지 입구가 그렇게 큰지 전혀 인식하지 못했다. 문의 손잡이가 눈높이에 있었다. 머리 위로 높이 있는 초인종에는 손이 간신히 닿았다. 아르누보 양식의 차양엔 유리가 군데군데 빠져 있고 압도적인 높이에 있는 듯이 보였다. 현관문의 붉은색 페인트칠은 벗겨져서 회색 문지방에 떨어져 있었다. 이반은 간신히 문을 열었고 어둠을 뚫고 안으로 들어갔다. 문이 쾅 닫혔고, 창유리가 떨리는 소리가 났다. 아무리 단단한 벽을 손으로 더듬어도 스위치를 찾지 못했다. 동굴 같았다. "맞아, 동굴이야, 이 집은 동굴이야." 아주 오래되고 불분명한 생각이 갑자기 선명해질 때처럼 소년은 혼잣말했다. 희미하게 여기저기에서 보이는 은빛의 광채가(집 안에 흩어져 있는 커피 주전자와 쟁반을 이반은 기억해냈다) 복도 바닥에서 반짝였다. 거기에서 도라가 나선형의 황금 촌충을 바닥에 늘어뜨렸었다. 몇 분 안에 눈은 어둠에 익숙해졌다. 현관문의 더러운 볼록 유리 창문들을 통해서 석양빛이 소심하게 흐르는 것이 보이기 시작했다. 마치 촛불의 불꽃을 보호하려고 초를 감싸면 손가락 사이로 빛이 빠져나갈 때처럼 여과되고 흩어지면서 부드러워진 빛이 비치는 사물들. 천장이 매우 높은 방, 천장에 매달린 촛대 모양의 샹들리에, 금속 꽃병들이 놓인 원탁, 소파……. 도라는 여기에 없었다. 그러면 오래된 흑단 문 너머에 있는 공간 중의 하나에 있을 수 있었다. 복도에 문이 비대칭으로 여섯 개가 있었다. 다가가서 아무 문이나 하나를 열었다. 안은 복도보다는 약간 더 밝았다. 창문을 틀어막은, 오래된 신문의 노란색 구멍들 사이로 저녁이 들어왔기 때문이다. 방 안에 색이 바랜 실내복을 입은 늙은 여자 세 명이 있었다. 그들은 세쌍둥이 자매의 얼굴로 소년을 찬찬히 쳐다보았다. 한 명이 손으로 자기 입을 막았는데 작은 소리로 외치기 전에 소년은 말없이 문을 닫았다. 옆의 다른 문 안엔 더 작은 공간이 있었다. 그곳, 돌로 된 정육면체 위에 진줏빛 분홍색 원피스를 입은 소녀가 지루한 듯 앉아 있었다. 다른 방은 타일로 벽을 마감한 욕실이었는데 너무나 차갑고 살균제가 뿌려져 있어서 그림을 그린 것처럼 보일 정도였다. 네 번째 방은 약품 냄새가 진동하는 수증기로 가득 차 있었고, 병원에서 입는 환자복을 입은 한 노인이 창가에서 의자에 앉아 꾸벅꾸벅 졸고 있었다. 창문 너머로 석양의 기름진 불빛에 물든 낡은 주택들과 검은 나무들이 내다보였다. 창가에 금속 상자가 하나 있었는데 그 안에 주사기 몇 개가 거즈 위에 놓여 있었다. 마지막 방의 문을 열었다. 너무 당황스러웠지만, 문지방에 서서 믿을 수 없는 장면에 미소를 지었다.

꿈속 세상의 사람들에게 실제 세계는 있을 법하지 않은 공간이다. 죽은 자에게 산 자는 빛나는 눈동자를 가진 괴물이다. 물고기가 본 새는 어떨까? 새가 본 물고기는 어떨까? 문 저 너머는 십대의 방이었다. 침대 머리맡에 도라가 튀르키예인처럼 앉아 있었다. 도라를 처음 보았을 때 입고 있던 황색 티셔츠에 술이 달린 반바지를 입고 있었다. 뒤편 벽은 배우와 가수의 사진으로 도배를 했다. 그중에 몇몇은 소년도 누군지 알고 있었다. 소녀는 헝클어진 빨간 머리의 남자아이처럼 보였다. 단순한 모양의 귀걸이를 찼는데 귓불에 무당벌레 두 마리가 앉아 있는 것과 같은 알곡 모양의 작은 금귀걸이였다. 소녀는 교과서처럼 보이는 책 한 권을 펼쳐서 들고 있었다. 소년에게 해부학 기관 몇 개를 그린 도표가 언뜻 거꾸로 보였기 때문이다. 도라의 머리는 바깥마당에서 보이는 것처럼 근사하지 않았는데 불빛이 너무 희미했고 창문(신문에 덮여 있지 않고 회청색 커튼이 드리워져 있었다) 너머에서 들어오는 빛은 우유색을 띠었기 때문이다. 빛이 약했기 때문에 도라의 얼굴과 팔은 무광택 도자기 인형처럼 창백해 보였다.

"네가 들어오는 소리를 들었어." 소녀가 소년에게 환하게 웃어주면서 바로 말했다. "네가 오지 않으면 엄청 아쉬웠을 거야!" 그리고 거의 곧바로 무질서한 침대(마치 자기 침대인 것처럼 이반은 생각했다. 이불은 침대 아래 바닥까지 늘어져 있고, 매트리스는 중간이 터져서 속이 보이는군)에서 일어나 소년에게 다가왔다. "네가 가져올 줄 알았어!" 이반은 침대 위에 평범한 비닐봉지를 내려놓았다. 봉지는 터질 정도로 부풀어 올랐고 입구는 소년이 이제 입지 않는 스웨터로 덮어놓았다. "그래, 이거야." 둘은 침대 끝에 걸터앉았고 둘 사이에 봉지를 놓았다. 하지만 바로 껍데기를 꺼내지 않았고 도라가 최근 라디오에서 들은 얘기에 관해서 한참 수다를 떨었다. 영화 얘기인데, 그다지 뚜렷하게 들은 것은 아니지만, 그 영화감독이 몇 차례 성명서를 낸 이유로 수상이 취소되었더라……. 언론에서 그 감독의 발언을 왜곡한 것 같다……. 하여튼 늘 그랬듯이 소년은 소녀가 말하는 것을 듣지 않고 그냥 머리만 끄덕였다. 종종 소년도 아무렇게나 알아들을 만한 말을 몇 마디 하기도 했다. 하지만 이번엔 소녀도 전혀 듣는 것 같지 않고 다른 생각을 하는 듯했다. 영화 속에, 심지어 둘이 이야기하던 영화 속에 있는 듯 보였다. 그 영화에서 두 연인이 호텔 방에 단둘이 있게 되지만 바로 뜨겁게 포옹하지 않고 한편으로 잔인하고 관능적인 행위로 가는 길을 마련하고 있다. 술을 마시고 사소한 일들에 대해 잠시 이야기하면서. 다른 한편으로 둘은 포옹을 늦추는 것을 음미하고 한동안 자제하여 육체에 생긴 긴장감에 만족하며 무슨 일이 일어날지 알고 있지만 욕망이 참을 수 없고 절박해질 때까지 기다린다. 그리고 옷이 몸에서 벗겨져 바닥에 떨어지고, 피부는 마법 같은 열기와 광채를 드러낸다. 소녀가 잠시 침묵할 때 이반은 자기도 무언가 말하고 싶었다. 부모님이 저녁에 이야기를 나누었을 때 엿들은 의미 없는 이야기였다. 식탁에 상을 차릴 때 칼 옆에 놓는 포크의 삼지창을 위로 향하게 할지 뒤집어 놓을지에 관한. 하지만 도라는 소년이 아무 말도 안 한 것처럼 소년의 말을 끊고 이야기를 시작했다. 하지만 결국엔 소녀도 할 말이 바닥났다. "자, 같이 보자." 소녀가 한숨을 쉬며 말했다. 추문이 떠돌 것을 예상하면서 냉소적이고 잔혹한 진실을 중얼거릴 때처럼. "그래." 이반은 말했다. 마치 소녀가 바지를 벗으라고 말하는 것을 생각하는 것보다 더 흥분된 채로. 소년은 먼저 봉지 입구에서 스웨터를 꺼냈다. 촉감이 부드러운 껍데기엔 검은 반점이 두세 개 있고 털이 몇 가닥 붙어 있었다. 봉지에 접어 넣은 그대로 자잘한 주름이 생겼는데 둘이 껍데기를 꺼내자 자잘한 주름이 아코디언을 늘일 때처럼 펴졌다. 이반은 껍데기를 침대 위에 펼쳤고, 다리가 침대 끝에 걸쳐서 아래로 늘어졌다. 팔 하나가 아무렇게나 벗어 던진 셔츠의 소매와 같이 뒤집어져서 가슴 안에 약간 말려 들어가 있었다. 소년은 껍데기를 몇 차례 매만진 다음 손을 넣어 팔을 뒤집었다. 그리고 시간을 들여 장갑을 뒤집어 손가락을 밖으로 꺼내듯이 손가락을 하나씩 꺼냈다. 드디어 손톱이 다 밖으로 보였다. 손톱은 광택이 흐리고 밑이 살짝 까맸다. 이반은 자기 자신이 어지럽혀진 도라의 침대에 진공 상태로 벗은 채 누워 있는 것 같았다.

"사실이었네." 껍데기를 보면서 소녀는 혼잣말처럼 말했다. 하지만 껍데기를 만질 용기는 없었다. 소녀의 눈은 윤기가 흐르는 머리카락, 눈썹은 있지만 눈이 없는 얼굴, 창백한 입술 사이를 칼로 찢은 자국 같은 입, 솜털 같은 콧수염, 작은 젖꼭지가 달린 가슴, 피부색이 살짝 연한 옆구리, 안으로 꽉 조인 배꼽, 배, 반투명한 털이 거미줄처럼 난, 얌전하고 순결한 음낭과 음경, 납작한 허벅지와 장딴지, 발뒤꿈치와 거친 발바닥, 제때 자르지 않은 발톱 등을 차례차례 음미했다. 마지막으로 손을 뻗어서 작은 젖꼭지 사이 가슴에 손을 댔다. 그때 소년은 소녀의 얇은 티셔츠 너머로 작은 가슴이 봉긋한 것을 보았다. 심장이 벌렁거렸다. 공포의 전율이 다시 소년에게 침투했다. 우리가 여기서 무엇을 하고 있는 거지? 소년은 자신이 전선 저편으로 아주 중요한 지도를 보내, 적군이 치명적인 공격을 준비하고자 지도를 읽고 해독하게 한 반역자인 것처럼 느껴졌다. 도라는 소년과 자기 사이에 펼쳐진 껍데기를 읽고 있었다. 검은 반점과 털과 무릎의 상처의 지도를, 예전 관절의, 어깨뼈와 골반의 고도와 등고선을 해독했다. 소녀는 마치 눈먼 사람처럼 손가락 끝으로 표면의 기복을 훑으면서 껍데기의 두께와 부드러운 촉감을 어림잡으면서 읽었다. 소녀는 더 대담하게 쓰다듬을수록 욕망에 뜨거워져 숨을 헐떡거렸다. 손끝으로 스치는 데에 그치지 않고 손바닥으로 표면을 쓸었다. 땀을 흘리면서 속이 텅 빈 팔다리를 잡고 꼭 쥐었다. 그리고 껍데기의 누런 안쪽이 보이는 등의 틈으로 팔을 어깨까지 집어넣었다. "진짜야." 소녀는 침착해져서 다시 한번 말했다. 소녀의 얼굴은 붉어졌지만, 아무 말도 하지 않았다. 그런 모습을 이반은 한 번도 본 적이 없었다. 방 안의 소년과 소녀 주변이 오그라드는 것 같았다. 소년은 이 장면을 알고 있었다. 너무 잘 알고 있었다. 무슨 일이 일어날지도 알고 있었다. 예를 들자면, 마지막에 떠나기 전에 소년이 소녀에게 어리석은 질문을 하고, 도라가 소리를 내어 웃기 시작해 깔깔거리면서 웃으리라는 것을 알았다. 소녀는 한동안 손가락으로 곱슬머리 가닥을 돌돌 말면서 침대 가장자리에 서 있었다. 방바닥에 시선을 고정한 채 지난번처럼 자신이 통제할 수 없는 충동에 사로잡혀 있었다. "이반." 소녀가 이름을 부르고 말이 없었다. 그러고는 소년의 손을 잡고 눈을 바라보았다. "내가 하고 싶은 게 있어. 아무 말도 하지 말아줄래, 무엇이든 간에." 지금 방은 둘을 서로 당기면서 가까이 있게 했다. "뒤를 돌아. 그리고 내가 말할 때까지 나를 보지 마." "알았어." 소년이 대답했다. 그리고 침대에서 일어났다. 창가로 가서 밖을 쳐다보았다. 낡은 주택이 많은 구역의 이상하게 생긴 지붕, 탑, 둥근 지붕, 뾰족한 지붕의 윤곽이 더러운 노란색 선으로 더 도드라졌다. 소년은 방 안이 아주 많이 어두워진 것을 깨달았다. 등 뒤로 어렴풋이 소음이, 껍데기 표면의 마찰음과 부스럭거리는 소리가 들렸다. 순간 소년의 등 뒤 두 걸음 거리에서 도라가 옷을 벗고 있음을 느꼈다. 다른 일일 수는 없었다. 소년은 소녀의 벌거벗은 몸을 상상했다. 부끄러움을 느끼는 대신에 활짝 웃었다. 그 순간을 즐겼고 말할 수 없이 기뻤다. 소녀의 우아한, 하지만 온전히 연약한 모습을 그림으로 상상했다. 소년은 그 자신과 전혀 다른 소녀 자체를 사랑했다. 젊음에서 뿜어져 나오는 빛, 바보 같은 짓을 할 때 개의치 않는 마음과 천진난만함, 그리고 티셔츠와 술 장식이 달린 짧은 바지, 작은 금귀걸이까지도. 그는 소녀를 자세히 들여다보고 싶었을 것이다. 자기와 다른 점에 경탄하고 달의 반대쪽 표면에서 온 존재에 손을 댈 거라는 기쁨과 의구심으로 소녀 전체를 만지고 싶었을 것이다.

곧이어 소음이 더 둔탁해졌고 더 커졌다. 소년은 무슨 일이 일어나고 있는지 알 수 없었다. 멀리서 트램이 내는 굉음이 겹쳐서 들려와 벽이 가볍게 흔들렸다. 소년은 집 밖에서 반짝거리며 내리는 회벽의 눈송이를 상상했다. 주먹 안에서 강하게 요동친 후 손가락에 남은 나방의 가루처럼 가벼운. 트램이 지나갈 때마다 집은 부스러지기 쉬운 옷이 조금씩 더 떨어져 나가는 듯했다. 알록달록한 창문의 유리 조각은 검정 철 테두리 안에서 윙윙거렸고 작은 조각으로 쪼개졌다. 그런 다음 모서리가 닳아 무뎌진 톱니와 같고 유액으로 군데군데 금이 간 오래된 사진의 정지 화면이 다시 완성되었다. 한순간 방 안의 소음이 모두 사라졌다. "다 됐어." 소년의 등 뒤 안쪽에서 소녀의 목소리가 꺼져가는 것처럼 속삭이듯 울렸다. "이제 뒤돌아봐." 하지만 이반은 소녀의 말을 못 들었기 때문에, 혹은 예감하건대 영원히 뇌리에 남을 꿈의 장면에 아직 준비가 안 되었기 때문에 잠시 창가 그 자리에 서 있었다. 소년은 소녀의 손이 어깨를 툭 건드릴 때야 비로소 뒤돌아보았다.

환상적이고 환영 같은, 말문이 막히게 하는 모습! 소년은 방 한가운데에 있는, 갈색 머리에 창백한 피부의 벌거벗은 남자아이와 마주 보고 있었다. 희미한 빛의 짙은 그림자 속에서도 커다란 눈은 마치 다른 세상에서 온 것처럼 어두운 녹색으로 초롱초롱했다. 입은 피부보다 더 창백한 입술 사이를 수술칼로 그어 놓은 것 같았다. 만일 이 존재가 인간적인 미소를 지으려고 했다면 제대로 되지 않고 슬프고 모호한 모습을 보여주었을 것이다. "어때?" 도라의 목소리를 한 환영이 속삭였다. "소년의 모습이 나에게 잘 어울릴 것 같지 않니?" 소녀는 자신의 누런 손바닥을 내려다보았다. 그리고 작은 가슴이 도드라지지 않는 가슴을 쓸어내렸다. "그렇게 큰 차이는 없는 것 같아……." 그리고 재밌다는 듯이 말했다. "내가 나와 함께 너를 박제한 것 같아! 화내지 말아줘." 소녀는 뒤돌아서서 방 안을 여기저기 돌아다니기 시작했다. 어깨, 엉덩이를 계속 쓰다듬고 새 무릎과 발목을 보려고 몸을 숙이기도 하면서……. 이반은 소녀를 향해 몸을 돌렸을 때부터 미동도 하지 않았다. 사형 집행인 앞의 사형수처럼 돌이 된 듯 몸이 굳었고 생각의 속도가 너무 느려져서 이 상황을 이해할 수 없었다. 소년은 몸짓과 말을 포기했다. 마치 드러내지 못하고 더 숨겨야 할 외피처럼. 순간순간 방 안의 그림자는 더 응축되고 꺼져가는 노란빛은 그새 자줏빛으로 바뀌었다. 달빛에 희석된 자줏빛은(왜냐하면 달은 손톱처럼 얇은 초승달로 지붕 위로 떠올라 반짝거리고 있었으니까) 벨벳처럼 부드럽고 투명한 타르색으로 변해갔다. 밤이 깊었다. 인생의 모든 계절과 풍경 내내 끈질긴 멜랑콜리로 사춘기 십대가 시간을 보낸 수많은 밤 중의 한 순간이었다.

이반은 다시 창가로 가서 이전보다 더 오래 뒤돌아서 기다려야 했다. 도라가 물 빠진 노란색 티셔츠와 반바지를 다시 입은 모습을 보기 전까지. 그냥 도라의 반항적인 머리, 소년을 너무나 웃게 했던 철사처럼 거칠고 붉은 머리는 지금 신경 써서 빗질해 조금 더 부드러워진 듯했다. "우린 왜 어둠 속에 있지?" 소녀가 물었다. 그리고 불을 켰다. 그제야 이반은 저녁 내내 빠져 있었던 돌처럼 굳고 긴장한 상태에서 벗어날 수 있었다. 여자 친구의 평범한, 어질러진 방을, 그리고 주변의 거대한 세상을 다시 인식하게 되었다. 소년은 도라가 바닥에 벗어놓은 껍데기를 집어 들어 단단히 접어서 봉지에 집어넣었다. 꺼내놓았던 스웨터로 봉지 입구를 메웠다. 그리고 침대 가장자리에 앉아서 침묵을 지켰다. 소녀가 제자리에 가만있지 않는 머리를 어떻게 매만지는지 바라보면서. 그는 잠시 망설이다가 오스트로펠*이나 닭고기 수프가 담긴 접시 너머로 엄마에게도 결코 물어볼 수 없었

---

*   닭고기에 마늘과 토마토를 넣어 볶은 요리.

던 질문을 하기로 결심했다. 수년 동안 소년 주변의 또래 모두를 괴롭혔던 궁금증이었다. "도라, 나도 네 껍데기를 보고 싶어." 소녀는 빗질을 멈추고 이반이 무엇을 말하고 싶어 하는지 이해하려고 애썼다. 학교 친구들이 엄마에게 그 질문을 했을 때 엄마들 모두 순수하게 놀라며 지었던 표정을 바로 지금 도라가 짓고 있었다. "내 껍데기?" 소녀는 제대로 듣지 못했다는 듯이 물었다. "응, 너도 옷장 속 옷걸이에 걸어서 보관하니, 아니면 다른 어디에 두니?" 소년은 용기를 냈다. 당황한 소녀의 표정에 더 놀라고 당혹스러웠다. 도라가 깔깔거리면서 웃기 시작했다. 사람들이 케이크와 생크림을 던지며 싸우는 우스꽝스러운 코미디를 보고 있을 때처럼. "옷장에? 옷걸이에?" 소녀는 이보다 더 웃기고 더 기괴한 것을 들어본 적이 없다는 듯 반복해서 물었다. "넌 바보야!" 소녀가 소리쳤다. 이반은 갑자기 도라의 웃음에 기분이 좋아졌고 도라가 물어본 사실을 잊었다. 둘은 한참 깔깔거리고 웃었다. "바보야, 네가 나를 웃겼어, 넌 무슨 생각을 한 거야?" 소녀가 주근깨 사이로 흐르는 눈물을 닦으면서 말했다. "자, 나가자! 트램 정류장까지 데려다줄게."

이반은 도라가 집과 마당의 제한된 공간에서만 편하게 숨을 쉴 수 있다고 순수하게 생각했다. 소녀를 다른 곳에서는 본 적이 없었다. 소년에게 소녀는 집의 살아 있는 몸 일부였다. 누구든지 심장이 없는 몸을 본 적이 없다. 몸 밖에서 뛰고 있는, 살아 있는 심장을 본 적이 없다. 이전에 여러 날 저녁에 소년은 시멘트 마당의 벤치에 앉아 있는 소녀를 볼 수 없었던 것이 너무나 두려웠다. 그때의 집은 소년에게 먼지와 쓰레기, 나뭇잎과 살로 구성된 소년의 세계에 들어온 하나의 추상, 하나의 도면에 불과했다. 지금 도라와 함께 나가는 것이, 검은 철책을 지나 길에서 걷는 것이 소년에게 불가능한 일처럼 보였다. 마치 영화에 등장하는 인물이 갑자기 자신을 의식하고 그의 2차원 세계 밖으로 미끄러져 나가는 것처럼. 소년은 책가방에 껍데기를 담은 봉지를 집어넣었다. 둘은 회칠한 차가운 복도를 지나서 크고 육중한 현관문으로 나갔다.

소년과 소녀는 따뜻한 밤 조용한 거리에서 손을 잡고 천천히 걸었다. 트램 선로가 도시의 누런 빛 아래에서 희미하게 번쩍였다. 거리의 집들은 다 창백했고 대양의 바닥에서 돌산호가 숨을 쉴 때마다 가볍게 부풀어 올랐다 쪼그라드는 것같이 보였다. 불어오는 따뜻한 바람은 여름이 멀지 않았다는 것을 알려주면서 관자놀이와 빰 위로 머리카락을 날렸다. 가느다란 손가락으로 머리카락을 쓸어 정리해야 할 정도였다. 도라와 손을 잡고 걷는 것은 소년이 감당할 수 있는 그 이상이었다. 소년은 행복이라는 잔인한 물질 속으로 녹아들었다. 둘은 얘기하고 웃었다. 이

보다 중요한 것은 아무것도 없었다. 해야 할 일도 없었다. 계속 살아가야 할 필요도 없었다. 그 순간이 영원히 지속되는 것만이 필요했다. 어디를 가든지, 길을 돌아서 갈지라도 소년과 소녀의 앞 하늘에서 소년이 그토록 사랑한, 손톱 같은 초승달이 불타고 있었다. 소년은 최근 몇 달 동안 달이 여러 단계로 변하는 모습을 보았다. 미로와 같은 나뭇가지에 의해 분할되고 반구와 원뿔 모양으로 도시 속 미친 둥근 지붕 뒤로 반쯤 숨고 사람들의 눈 속에, 개들의 눈 속에, 나방들의 눈 속에, 그리고 반짝거리는 거미줄에 살고 있는 거미들의 눈 속에 반사된 달. 소년과 소녀의 어깨가 가끔 서로 스쳤다. 언제나처럼 공중 부양과 무아경의 순간에 혹은 잔인한 불행의 순간에 이상하게도 똑같은, 유일한 일이었는데 소년은 도라와 소년이 세상에서 가장 아름다운 아이들인 그림에서처럼, 입체모형인 디오라마에서처럼 하늘의 광경을 올려다볼 수 있었다. 둘은 버려진 영화관 앞에 도착할 때까지 아주 천천히 걸었다. 트램이 둘 옆을 세 번이나 지나갈 정도였는데 그 시각에는 거의 텅 비어 있었다. 트램은 있는 힘을 다해 울부짖었고, 먼지가 일었다. 둘은 폐허가 된 영화관 앞에 도착했다. 영화관 앞의 작은 광장은 굉장히 밝았고 아무도 없었다. 둘의 그림자는 아스팔트 위로 선명하게 뻗어 있었다. 두 사람이 그들의 그림자가 일직선 그림자로 보일 정도로 집착과 섬망에 빠질 만큼 현실적이었다. "푸른 밤 영화관." 소녀가 말했다. "참 아름다운 이름이야, 슬픈 이름이기도 하고……. 내가 세 살일 때, 우리 부모님이 이 동네에 이사 왔어. 엄마는 나를 안고 책을 읽어주곤 했어……. 나는 아무것도 이해하지 못했어. 그냥 거대한 머리들, 집들, 바다를 보았을 뿐이야……." "부모님은 어디에 계시니?" 이반이 물었다. 하지만 소녀는 대답하지 않았다. 건물은 을씨년스러운 부조로 장식된 화장터처럼 보였다. 낡아 삭은 사진이 붙어 있는 창문이 보였다. 소녀는 태어나기 훨씬 이전 영화에 출연했던, 사진 속의 배우들을 알아보았다. 정장에 망사 스타킹을 신고 항상 정형화된 자세로 서 있는 흑백 사진 속 여자들의 아름다움은 단지 그곳에서만 가능했다. 그들이 납작한 세상 속 구석에서 형상이 뒤틀린 채 검정 광택에 잠겨 있는 사진 속에서만. 그들은 여자가 아니고, 이스피타(유혹), 두레레아(고통), 볼륨타테아(쾌락), 루이나(몰락), 레무슈카레아(양심)였다. 그들의 가슴과 치골이 블라우스와 치마 정장, 속옷의 거친 천 아래에 숨어 있었다. 남자들은 기름을 발라 짝 달라붙은 듯한 머리를 하고 간청하는 듯한 모양의 눈썹 아래 유혹자와 같은 눈을 한 채 여자들을 사로잡아 꼼짝 못 하게 하고 유백색의 독을 주사했다. 하지만 남자들은 동정심도 없이 잡아먹히지 않기 위해 그들에게서 벗어나야만 할 때를 아주 잘 알고 있었다.

 둘은 좌석 번호가 붙은 검정 의자들이 설치된 상영관으로 들어갔다. 그리고 가운데 어딘가에 앉아 다시 손을 잡았다. 둘 쪽 바로크식 천장에 완전히 위장한 듯이 곰팡이가 피어 있었고 깨끗한 공간을 위해 계획되었던 과거 언젠가 산뜻하고 빛이 났었음에 틀림없는, 거대한 프레스코 그림이 그려져 있었다. 그렇게 둘은 상영관에 가득한 어둠 속에 있었다. 함께 영화 한 편을 보고 있다는 듯이. 정말 그때 영화 한 편이 상영되고 있었다고 해도 그 둘에겐 어떤 차이도 없었을 것이고 아마 알아채지도 못했을 것이다. 바닥에선 휘발유 냄새가 올라왔고 신발 밑에서 가볍게 부스럭 소리도 났다. 좌석 아래에 수년 동안 쌓여온 해바라기 씨 껍질이 딱딱하게 굳어 있었기 때문이다. 시간이 좀 지나자 휘발유 냄새도, 세상에 흔한 악취도 맡지 못했다. 오로지 둘이 서로를 의식할 뿐이었다.

 둘은 한참 앉아 있다가 일어서서 밖으로 나갔다. 깜깜한 밤에 바람이 불었다. 가로수가 바람에 흔들렸고, 둘의 머리카락이 나부끼며 먼지를 일으키는 회오리 속에서 뒤엉켰다. 소년은 거기에서 트램을 타지 않고 소녀와 함께 소녀의 집으로 향했다. 둘은 이전보다 더 천천히 걸어갔다. 어리석고 진보적이고 적법한 흐름, 거리의 끊임없이 변화하는 시간과 시야의 흐름은 거의 멈추었다. 몇 분 전부터 소녀는 한마디도 하지 않았다. 땅만 쳐다보면서 생각에 빠진 듯했다. 소년은 강한 예감이 다시 들었고 슬퍼졌다. 둘 모두에게 너무 힘든 시간이었다. 집 앞에서 소녀는 갑자기 소년을 안았다. 한참을 소년의 어깨에 뺨을 기대고 있었다. 그리고 소년의 눈을 쳐다보고 말했다. "다음 주엔 오지 마! 요즘 내가 마음이 그다지 좋지 않아. 사실은…… 다시는 오지 않았으면 해, 이반." 소녀는 소년에게서 멀어져 마당으로 들어갔다. 계단을 올라가 입구의 거대한 문 앞에서, 소녀를 더 약하고 더 덧없고 더 슬픈 실루엣으로 만드는 아르누보 양식의 차양 아래에서 뒤돌아보았다. 소녀의 허리 옆에 있는 돌사자는 처음으로 사나워 보였다. "우리 여기서 끝내는 거지, 그렇지? 아직 아름다울 때." 소년이 한마디도 하지 않았기 때문에 소녀는 거의 들리지 않는 목소리로 덧붙였다. "나는 가슴 달린 소년이 아니야, 이반." 소녀 뒤로 문이 닫혔다. 벌써 차가워진 공기 속에 회칠한 벽에서 다시 반짝거리는 눈이 내렸다.

  시간이 흐른 뒤 소년은 그날 밤을 더는 기억하고 싶지 않았다. 그날, 소년은 터질 듯이 꽉 찬 가방을 질질 끌고 흐느껴 울면서 걸어서 집에 돌아왔다. 하지만 그곳에서의 일들이 끝나지 않았다는 것을 알았다. 아직 이해하지 못했지만, 지금 선명하게 빛이 보이는 마지막 폭발까지 들이쉴 공기가 몇 모금 더 있을 거로 생각했다. 미래를 향한 날개가 그를 나아가도록 하고 있었고 다른 날개와 마찬가지로 기운찼기 때문이다. 돌아오는 길에 공중에 뜬 석상 옆에서 멈추었다. 손가락으로 다시 천천히 석상을 밀었고 탄성 있는 공기층 위에서 어떻게 흔들리는지 보았다. 시인은 이제 돌로 된 가슴과 아랫배, 두개골이 비극적으로 쪼개진 거대한 흉물에 불과했다. 석상은 그렇게 영원히 남아 있을 것이다. 하지만 이반 외에 아무도 그 참혹한 훼손을 눈치채지 못할 것이었다. 받침대 위에 올려진 채, 땅 위를 걸어 다니는 사람들의 눈에서 사라지는 것이 석상의 운명이었다. 소년은 양 손바닥으로 구리 동판의 녹청을 다시 지웠다. 그러자 이번에는 처음에 수수께끼 같고 흐릿하게 보였던 글을 읽을 수 있었다. 동판에 직각자와 컴퍼스로 새긴 익숙지 않은 고대의 문자가 쓰여 있었다. "**운명은 어떻게 눈처럼 내리는가?**" 소년은 곧바로 바실레 신구러타테의 유명한 시 마지막 연이 그렇게 시작한다는 것을 생각해냈다. 그리고 소년은 다시 울기 시작했다. 최근에 엄마의 앨범에서 읽은 것이었다. 색연필로 아름답게 쓰고 새, 나비, 꽃으로 장식한 시구절로, 엄마의 뱃속에서 태아였을 때부터 입었던 투명한 소년의 껍데기와 마주 놓여 있었다.

저녁은 어떻게 떨어지는가? 저녁은 천천히 떨어진다.

태양이 얇은 화장지처럼 포개진다.
커다란 눈의 덩치가 큰 파리가
나무와 호텔 위에 전쟁 작전 지도를 경솔하게 펼친다.

그 후에 거미와 왕게가 온다.
그들은 심장과 속눈썹 위에 두꺼운 거미줄을 짠다.
영혼들이 동등한 뇌로 이주한다.
투명하게 펼쳐진 물 위에 차가운 별을 놓는다.

이후 두 연에 걸쳐 마법의 강과 수정 무덤, 탑 꼭대기에 미친 듯이 쏟아지는 석양에 관해 이야기한 후 시인은 모든 학생이 암송하던, 어린 시절 동요만큼이나 무의미해서 학교 칠판 앞에서 기계적으로 반복하던 구절로 시를 끝냈다.

운명은 어떻게 눈처럼 내리는가? 운명은 조용히 내린다,
'그리고' 위로, '전혀' 위로, '다시' 위로, '만일' 위로.
그것은 예감할 수 있는 그리고 천국과 같은
진흙의 '결코'로 그것들을 덮는다.

소년은 석상의 뒤편으로 갔지만, 어떤 문도 찾지 못했다. 받

침대는 진한 그림자 속에서 매끄럽고 균일했다. 죽은 시인의 계곡으로 가는 길을 영원히 잃어버렸다. 조금씩 조금씩 모든 길을 잃어버렸다. 그 자리를 떠나기 전에 소년은 오래전의 시인이자 쇠퇴와 납빛으로 굳어버린 그의 위대한 친구를 한 번 더 바라보았다.

그러고 나서 소년은 걸어서 산후조리원의 검붉은색 벽을 따라가는 길로 들어섰다. 이제 벽은 밤의 희미한 빛에 타르처럼 새까맣게 보였다. 병원 창문에서 아기 우는 소리가 들렸다. 엄마들은 깨어 있었고 갓난아기를 안고 방을 왔다 갔다 했다. 아기의 머리를 맨어깨에 두고 가슴에 아이를 안은 채 노래를 불러주고 있었다. 배에 걸친 홑이불을 어깨 위로 다시 끌어당기면 좋을 텐데. 결국에 아이를 죽일 세상으로부터 보호하기 위해서. 엄마 태반의 가벼운 손수건으로 아기 얼굴을 다시 덮으면 좋을 텐데. 엄마들은 인적 없는 거리를 홀로 지나가는 사람을 위해 어떤 볼거리도 보여주지 않았다. 병원의 엄마들도 도라처럼, 오래전의 시인처럼 소년을 내버렸다. 이반은 다시 이 땅에서 자기가 가장 외로운 사람, 이전보다 더 외로운 사람이라고 생각했다. 그러는 사이에 행복의 쓰디쓴 경험을 했기 때문이었다. 그는 반짝거리는 은박지에 싸인 초콜릿 딱정벌레, 메뚜기와 벌 등 제과점 진열장에 있는 곤충을 보려고 발을 멈추지 않았다. 유리문 너머에 필리

파가 서 있었다. 하얀 가운을 입고 동그랗고 작은 몸집에 사슴의 온화한 눈빛을 갖고 있었다. 아마도 그녀는 자신이 살고 있는 세상의 초콜릿 향기에서 결코 나오지 못할 것이다. 아마도 그녀의 머리, 피부, 옷에 배어든 향기로운 그 공기 밖에선 숨을 쉴 수 없을 것이다. 소년은 판매원이 지나가는 자기를 쳐다보면서 손가락으로 잘 가라는 신호를 아주 수줍게 하는 것을 곁눈질로 보았다. 하지만 밤은 이미, 거리를 따라 간격이 넓게 일렬로 서 있는 가로등의 노란 빛과 그림자를 섞었다.

 소년은 집에 늦게 돌아왔다. 집은 사람이 살지 않는 곳 같았다. 봉지에서 껍데기를 꺼내 침대 위에 펼쳐놓았다. 껍데기에는 소년이 소녀를 양팔로 끌어안았을 때 느꼈던 소녀의 냄새 일부가 남아 있었다. 그는 껍데기를 옷걸이에 걸어 장롱 안에 넣었다. 부모가 등을 대고 누워서 주름 잡힌 얇은 새틴 이불 위로 얼굴을 내밀고 나란히 잠자는 것을 상상했다. 환상적인 곤충의 수컷과 암컷처럼, 왕과 왕비처럼, 공통의 꿈처럼 매트리스 속에 깊이 파묻혀서. 소년의 인생에서 낯설게 멀리 떨어져서. 방들은 텅 비었고 창문마다 달이 보였다. 소년은 언제나 밤에 달빛 아래 집 안을 여기저기 돌아다니는 게 즐거웠다. 그날 밤에 소년은 아침까지 불도 켜지 않고 깨어 있었다. 있는 힘을 다해서 지난밤에 대해서는 아무것도 기억하지 않으려고 애썼다. 하지만 반면에—그는 점점 더 확신하게 되었다—그날 밤만이 유일한 진짜였다. 그의 인생에서 유일하고 진정한 진짜 밤이었다. 도라를 만나기 전에 어떻게 살았는지 상상도 할 수 없었고 소녀 없이 어떻게 살 수 있을지 알 수도 없었다. 그는 오랫동안 창가에 서 있었다. 그러고 나서 잠자리에 들었고 잠을 자려고 애썼고 바실레 신구러타테의 시를 암송했고 길을 잃은 듯 이 방 저 방 돌아다녔다……. 고통은 현재 밤이라는 혈청 안정제에 의해 진정된 채 견딜 만했다. 소년은 전혀 모르는 아파트들로 가득 찬 거대한 건물 안에서 밤에만 살 수 있었을 것이다. 이 방 저 방 돌아다니고 침대들에 가까이 다가가서 파란 달빛 아래에 잠든 사람들의 얼굴을 매우 가까이서 쳐다보았을 것이다. 장롱 안에서 더러운 비닐봉지 안에 담긴 기름때 묻은 사진 더미를 찾거나, 나프탈렌 냄새가 나는 장롱 안에 겹쳐 쌓여 있는 셔츠, 블라우스와 스웨터를 더듬어보았을 것이다……. 그 방에 사는 사람들이 쾌락을 위해 사용하고 숨겨놓았을 부끄러운 물건을, 팔을 어깨까지 집어넣어 꺼냈을 것이다. 거울이 달린 오래된 장롱 문을 활짝 열어서 양복과 우비 사이에 걸린 남자들의 영원한 껍데기를 억지로 한쪽에 밀어두었을 것이다. 아주 오래된 불결한 흔적을 두른, 슬픔에 찬 욕조가 있는 욕실에 들어갔을 것이다……. 이렇게 시간에 얽매이지 않고 이 방 저 방 돌아다니는, 이 공간

저 공간 돌아다니는, 이 인생에서 저 인생으로 돌아다니는 야행성 동물의 삶이 영원히 지속되었을 것이다. 거기에 있을 수 없는 불분명한 무언가를 찾아다니면서. 그것은 잠자는 사람들의 속눈썹 아래 깊은 곳에 있었기 때문이다. 소년은 학교 복도에, 침울한 대리석의 세계에 갇힌 그날 밤, 얼어붙을 정도로 얼마나 추웠는지 기억했다. 둥근 기둥, 돌로 된 의자, 웅장한 계단, 위쪽까지 꽉 채운 어둡고 메마른 공기 외엔 아무것도 없었다. 벽 위에 직사각형 모양으로 파인 홈. 대리석의 광맥. 천장에 매달린 음산한 샹들리에. 소리도 전혀 없고 움직임도 전혀 없고 외부의 거대한 세상으로부터의 그 어떤 침입도 없었다. 소년은 바위를 파고 들어간 공간에서 밤새도록 떠돌아다녔다. 어떤 방향으로도 끝없이 이어져 있는 바위가 밀집한 세상에서 나온 카르스트 지형*으로, 유일하게 텅 빈 곳이었다.

한 달 가까이 이반은 도라의 집에 들르지 않았다. 소녀의 집 앞 정류장에 내리고 싶은 간절한 욕망에 일종의 (비참하고, 뭐라 말할 수 없이 슬픈) 쾌락으로 저항했다. 심지어 몇 번 내렸지만, 그 거리로 접어들 용기가 없었다. 그는 다음 트램을 기다렸고, 트램이 출발하고 거리의 뾰족한 모서리에 접어들 때 그 낡고

---

*   석회암 대지에 발달한 침식지형.

검은 집 지붕을 최소한 작은 한 부분이라도 보려고 무진장 애를 썼다. 벌써 여름이었다. 곧 여름방학이 시작되지만, 소년은 방학을 맞이할 준비가 되어 있지 않았다. 소년은 항상 방학을 두려워했는데, 공허한 그 두 달 안에 외로움 때문에 죽을지도 모르기 때문이었다. 아침부터 저녁까지 시를 읽고, 끝나지 않을 날들이 돌처럼 굳어지는 것이 너무나 싫었다. 땀에 흠뻑 젖은 이불을 끌어안고 침대에서 이리저리 뒹굴다가 날이 시원해지면 동네의 작은 거리로 혼자 나오곤 했다. 외로움의 산(酸)에 용해된 채, 태어나지 말았어야 했다고 간절하게 바라면서. 그때부터는 저녁 시간이 너무 힘들었다. 방 안의 공기가 어두워지면 심장이 빠르게 뛰기 시작했다. 마치 소년의 몸이 자아와는 별개로 의식이 있고 자체의 기억이 있는 것처럼. 그리고 있는 힘껏 전부를 잊으려고 애쓰는 것처럼. 저녁 석양이 빛을 발할 때 억누를 수 없는 고통은 수정 무덤이 있던 계곡의 탑 꼭대기로 소년을 다시 데려갔다. 그리고 저녁마다 이상성욕을 유발하는 호박색과 금색의 언어들 속에서 소년을 산 채로 태웠다. 소년이 읽은 책은—소년은 특히 시집을, 행복하지 않은 정신의 고문관이기도 한 아주 예전의 시인들이 쓴 시집을 읽었다—소년의 살과 피부를 겨냥해서 수정으로 만든 묘비였다. 저녁은 묘비에 반사되었고, 모인 빛은 내면에 궤양을 일으켰다. 당분간 그는 학교에 다녀왔고, 학교에서 인생의 좋은 시간을 어리석고 쓸모없게 낭비했다. 하지만 여름에는 완전하고 오롯이 소년의 것이 될 고문이 다가올 것이고 소년 혼자서는 결코 벗어날 수 없을 것이다. 희망이 없는 고통의 순간이 무한한 가운데 지옥에 떨어진 자들이 결국에 그들 자신만의 울부짖음이 되는 것과 같이.

역사 시간에 할머니처럼 머리를 땋아 올린 선생님이 소년이 태어나기 이전에, 다시 말해서 세상이 존재하기 이전에 (일어날 수 없지만) 일어났던 사건들을 이야기해주었다. 그리고 수업이 끝난 후 쉬는 시간에 남학생 한 명이 남학생용 화장실에서 조심스럽게 물건을 하나 꺼냈는데 이반은 무엇인지 바로 알아보지 못했다. 무언가 "여성 용품"이라는 소문이 돌았다. 결과적으로, 타일 벽과 칸칸이 문마다 외설스러운 내용의 낙서로 뒤덮인 매우 좁은 곳에 큰 무리가 모였다. 처음에 이반은 다가가지 않았다. 친구들은 종종 빨랫줄에 널려 있던 브래지어나 검정 레이스가 달린 팬티를 가져왔고 미친놈들처럼 히죽거렸었다. 하지만 결국엔 진주색의 흔들리는 빛이 불꽃이 너울거리듯 팔과 몸, 무릎 사이를 통과하였다. 마치 가슴이 하얀 큰 새 한 마리가 그 사이에서 몸부림치는 듯했다. 소년도 인간 매듭을 풀고 지나가려고 애를 쓸 정도였다. 맨 앞으로 나왔을 때 소년은 남학생들이 매끄러워 보이는, 하지만 단단하고 거친 커다란 누에고치 같은 것을 만지고 있는 것을 보았다. 매우 강한 냄새도 났다. 남학생들은 "여성의" 냄새라고 말했다. 누군가 "산부인과 분만실에서의 냄새"라고 어리석은 말을 덧붙였다. 실제로 알 방도가 없었기 때문이다. 이반은 어린 시절 엄마와 "텐트 치기" 놀이를 한 게 기억났다. 엄마가 침대 위로 하얀 홑이불을 던지면 떨어지면서 큰 공기베개처럼 부풀어 올랐다. 그러면 이반은 얼른 그 속으로 미끄러져 들어갔고 우윳빛 빛이 스며들어 오는 이불 텐트 안에서 행복했다. 그러고 나면 홑이불 자락이 소년 위로 내려앉았다. 차가웠고 산뜻한 냄새가 났었다. 이반도 그 이상한 것을 만져보았다. 남자의 껍데기처럼 한쪽이 길게 찢어져 있었다. 소년의 손끝은 바로 알았다. 의심할 필요가 없었다. 두툼한 누에고치와 같은 그것은 엄마가 침대 옆 협탁 안에 보관한 앨범 페이지들과 같았다! 소년은 모든 신경을 모은 손끝으로 만지는 데에 그치지 않고, 다른 인생에서 언젠가 그것들이 있었던 곳에 다시 가서 그것들을 직접 느끼고 자세히 보려고 애썼다. 그 커다란 신체 봉지는 무엇이었을까? 한 번도 본 적 없는 여성의 껍데기에 관해 용기 내어 물었을 때 남자들이 그렇게도 많이 대답해주었던 대로 "여성 용품"인가? 하여튼 만일 그 누에고치가 껍데기였다면 괴물과도 같은 존재, 아마도 팔다리나 얼굴의 일부가 없는, 소년의 엄마나 다른 여자들과는 전혀 연관이 없는 그런 기형의 기생동물 껍데기에 불과했을 것이다. 확실한 것은, 비밀스럽고 부드럽게 소년에게 이야기하는 데에 익숙했던 것처럼, 에마가 언젠가 똑같은 물건을 가지고 있었다는 것과 협탁 안 앨범의 몇십 장을 만들기 위해 세심하게 찢어냈다는 것이다. 하지만 그 봉지엔 도대체 **무엇이** 들어 있었을까? 그리고 어떻게 눈이 흐릿하고 턱에 여드름이 난 애송이인 학교 친구의 손에 들어갔을까?

이 알 수 없는 비밀을 그대로 내버려둘 순 없었다. 수업이 끝난 후에 제과점에 가서 작은 상자에 든 초콜릿 사탕을 샀다. 초콜릿은 물속에 있는, 잠자리의 애벌레 모양이었고 초록색과 진분홍색 은박지에 애벌레의 무서운 주둥이 가면이 아름답게 그려져 있었다. 이튿날 소년은 그 친구를 꾀어서 학교 건물 뒤편의 멀리뛰기 모래밭으로 데려갔다. 소년은 초콜릿 사탕을 대가로 그 커다란 누에고치 봉지에 관한 이야기를 들을 계획이었다. 둘은 모래판 가장자리에 걸터앉았다. 그곳은 보통 이반이 오래전에 죽은 시인들의 시를 흥분하면서 암송하던 곳이었다. 학교 친구는 결국에 머리를 숙이고 얼굴은 홍조를 띤 채 소년에게 털어놓았다. 마치 배신의 파멸이 그 친구에게 닥친 것 같았다. 그 이야기는 이반이 오래전에 예측한 이야기로, 소년은 아마도 알지 못했겠지만 소년의 뇌와 심장, 성기는 이미 알고 있었다. 진실이 서서히 드러나기 시작했다. 여자들은 비밀을 하나씩 갖고 있다고 친구가 소년에게 말했다. 다시 말하자면, 여자들에 관한 비밀이 하나 있다고. 왜냐하면 여자들 역시 적당한 때까지 그 비밀을 모르고 있다가 그 후엔 비밀을 잊은 것처럼 보이기 때문이다. 남자들도 언젠가 배내옷 입은 갓난아이였음을 잊고 사는 것처럼. 소녀가 사는 어느 집이든 아무도 알지 못하는 방이 하나씩 있다. 가구 뒤편이나 바닥 아래 혹은 반대로 잘 보이는 곳에, 벽에 걸린 그림을 더는 쳐다보지 않는 것처럼 들어가볼 생각을 전혀 하지 못하는 곳에 숨긴 방이다. 그것은 다른 세상에 존재하는 그런 공간이다. 아주 먼 곳에서 온 낯선 사람을 집에 들이도록 준비된 자궁이나 두개골과 같이 집의 본체 깊숙한 곳이다. 소녀는 껍데기를 벗어 던질 때의 소년들처럼 그곳에 들어간다. 하지만 소녀는 일생에 단 한 번 그렇게 한다. 한참 후에 소녀는 변한 채 그 방에서 나온다. 친척 집에 갔을 때 친구는 방바닥에서 우연히 무언가 이상한 것을 본 적이 있었다. 친구의 사촌 누이가 막 다시 세상에 나왔고 지금은 완전히 다른 사람이 되었다. 아마도 비밀의 방은 아직 낯선 공간에서 복구되지 못한 것 같았다. 그 공간으로부터 놀라운 위족이 그들의 집으로 침투했다. 그때 친구가 우연히 사촌을 보았다. "네 사촌은 어떻게 변했니? 어떤 점이 이전보다 달라진 거야?" 이반이 물어보았다. 그 비밀이 밝혀지는 것에 절박했던 소년은 이젠 화가 났다. 그 비밀의 정체는 키메라처럼 언제나 소년에게서 도망갔으니까. 소년의 학교 친구는 어깨를 들썩였을 뿐 반짝이는 은박지를 벗겨서 사탕을 꺼냈다. 초콜릿 애벌레를 입속에 털어 넣었고 일어서서 초콜릿 상자를 겨드랑이에 낀 채 학교 건물로 향했다. 이반은 모래 사이에서 구겨진 은박지를 주워서 펼쳤다. 주머니에서 시집을 꺼내서 표지의 딱딱한 표면 위에 손톱으로 은박지 종이를 쫙 폈다. 잠자리 애벌레 그림은 이제 알아볼 수 없을 정도로 변형되어 팽창된 듯했다. 강한 곡선 모양을 따라 만들어져 일명 현실이라 불리는 사악한 환상 일부가 되어버렸다.

 갑자기 소년은 가슴에 격렬한 통증을 느꼈다. 그것은 도라의 새로운 이름이었다. 소년의 마음이 예전의 이름을 잊은 후에 소년의 몸이 외친 이름이었다. 이반은 있는 힘을 다해 도라를 불렀다. 서늘한 땀과 고동치는 심장, 찌릿한 명치끝과 오한과 함께. 그녀가 바로 소녀인 것을 알 수 있었다. 하지만 어떤 이름도, 어떤 형상도 소년의 마음에 떠오르지 않았다. 행복의 본질이 박탈된 육체의 고통이 있을 뿐이었다. 이런 고통은 지난봄에 매일 느끼곤 했다. 세포 전체에 고통이 연결되어 있었다. 또한 고통은 정맥을 끊어 자살하려는 자의 피와 같이 소년에게서 흘러나왔다. 누군가 힘센 자의 주먹세례에 웅크리듯이 무릎 위로 머리를 숙이고 움츠려서 고통의 파도를 견디려고 애썼다. 그때 학생들을 부르는 수업 종소리가 들렸고, 소년은 교실로 돌아가야 했다.

  소년은 책상 위에 교과서와 공책이 어지럽게 널린 채 교실이 텅 빈 것을 발견했다. 그때 생물 시간인 것이 기억났고 실험실로 가야 했다. 학교는 어마어마하게 컸다. 이반은 매번 교실과 실험실을 찾을 때마다 서둘러야 했다. 보통 반 친구를 따라갔지만, 지금처럼 뒤처지면 길을 잃어버릴 것 같았다. 지하 대피소 위 회색 복도를 한참 돌아다녔고 닳은 층계와 대리석 난간의 어마어마하게 넓은 계단을 올라갔다 내려갔다 했다. 결국에 수업 시간의 반이 지나서야 실험실 문을 열었다. 해부학, 생리학과 곤충의 번식에 관한 수업이 한창이었다. 소년은 수업에 늦은 것이 너무 아쉬웠다. 생물 시간은 소년에게 다른 수업보다 수긍하고 받아들일 수 있는 분자를 가진 유일한 과목이었기 때문이다. 금단증상을 보이는 듯한 자기 몸이 불안했지만, 소년은 선생님의 설명을 주의 깊게 들었다. 소년은 선생님은 불편해하는 것을 알아차리지 못했고, 여학생과 남학생들은 서로 다 안다는 듯이 눈짓하며 킥킥거렸다. 저학년 때 토끼의 번식에 관한 수업에서도 이랬었다(칠판 앞에 나갔을 때 그 아이들은 고환과 난소, 짝짓기, 정액 등을 이야기하는 대신에 사방 벽에 외설스러운 말을 쓰고 가장 낮은 점수를 받았다). 곤충은 변태를 통해서 탈바꿈한다. 즉 연속적으로 변화하는 환경과는 너무나 다른, 살아가면서 달라지는 여러 가지 양상을 보여준다. 하지만 곤충에 관한 수업에서 몇 번 **불완전변태**가 진행되었다. 알에서 성체를 작게 모사한 형태의 새끼들이 나온 것이다. 새끼들은 키틴 껍질을 연속적으로 벗고 떨어뜨리면서 성장한다. 누구든지 곤충이 나뭇가지나 풀잎에 매달린 채 껍질을 등에서 길게 밀어내면서 촉촉하고 살아 있는 생명체로 나왔던 것을 관찰할 수 있다. 껍질은 완전히 건조되고, 이전에 그 속에 살았던 생명체의 형태 그대로 유지된다. 곤충은 외부의 뼈대가 아직 생기지 않고 눈까지 투명한 채로, 새로운 껍질이 자라 몸 전체를 덮을 때까지 위험한 시간을 보내야 한다. 불완전변태로 인한 곤충의 성장은 언제나 똑같고 단지 크기만 다르다. 여기에서 선생님은 메뚜기 몇 마리가 줄지어 있는 도안을 보여주었는데 도안의 왼쪽에서 오른쪽으로 갈수록 크기가 더 커졌다.

완전변태를 겪는 다른 곤충들은—선생님은 목소리를 다듬어 평소보다 더 명확하게 말했다—더 복잡하고 더 환상적인 완전한 변화, **완전변태**를 겪는다. 여기에서 과학과 시가 일치한다고 할 수 있을 정도로 굉장한 일임이 틀림없다. 나비는 알, 애벌레, 번데기의 과정을 거친다. 그리고 마지막 과정에는 외피를 분비하는데 누에고치나 딱딱한 물질의 번데기가 될 수 있다. 다른 세상에서 온 물체처럼 이상한 모양에 종종 무섭게 보이기도 하지만, 보통 나뭇가지나 벽에 붙어 있거나 고치의 실로 허공에 매달려 있기도 한다. 그 안에서 이전의 애벌레는 개개의 세포까지 완전히 녹아서, 걸쭉한 유액, 진주색의 정액, 불분명하고 예측 불허한 생명체가 된다. 그러고는 호르몬의 영혼에 의해 빚어지고, 다음 몇 주 동안 완전히 새로운 계획에 따라서 재구성된 다음, 다 자란 곤충인 **성충**이 된다. 그것은 이 세상에서는 예측할 수 없고 실행할 수 없는 것이다. 나비는 결국에 번데기를 찢고, 관에서 의기양양하게 나온다. 선생님은 새 도안을 보여주었다. 거기에는 털이 나고 초록색과 노란색 점이 나 있으며 고리가 달린 검정 머리의 애벌레가 나뭇가지를 따라 길게 붙어 있고 더 높은 곳에 번데기가 붙어 있는데, 뿌연 유리 고치의 이 이상한 모습은 곤충의 미래 형태를 보여준다. 이반에겐 미라처럼 말라버린 배아와 매우 닮은 것처럼 보였다. 가지 꼭대기에 보이는 다른 번데기에서 부드럽고 축축한 나비가 바둥거리며 나왔다. 이제 막 바늘처럼 얇은 다리를 폈다. 그러면서 시계태엽 같은 더듬이가 오그라들었다가 펼쳐졌다. 마지막으로 도안 한가운데에서 나비는 청록빛 날개를 대칭적으로 활짝 펼쳤다. 날개에 무지갯빛으로 영롱한 신경이 보였다. 이전 애벌레의 흔적이 전혀 없는, 비행과

짝짓기 기계이자 거대한 곤충이었다.

  이반은 나비는 위대한 시 안에서 살고 있다고 오래전부터 생각했다. 그때 자세히 알게 된 나비의 변태는 단지 소년의 이 느낌을 확인한 것뿐이었다. 한 생명체의 총체적인 신격화는 이 세계의 개념이 아니라 순수하고 고귀한 시였기 때문이다. 소년은 나머지 설명을 더 듣지 않고 일종의 매혹에 사로잡혀 쉬는 시간까지 허공에 시선을 둔 채 남아 있었다. 소년은 도라를 다시 보고 싶었다. 보고 나서 죽어도 됐다. 소녀를 잊으려는 시도는 무의미했다. 만일 마음에서 소녀를 끄집어낸다 해도, 소녀의 형상이 빠진 모양으로 남을 것이기 때문이었다. 그러한 부정은 여전히 도라일 것이고, 살아 있는 진짜 소녀보다 그 수수께끼 속에서 더욱더 강렬할 터였다. 그날 저녁에 소년은 생각에 몰두한 채 아주 멍한 상태로 집에 왔다. 걸어서 왔는지, 트램을 탔는지, 비가 왔는지, 하늘이 맑았는지 기억나지 않을 정도였다. 접시에서 눈을 들지 않고 밥을 먹고 잠을 잘 시간이 되기 전에 침대에 누우려고 서둘렀다. 그리고 엄마가 말한 대로 한 번에 "곯아떨어졌다". 소년은 생각하고 느끼고 욕망할 필요가 있었기 때문이다. 이를 위해서 뇌와 마음, 성기는 전혀 도움이 되지 않았다. 세 기관이 소년의 몸 안에서 포개지고, 모든 생명의 부드러운 밀랍 상태에 신이 남기신 흔적인 명치를 향해 몸의 중심으로 이동하는 마법의 상태에 도달해야 했다. 곤충, 도라, 엄마의 앨범, 남학생들이 학교 화장실에 한 낙서, 여드름이 많은 학교 친구의 사촌 이야기, 시집 표지 위에 손톱으로 편 은박지는 현재 아직 몇 군데 더 맞춰야 할 퍼즐 조각들처럼 생식샘의 감각과 마음의 강렬한 욕망이 되었다. 소년이 잠이 막 들려고 했을 때, 그것들은 그의 새로운 중심 기관으로 흡수되고 심장의 논리에 따라 그곳에 자리 잡았던 터였다. 이반은 지금 그것들을 찾을 게 아니라, 생식샘이 호르몬을 분비하고 눈이 눈물을 분비하는 것처럼 분비해야 함을 알았다. 소년은 혼란과 흥분의 상태로 잠들어 있었다. 사실 완전히 잠이 들지는 않았다. 소년이 기억하는 어떤 것보다 더 현실적인 꿈인 것 같은 그곳, 기름진 물과 어두운 물 사이에 잠겨 있었다.

다시 소년은 초록색 들판에 흩어져 있는, 꽃이 뿌려진 수정 무덤이 있는 곳 가장자리에 와 있었다. 깨끗한 물이 흐르는 강 사이에서 공장 건물의 예배당으로 가는 길을 다시 찾아냈다. 그리고 세세한 부분들을 알아보면서 예배당 벽을 향해 걸었다. 유리 지붕 위로 솟은 탑의 그림자로 들어갔다. 한 번도 본 적 없는 아름다운 광경에 매료된 채 그 세상의 호박색 빛 속으로 다시 나왔다. 지난번처럼 벽돌 건물을 돌아서 잠긴 문들을 찾았다. 하지만 실망하여 지난 세기의 시인들이 묻혀 있는 묘지로 쓸쓸하게 돌아왔다. 시인들은 의심스러운 불멸과 유명세의 수치를 꽃으로 가린 채 지난번에 그들을 동정했던 축제의 무리와 섞여 있었다. 그러나 소년의 꿈속에서 가장된 작은 세상이 반대로 벌새의 깃털로 장식한 두 팔을 활짝 펴서 수정 석판 위에 뿌려진 꽃들을 쓸어버렸다. 그리고 수백수천의 관 내부를 탐욕스럽게 들여다보았다. 이반은 관 하나에 날아들었고 공포의 전율로 얼어붙었다. 그 관은 죽은 시인들의 얼굴을 다른 세상에서처럼 보이게 했던 그 유백색 액체로 더는 채워져 있지 않았기 때문이다. 액체는 관 바닥의 개폐문을 통해 흘러들어 가버렸다. 죽은 시인이 한 명도 없었다. 대신에 모든 무덤의 관 전체를 꽉 채우는 거대한 번데기가 하나씩 있었다. 비록 복잡한 윤곽에 기이하지만, 남자 시인이나 여자 시인 생김새의 특징을 껍데기 안에 유지하고 있었다. 내부에서 녹은 시인들은 부활을 준비하고 있었다. 공장 아래쪽 발전기의 진동(혹은 사원 아래쪽 신의 목소리?)은 꿈의 첫 단계에서 들을 순 없었지만, 이제 매분 커지고 있었다. "너는 다시 **전장** 안에 있구나." 하늘로 솟아오른 검정 뿔을 가진 거대한 갈색 하늘가재가 소년에게 말했다. "수정 관을 들여다봐! 그 속에서 무슨 일이 일어나는지 이해하려고 노력해봐!" 지진과 같은 더 강렬한 진동으로 관 뚜껑이 미끄러져 내려갔다. 겁에 질린 무리는 환영과 노스탤지어를 챙겨서 뿔뿔이 흩어졌다. 소년은 무한대로 퍼지는 소음으로 공기가 어떻게 폐 속에서 전율하는지, 뼈가 어떻게 흔들리는지 느꼈다. 관 뚜껑이 전부 벗겨져 떨어졌을 때 갑자기 조용해졌다. 한동안 새로운 침묵이 이전의 소란보다 더 강하게 소년의 귀에서 울부짖었다. 소년에게서 가장 가까운 석관 안의 거대한 번데기는 뿌연 껍데기를 통해서 내면의 진동을 보여주었다. 마치 노란 호박석의 딱딱한 표면 속에 갇힌 존재가 깨어난 것처럼 보였다. "시인들이 깨어났어. 이 세계를 떠날 거야." 하늘가재가 겉날개와 그 아래 투명한 날개를 펼치면서 다시 소년에게 말했다. 이반은 다시 하늘가재에 매달렸고 반투명한 유백색 하늘을 함께 날아올랐다. 하늘가재는 소년을 성당의 유리 지붕 가장자리에 내려놓았다. 지붕을 통해서 지금은 다가갈 수 없는 머나먼 어린 시절의 신들인 아마야와 아파야가 아주 작게 보였다. 밤색 비닐로 뒤덮인 흉물스러운 제단도. 영화관에 엄숙하게 배치된 검정 의자의 줄은 바다의 하얀 페이지 위에 글자를 나열한 것처럼 보였다. 완전한 침묵 속에서 그 경계 안의 이상한 그림이 더 잘 보였다. 주변 언덕에 있는 대저택들, 분홍색 대리석 사원들, 층층이 세워지고 알록달록 색칠한 빈민가 주택들 등등. 소년은 공기를 들이마시는 게 아니라, 소년의 폐에 가지를 치는 진하고 밝은 황혼을 마시고 있었다.

색조가 전혀 변하지 않는 이 어스름에 첫 번째 굉음이 들렸다. 처음엔 자잘하고 규칙적이었지만, 이후엔 한겨울 세상이 꽁꽁 어는 시기에 나무가 쪼개지는 것과 같이 더 강한 소리가 이어졌다. 관 속의 번데기가 전부 조금씩 갈라졌다. 마치 관 속에 갇힌 생명체가 더는 참을 수 없다고 의사를 표현할 수단을 찾은 것처럼. 하얗고 가는 팔을 내밀면서 날개가 달린 생명체가 순서대로 호박 갑옷에서 나오기 시작했다. 아직 축축하고 몸을 떨고 있었다. 하지만 이해할 수 있는 말로는 표현하지 못하는 아름다움을 이미 장착하고 있었다. 대수학의 복잡한 공식을 눈으로는 잘 읽지만 설명할 수 없는 것과 같았다. 옛날 시인들은 관의 가장자리에 꿈꾸듯 서서 강한 가슴 근육을 수축하면서 구겨졌던 날개의 신경 속으로 무언가 형이상학적인 액체를 빨아들였다. 그러자 단단해진 날개를 하늘로 담대하게 활짝 들어 올렸다. 시험 삼아 몇 번 날개를 퍼덕거렸다. 그러고 나서 모두 다 함께 일제히 날아올랐다. 색들이 만장일치로 열광하는 가운데 진홍색과 진파란색, 레몬색과 붉은색, 담청색과 제비꽃의 섬세한 자홍색의 소용돌이 속으로, 힘과 은혜의 회오리 속으로, 더는 그들을 가둘 수 없는 하늘을 향해서. 그들은 곧 저녁의 유백색 속으로 스며들었고 거대한 하늘의 이쪽 끝에서 저쪽 끝까지 만화경처럼 선회하고 빛을 발하면서 날개들로 온갖 색깔을 만들어냈다. 그 색깔들은 지금 세상 위로 흘러내렸고 무질서하게 널려 있는 관 뚜껑 위로, 세로토닌, 아드레날린, 도파민, 아세틸콜린의 강물 위로, 공장의 지붕 위로, 하늘가재의 겉날개 위로 눈이 부시게 반사되었다. 겉날개가 무지갯빛으로 반사되자 하늘가재가 소년에게 말했다. "주머니에서 시집 꺼내!" 이반은 환상적인 광경에 도취해 손을 기계적으로 교복 주머니에 넣어서 학교에 갈 때 항상 지니고 다니는 작은 시집을 꺼냈다. 소년은 무심히 시집을 펼쳤는데 종이에 아무것도 쓰이지 않은 것을 보았다. 시집의 빈 종이도 수정 석판과 같이, 멀리 있는 궁전의 창문과 같이 색의 열광을 반사했다. "시는 이제 있지 않아. 지금은 모든 것이 시야." 하늘가재가 쉰 목소리로 소년에게 말했다.

아주 멀리, 묘지 저 끝에, 이반이 언젠가 빈 관을 하나 보았던 그곳에 무언가 점 하나가 마치 멀리 떨어져 있는 새 한 마리가 움직이는 것처럼 어렴풋이 보였다. 하늘가재는 소년을 그리로 데려갔다. 무지개 아래 여러 빛깔의 공기 속을 웡웡거리며 날아서 소년을 땅 위에 내려놓았다. 꿈에 마비된 의식과 무거운 눈꺼풀로 소년은 떨리는 몸을 주체할 수 없었다. 뚜껑이 뒤집힌 관의 가장자리에, 날개가 달린 시인들이 있던 그대로 도라가 서 있었다. 단지 날개가 없이 평범한 여느 고등학교 여학생의 모습이었다. 죽은 자들이 사는 그곳 경계에서 살아 있는, 진정 살아 있는 존재. 이것은 이반에게 세상의 모든 날개보다 더 중요하다는 것을 의미했다. 예전에 입던 평범한 옷을 입었고 곱슬머리는 어깨까지 자라 있었다. 빛의 홍수로 인해 지금은 주황색으로 보였다. "행운아!"도라는 소년에게 미소 지으며 말했고 이전에 뭐라 말할 수 없을 정도로 소년을 즐겁게 했던 그대로 소리 내어 웃었다. "우리 집에 와!" 소녀는 소년에게 다시 말했다. "내일 와!" 소녀는 관 속에 맨발을 내려놓고 길게 누웠다. 머리를 관 가장자리에 두었는데 곱슬머리가 관 바깥으로 늘어졌다. 마치 욕조의 파랗고 펄펄 끓는 물속에 누운 것처럼. 소녀는 목의 가는 근육이 피부 아래로 보일 정도로 소년을 향해 머리를 돌렸고 어린아이처럼 한 번 더 소년에게 미소 지었다. 소년은 이 장면을 마지막으로 꿈의 끝에서 한밤중에 깨어났다. 소년은 꿈에서 본 것을 모두 선명하게 기억했다. 하루하루의 삶에서 살았던 모든 순간보다 더 분명하게 기억했다. 다시 잠들지 못했다. 새벽녘까지 집 안을 여기저기 돌아다녔다. 부모님이 일어났을 때 소년은 교복을 다 차려입고 책가방도 들고 있었다.

이튿날 방과 후 소년은 소녀네 집 앞 정류장에서 내려서 작은 거리로 들어섰다. 지금은 여름 햇살에 황폐함과 화려함이 더 잘 보였다. 한쪽으로 흐르는 시간 속에 퇴색한 사진이나 그림과 같이 굳어진 마당. 검은 철책. 시멘트 바닥. 벤치. 뿌리까지 말라버린 작은 나무. 창문은 누런 신문으로 덮고 구멍 난 곳은 석고로 메운 집의 정면. 사자 석상. 아르누보 양식의 차양이 달린 현관문. 아무것도 현실적인 것은 없이 단지 슬픔과 유기의 진한 냄새를 뿜어낼 뿐이었다. 우리가 피곤해서 눈을 감고 책이 손가락과 얼굴과 우리 인생 깊은 곳의 풍경 사이로 미끄러져 떨어질 때, 모든 것이 다른 세상에서 온 고통스러운 빛을 가질 때 우리는 그렇게 생각한다. 우리가 피부로 보고 손가락으로 듣고 입술로 냄새를 맡고 심장으로 만질 수 있을 때, 아랫동네에서 아이들이 소리치는 게 저녁에 새들이 우는 소리로 들릴 때 우리는 그렇게 생각한다.

소년은 지성소와 비슷하게 생긴 길고 좁은 복도에 들어가서 뒤로 큰 문을 닫았다. 지금은 창문의 유리 조각 사이로 빛이 충분히 들어와서, 구리 쟁반의 가장자리만 어렴풋이 보이는 게 아니라 이전에 그늘 속에 잠겨 있었던 부드럽고 비밀스러운 사물들이 다 보였다. 낡은 팔걸이의자, 원탁, 소파……. 그리고 도라를 생각했다. 황금색 촌충에 감싸인 도라는 신비한 촌충의 나선 안으로 소년을 끌어당겼고 소년의 뇌 속에선 깨끗한 물이 흐르는 네 개의 강이 바닥에서 솟아올랐었다. 심장이 갈비뼈 사이에서 힘차게 뛰었다. 갈비뼈 사이로 심장이 조각조각 날아오를까 무서울 정도였다. 복도의 오른쪽 문부터 차례로 열어보았다. 문은 모두 검은색인데 낡아서 표면이 벗겨져 있었다. 현재 방은 비어 있었다. 숙모 세 명과 창가에 주사기를 두고 잊은 노인, 그리고 조개 안에서 나온 진주와 같은 분홍 원피스를 입고 돌로 된 정육면체 위에 앉은 채 지루해 보이던 소녀 모두 사라졌다. 도라의 방도 텅 비어 있었다. 침대 위에 책과 공책이 널려 있고 치마가 바닥에 던져져 있는, 여학생의 지저분한 방이었다. 이반은 들어가서 벽에 걸린 배우와 가수의 사진을 보았다. 옷장이 열려 있어서 파스텔 계열의 원피스와 블라우스가 옷걸이에 걸려 있는 게 보였다. 도라가 없는 세상은 비현실로 느껴졌다. 마음이 무너져 내렸다. 소녀의 침대 위로 쓰러져 울기 시작했다. 소년 자신을 위해서, 소녀를 위해서 눈물을 흘렸다. 아무것도 알 수 없었기에 울었다. 이불 위에 웅크린 채 사랑과 외로움에 감정이 격해졌다. 소년은 어떤 존재도, 어떤 이름도 더는 가지지 못했다. 그는 울음 외에 다른 누구도 아니었다. 아무도 결코 소년의 울음소리를 듣지 못할 것이다. 우리가 주위 그 누구의 아픔, 두려움, 죽음의 고통을 느끼지 못하는 것처럼.

한참이 지나서야 소년은 일어섰다. 욕실에 가서 눈물을 닦아냈다. 그리고 복도로 돌아와(내부는 불에 그을린 채였다) 여섯 번째 문으로 향했다. 지난번엔 여섯 번째 문을 열 시간이 없었다. 그 앞에 한참 서 있었다. 나무판자의 어두운 광택 속 자신의 그림자를 보면서. 그제야 알아보았다. 미래를 향한 날개 하나가 지금 활짝 펼쳐졌고 다른 한쪽과 함께 똑같이 대칭을 이루었다. 마침내 이반은 날아오를 수 있었다. 소년은 문 뒤 저편에 무엇이 있는지 알고 있었다. 괴물과도 같은 매력적인 그 환상의 전부를, 세세한 것 전부를 어떤 어감으로도 표현할 수 없었지만. 우아하고 차갑고 단단한 줄기 모양의 황동 문손잡이를 천천히 눌렀다. 그 어느 때보다 집은 버려진 것처럼 보였다. 연체동물의 바짝 마른 껍질이 시간의 산(酸)에 녹은 듯이. 문이 소리 없이 열렸고 소년은 비밀의 방으로 들어갔다.

  방 한가운데 바닥에 동화와 꿈과 같은 희미한 빛 속에서 신성한 흔적처럼 촌충이 빛을 발하고 있었다. 나선의 중심에 촌충의 머리마디가 코브라의 머리와 같이 들어 올려져 있었다. 그리고 그 위로 팔 하나 높이에 살아 있는 누에고치 하나가 반짝이는 비단실의 끝에 매달려 천장에서부터 내려와 있었다. 황금빛 물을 머금은 흰색 누에고치는 사람의 평균 키처럼 컸고 침묵의 어두운 집게로 꽉 집혀 있었다. 기름진 누에고치의 빛이 방 안에 가득한 것처럼 보였다. 누에고치는 처음엔 전혀 움직이지 않는 것 같았다. 하지만 소년의 눈이 희미한 빛이 아닌, 다른 세상의 눈이 멀 정도의 아름다움에 익숙해지면서 누에고치가 수직의 축을 중심으로 천천히 돌고 있는 게 점점 명확히 보였다. 밀폐된 방 안의 세상에선 불가능한 듯하지만 가벼운 바람에 움직이는 듯했다. 천장 부근에, 방 안 아주 높이 문신을 새기듯 그림을 그려놓은 벽을 파서 만든 창문이 하나 있었다. 아마도 그 창문에서 비스듬히 내려오는 투명한 빛이 말로 표현할 수 없는 압력으로 가볍게 번데기를 돌게 하는 힘의 원천이었을 것이다. 아니면 언젠가 도라의 집에 살았던 생명체들의 호흡이었는지 모른다. 숙모, 삼촌, 조카나 어린 사촌 여자애가 지금 거대한 누에고치 주변에 모여 있는지도 모른다. 방의 한가운데에서 굳은 채로 떠돌고 있는 듯한 우윳빛과 금빛의 불꽃만 쳐다보던 이반이 한참 후에야 깨닫게 된 것이었다. 도라의 친척은 모두 언제나 그랬듯이 과묵하게 그림자 속에 녹아든 채 그곳에 있었다. 그리고 마치 소년을 자신들 중의 한 명으로 받아들인 듯 동그란 눈에 수줍은 미소로 소년을 쳐다보았다. 진주색 옷을 입은 여자아이가 다가와서 소년의 손을 잡았다. 소년의 손을 얇은 손가락으로 꽉 잡고 소년이 위에서 자기를 내려다보게 했다. 도라처럼 빨강 머리에 이반이 읽을 수 없는 시선의 표정을 하고 있었다. 그는 어렴풋이 연민을, 소년을 위한 혹은 소녀 자신을 위한 아주 깊은 연민을 읽어냈다. 일종의 승리감처럼 보이는 다른 무언가도 읽었다. 둘은 그렇게 끝까지 남아 있었다. 그 지옥과 같은 곳에서 일어난 사건들의 황홀한 고문을 함께 견디면서.

　벽과 천장의 문신과 같은 그림은 의심할 여지 없이 유기적인 조직이었다. 정맥, 동맥, 모세혈관이 회벽의 축축한 피부 아래에서 얽혀 있었다. 끊임없이 모이고 흩어지는 이미지를 형성하면서. 공간은 넓었는데 특히 탑의 내부처럼 천장이 높았다. 누에고치가 매달린 실은 투명하고 반짝였으며 길이가 5~6미터 정도였고 창문에서 들어오는 빛에 불규칙적으로 불꽃이 튀고 있었다. 단단한 동시에 연한 누에고치는 공중 부양을 하는 것처럼 보였다. 타원형에 머리 부분이 반투명하고 살짝 뾰족한 모양으로 애처롭게 매달려 있었다. 번데기의 구조 속에 호박석의 그림자를 숨긴 듯했다. 마치 빛에 비춰본 달걀 속에 병아리가 들어 있는 것처럼. 이반은 작은 변화라도 발견하고자 갈망하듯 몇 시간을 그 누에고치 앞에 서 있었다. 아주 가끔 누에고치의 완만한 곡선에서 알아챌 수 있는 아주 미세한 연동성 움직임에 매혹된 채 성상에 경배하는 듯 친척들이 취하는 경건한 태도에 놀라기도 하면서. 소년은 노인이 결코 내려놓지 못하는 주사기가 든 니켈 상자를 유심히 관찰할 수 있었다. 노인은 아마도 자신의 유일한 옷일 병원 환자복을 입고 상자를 겨드랑이에 끼고 있었다. 한 몸인 듯 서로 부둥켜안은 세 명의 숙모가 말고 있었던 작은 헤어롤들도. 어느새 소년이 들어온 문은 혈관이 된 벽의 표면으로 다시 흡수되어 완전히 사라져버렸다. 그때 무엇보다 고요함이 감지되었다. 너무나 자연스럽지 않은 고요함, 시간 이전에, 사건 이전에 있었던 고요함이었다. 대리석 덩어리 안에서와 같이, 과일 속에서와 같이, 이슬방울 안에서와 같이 정적이 감돌았다.

그제야 이반은 도라가 누에고치 안에서 자고 있음을 알았다. 세상이 탄생했을 때부터 모든 소녀가 비단과 꿈에 싸인 채 자고 있었던 것처럼. 그 안의 부드럽고 둥근 불 속에서 소녀는 천천히 자신의 특징을 잃어갔다. 마치 우리가 우리 자신의 두개골 속으로 흘러들어 갈 수 있도록 저녁마다 우리의 의식이 녹아내리는 것처럼. 천천히 소녀의 얼굴이 평평하고 매끈해졌다. 단지 부어오른 눈두덩이만 아직 윤곽을 유지하고 있었다. 그리고 몸의 살은 점점 투명해졌고 유리처럼 투명한 살을 통해서 내면의 산호가 보였다. 우리는 언제, 어떻게 척추 하나하나, 갈비뼈 하나하나가 영원하신 분의 더 큰 영광을 위해 만들어졌는지 모른다. 곧 잠이 소녀의 내장 기관을 덮쳤고 약하게 했고 민들레 홀씨를 불듯이 흩어버렸다. 그렇게 가슴의 솜털은 위(胃)의 가벼운 눈송이와 합쳐졌다. 언젠가 림프 조직이었던 것이 가루가 되어 콩팥의 여름 구름과 뒤섞였다. 폐의 몽상은 눈동자의 물질에 용해되었다. 이제 몸 전체가, 입술, 속눈썹, 손톱, 림프샘, 모공, 난소, 림프

절, 손가락이 도라의 새로운 피부가 된 누에고치 속에 여기저기 흩어져 있었다. 마지막 성분들도 그 안에서 해체되었다. 기억과 욕망이 어두운 4월 속으로 녹아들었다. 소녀가 살았던 도시와 달은 상대의 물질로 서로 스며들어 갔다. 소녀가 읽은 낡은 책은 모든 것이 거대한 애너그램*이 될 때까지 글자들을 바꾸었다. 진하고 균일하고 한결같은 유액이 신성하지만 두렵다고도 생각했던 빛으로 마지막까지 누에고치를 채웠다. 시간이 흐르고 사건이 발생하는 것을 멈추게 하면서 이제부터 창조 이전 무(無) 상태와 같이 아무 일도 일어날 수 없었다.

창조는 형언할 수 없고 헤아릴 수 없는 혼돈 속에서 일어날 수 없는 일이었지만, 그럼에도 발생했다. 우리가 세상을 향해 눈을 뜰 때까지 셀 수 없이 많은 시간이 흘러가야 했다. 하지만 우리는 결국에 세상을 창조하면서 눈을 떴다. 이반은 다른 세계에서 분비된 비밀의 방에서 수백 년, 수천 년, 영겁의 시간 전부터 그렇게 서 있었다. 의지 없이 몸은 굳은 채로 그 살아 있는 후광을 뚫어지게 바라보면서. 그 응시가 돌연, 아무 예고 없이 행동으로 변화하는 그 순간이 와야만 했다. 어떤 생각도 없이, 내부의 어떤 빛도 없이, 마치 소년이 아니라 우주가 의지와

---

* 어휘의 알파벳 순서를 바꾸어 다른 의미의 어휘를 만드는 것을 뜻한다.

움직임 사이의 빈 곳 위에 놓인 굽은 다리를 통과하는 듯이 혼돈의 밑바닥과 잠으로부터 소년이 손을 뻗었다. 그리고 손끝으로 거대한 누에고치의 매끈하지만 거칠고 둥근 표면을 건드렸다. 어린 시절 잃어버린 작은 종이 땡그랑 울리는 소리로 대답했다.

그러고서 무언가 일어나기 시작했다. 하지만 소년이 오랫동안 확신하지 못할 정도로 변화는 너무나 느리고 거의 잠재의식에서 진행되는 것 같았다. 번데기 아래쪽에, 황금 촌충의 머리마디가 들려 고정된 곳 위로, 땅과 하늘 사이에 걸린 불꽃에서 생긴 그늘이 드리워졌다. 그리고 누에고치의 둥근 바닥에 더 어두운 층이 면사포처럼 겹겹이 쌓이면서 내려앉은 것처럼 보였다. 색색이 더해져 황금빛 광택의 유액이 진분홍빛이 되고 다음엔 황갈색이 되고 다음엔 설탕을 졸인 후 딱딱해진 표면의 색깔과 같이 갈색이 되고 마지막엔 피 같은 붉은색이 되었다. 붉은색으로 축축해지고 누에고치 표면에 흘러나오는 것을, 반짝이고 둥근 씨앗으로 변하는 것을 이반이 관찰할 때까지 시간이 오래 걸렸다. 씨앗은 점점 커지는 물방울같이 처음에는 눈꺼풀 사이에서 떨어지는 눈물, 그 후엔 더 빛나는 초승달의 반투명한 반구, 마지막엔 전율하는 포도알처럼 커졌다. 그리고 갑자기 핏방울이 떨어졌다. 아무도 예상하지 못했던 강렬한 빨간색이었다.

총알과 같이 공간을 수직으로 꿰뚫고 촌충의 머리마디에 떨어졌다. 그러자 압지처럼 촌충이 재빨리 피를 빨아들였다. 자줏빛이 주입되어 전체가 물들 정도였다. 투명한 마디마다 수천 개의 알이 받아들인 제물에 흥분하여 떨고 있는 것이 보였다. 황금빛 나선은 이제 사라져 바닥에 합쳐졌다.

그것은 새로운 시작을 알리는 신호와 같았다. 희생 제물이 만들어지자마자 누에고치가 처음엔 아주 느리게, 조심스럽지만 리듬 있게 움직이기 시작했기 때문이다. 마치 누에고치 속의 생명체가 서서히 깨어나 몸을 펴고 자리 위에서 몸을 꼬면서 우리가 현실이라고 부르는, 더 축축하고 더 회색인 꿈속으로 되돌아갈 준비가 된 것처럼. 하지만 도라는 그 순간에 몸을 펴거나 움직인 게 아니라 다시 만들어지고 있었다. 소녀는 새로운 영혼과 새로운 몸으로 창조되고 있었다. 상아 베틀 북으로 다른 얼굴, 다른 팔, 다른 머리카락, 다른 성격으로 직조되고 있었다. 그녀는 곡선자로 그려진 형태 안에 반짝이는 유액을 모았다. 반투명한 치아에 에나멜을 칠하고 창백한 피부에 물을 들이고 타액과 향기로 관절을 매끄럽게 했다. 이따금 임신한 엄마들의 배와 같이 손이나 발 혹은 무릎이 둥근 표면을 일그러뜨리며 나타났다. 종종 이 세계에서는 나올 수 없는 내장 기관의 이상한 선들이 도드라져 보였다. 내부의 생명체가 힘을 얻어 그 움직임으로 천장에 매달린 누에고치의 실이 흔들렸고 그 숭고한 수직선에서 궤도가 바뀌었다. 누에고치는 모세혈관이 문신처럼 그려진 벽 사이에서 묵직하게 흔들리는 추가 되었다. 소녀의 친척들이 뒤로 물러났고 어린 여자아이는 손에 더 힘을 주어 소년의 손가락을 잡았다.

습기로 약해진 불꽃 아랫부분에서 투명하고 부드러운 유기조직의 네 귀퉁이가 천천히 떨어져 나갔다. 그리고 사람 키만 한 젤라틴 알이 광택이 나는 바닥으로 미끄러지듯 떨어져 나왔다. 너무 매끄러워서 벽에 그림자가 거의 남지 않았다. 마치 포도알 하나가 서리가 내려앉은 껍질에서 빠져나와서 무르고 반투명한 과육을 내보일 때와 같았다. 누에고치는 성층권에 있는 풍선같이 공기가 빠지고 찢긴 채 천장에 매달려 있었다. 깨지기 쉬운 짐과도 같은 그 알은 자기 무게로 인해 으스러지고 깨졌다. 그때 빠르게 기화되며 방의 어두운 공기 속으로 사라져가는 젤라틴 너머로 도라의 새로운 몸이 보이기 시작했다.

소녀의 몸은 거대한 나비의 날개에 감싸여 있었고 신경으로 가득 찬 날개의 표면에 반짝이는 커다란 젤라틴 알들이 아직 들러붙어 있었다. 단지 머리와 쇄골만이 하늘색 배내옷 안에서 보였다. 축축한 머리카락은 구리색 베일처럼 얼굴을 덮고 있었다. 방은 성스러움과 실제적인 공포의 냄새로 가득 차 있었는데 마치 주위에 있는 사람들이 손에 큰 향 덩이를 하나씩 들고 있는 것 같았다. 향은 손가락 사이에서 부서질 것이었다. 누구도 기대하지 못했던, 그 깨지기 쉬운 알에 만족한 채 친척들은 나비의 날개 속에서 미라가 된 듯한 소녀의 몸에 다가갔다. 그리고 천천히 앉힌 다음 머리카락을 젖혀 소녀의 얼굴을 드러냈다. 매우 친숙한 소녀의 얼굴이었다. 잠을 오래 자서 부어오른 눈꺼풀과 반쯤 입을 벌리고 자는 어린아이의 얼굴을 하고 있었다. 그런 다음 소녀가 일어서도록 부축했다. 그들은 몸 위로 복잡한 종이접기처럼 접혀 있던, 소녀의 날개를 매우 조심스럽게 펼쳤다. 날개는 마치 고유한 바람으로 펄럭이듯이 강하게 떨리다가 지천사들이 언젠가 사원의 금으로 된 벽을 날개 끝으로 만졌을 때처럼 한 번의 움직임으로 방 안의 이쪽에서 저쪽까지 덮었다. 드러난 소녀의 몸은 이전 소녀의 몸과 같았다. 벌거벗고 순수한 몸, 갈비뼈 위로 작은 가슴이 있고 붉은색 솜털이 난 앙상한 치골에 수직으로 그려진 선이 간신히 보이는 소년의 몸이었다. 소녀의 어깨에서 파란색, 강렬한 파란색 날개가 펼쳐졌다. 설사 망막에 점을 찍고 눈을 감더라도 다 보일 정도로 파랬다. 도라였다. 소녀는 가능한 세계의 무한한 다발 속으로, 안개와 바람의 난소 속에 있는 시간의 알들, 그 알들과 같은 그 순간에 갇힌 셀 수 없는 신념들 속으로 날아오를 준비가 되어 있었다.

 나비의 날개를 가진 소녀의 불멸하는 성상이여! 너는 언제나 우리와 함께 있었고 너는 언제나 우리 마음 한가운데에 있었구나! 너는 우리 두개골의 지성소에 있는 두정골을 영원 전부터 너의 날개 끝으로 만졌구나! 너는 날개를 퍼덕여 대뇌 반구를 조직하면서 이마뼈와 뒤통수 사이 뇌량(腦梁)이 되었구나! 너는 우리의 두개골 속에서 움직이는 나비, 프시케였구나! 너는 금빛 솜털로 두개골을 채우고 해골을 산산조각 내 푸른 하늘의 궁륭을 영광으로 가득 채울 것을 바랐구나!

 이반은 새로운 날개에 전혀 조심하지 않고 다가갔다. 소년에게 도라는 언제나 날개를 갖고 있었으니까. 소녀를 처음 보았던 그때, 시멘트 바닥 마당의 벤치 등받이에 팔을 걸치고 앉아 있을 때도 소녀는 어깨에 날개가 있었다. 촌충의 나선 속에 몸을 웅크렸을 때도, 저녁 해 질 녘에 둘이 손을 잡고 거리를 걸었을 때도, 소녀가 뒤돌아서서 이제 만나지 않는 게 좋겠다고 말했을 때도 마찬가지였다. 소년은 변하지 않은 이 변화에 전혀 동요하지 않았다. 날개가 있든 없든 그저 도라가 돌아와서 행복했다. 소년은 가슴이 있는 남자아이로서의 소녀의 마지막 순간에 함께하는 게 기뻤다. 무슨 일이 뒤이어 일어날지 너무 잘 알고 있었다. 이 일은 누구든지 열다섯 살이 되면 일어나며 외로운 인생을 운명으로 갖게 되기 때문이었다. 소년은 마치 눈을 깜빡이는 게 허락되지 않은 것처럼 소녀를 뚫어지게 바라보았다. 소녀가 눈을 뜨는 순간을, 이반이 과거를 보듯 분명하게 미래를 보면서 온 힘을 다해 예언한 대로 소녀가 삶에 눈을 뜨게 되는 순간을 놓치고 싶지 않았기 때문이었다.

그러나 소녀의 눈꺼풀은 아직 눈동자를 덮고 있었다. 마치 온몸에서 눈만 고치에서 나오지 않고 비단으로 된 껍질에 둘러싸여 있는 것처럼. 도라는 이반이 손을 댔을 때 여전히 자고 있었다. 마치 책에서 "이반이 손을 댔을 때"라는 문장을 읽은 것처럼 그가 무엇을 하는지 전혀 의식하지 못한 채. 하지만 그 문장은 항상 거기에 있었음을, 그가 책을 펼 때마다 거기에 있을 것임을 알고 있었다. 소년은 갑자기 손을 뻗어서 손가락으로 소녀의 둥근 이마를 만졌다. 이마는 소녀의 얼굴 중에 가장 아름다운 곳이었다. 이제는 멀고 낯설어 보이는 그 시절에 소년이 그렇게도 좋아했던.

그때 새로운 변화가 일어났다. 마치 날개가 달린 소녀의 몸 자체가 고치였던 것처럼 그 몸에서 다른 생명체가 세상에 나올 것이었다. 먼저 날개가 창백해지면서 그 짙푸른색이 소녀의 몸 전체로 천천히 퍼져, 피부색이 날개의 색과 같아졌다. 그런 다음 날개에 뻗어 있는 신경과 굴곡이 부드러워지더니 잠들어 있는 몸속으로 서서히 흡수되었다. 날개의 살아 있는 물질이 주입되고 그 네 개의 강에서 흐르는 마법과도 같은 즙, 세로토닌, 아드레날린, 도파민, 아세틸콜린이 영양분이 되었다. 잠자는 여인은 아름다움으로 자기 몸을 감싸면서 변하고 있었다. 장골나비가 커지고, 엉덩이 둘레가 비올라와 같은 곡선으로 만들어졌다. 젖꼭지가 두꺼워지고 가슴이 커져 갈비뼈 쪽으로 당겨졌다. 배는 폭신하고 부드러웠고, 잔잔한 수면에 이는 소용돌이처럼 배꼽은 움푹 팼다. 여인의 다리는 이제 가늘었고, 허벅지는 둥글고 무릎은 탄탄했다. 그리고 아랫배 치골 아래에 구리색 거미줄 너머로 비쳐 보이는, 달팽이의 살과 같이 축축하고 까칠한 작은 음순이 달려 있었다. 여인의 피부는 여기저기 섬세한 색조를 띠었으며 매우 얇았고 관능적인 몸의 유연한 표피층 위에서 빛나고 있었다. 정맥이 가슴 아래에서 희미하게 비쳐 보였고, 볼록 튀어나온 동맥이 목에서 고동치고 있었다. 머리카락은 예전보다 더 강하게 윤기가 흘렀고, 곱슬머리 타래가 만들어낸 얼굴 윤곽은 타고난 모습을 유지한 채 매우 많이 변했다. 하지만 그때까지 소년은 아름다움이 그렇게 잔혹할 수 있음을 알지 못했다. 얼굴의 이목구비는 고양잇과의 큰 동물처럼 진지하고 강하고 지배적이고 섬세했다. 그제야 소년은 아래턱의 살짝 팬 곳 위의 입술을 관찰했다. 몸 전체는 아니더라도 얼굴 전체를 입술이 차지하고 있는 것 같았다. 두껍고 따뜻하고 냉정한 입술은 컵에 담긴, 과육이 풍부한 과일의 즙같이 다른 사람의 시선과 몸을 끌어당기는 매력으로 가득 찼다. 마지막으로 피부는 활기찬 청동색을 띠었고 뇌와 세상의 한가운데에서 발견된, 강하고 완전한 여인을 감싸고 있었다. 날개에 대한 어떤 기억도 남지 않았을 때 세상에서 가장 아름다운 여인, 우주에서 가장 아름다운 생명체가 그 비밀의 방에서 온 힘을 다해 빛나고 있었다. 바로 그때 도라가 눈을 떴다. 이반은 도라를 알아보지 못했다.

미리 큰 홑겹 이불을 준비해둔 세 숙모는 마치 한 몸인 듯 다가가 그녀를 이불로 감쌌다. 그런 다음 그 여인을 방에서 데리고 나갔는데 석회벽에 열려 있는 문으로 나갔다. 그 공간은 다른 세상의 위족이 천천히 떠난 곳이었다. 지금은 벽에 걸린 책 선반과 침대가 있는 평범한 방이었다. 노인은 겨드랑이에 니켈 상자를 끼고 숙모들을 따라갔다. 이반은 손을 잡은 여자아이와 남아서 한참을 그렇게 서 있었다. 다른 방들에서 가볍고 약한 소음이 들려왔다. 트램이 두 번 지나가면서 벽이 흔들렸고 창문이 진동했다. 이반이 들어왔을 때와 같이 창가에 저녁이 내렸다. 마치 시간이 제자리에 남아 있는 듯했다. 여자아이는 이제 소년의 손을 붙잡지 않았고 이반은 손을 풀었다. 고개를 숙여서 여자아이의 가르마 탄 붉은 머리에 입을 맞추었다. 그 후에 갑자기 성숙해지고 체념하게 된—소년은 같은 일이라고 생각했다—소년은 머리를 숙인 채 방에서 나왔다.

복도는 텅 비었고 석양이 침투했다. 가느다란 빛줄기들이 문 아래로 들어왔다. 소년은 육중한 대문으로 나와 유리 조각이 빠져 있는 아르누보 양식의 차양 아래를 지났다. 하늘은 초록빛이고 교회의 둥근 지붕과 탑, 나무, 집의 지붕들의 열을 따라 더욱 선명했다. 그 위로, 얇은 초승달이 하늘 위쪽으로 그 뿔을 돌렸다. 그리고 한 번도 그런 적이 없었던 것처럼 밝게 빛났다. 소년은 철책을 닫고 두 손으로 울타리 창살을 잡고 다시 한번 시멘트 바닥 마당 쪽으로 몸을 돌렸다. 빈 마당을 바라보는, 닳은 교복을 입고 있는 남학생인 자신이 내려다보였다.

거리로 나와서 트램 선로를 따라 걸었다. 일렬로 서 있는 낡은 주택들 앞 좁은 길을 일정한 보폭으로 걸었다. 정면에 달이 떠 있었다. 달빛은 노란색과 밤색을 유지하는 스펙트럼을 펼치면서 도시를 비추었다. 이따금 집 안을 밝히는 불빛이 창문의 커튼 너머로 비쳐 보였다. 산후조리원 앞 정류장을 지나 거대한 병원 건물의 담벼락을 따라서 걸었다. 담장은 이제 새까맸다. 병원 창문마다 산모들이 눈으로 소년을 따라갔고 창문의 창살 사이로 소년에게 손을 내밀었다. 아기들은 병실 깊은 곳에서 달빛을 피해 아기용 침대에서 자고 있었다.

    소년은 둥근 화단에 왔다. 바실레 신구러타테가 소년을 기다리고 있었다. 석상은 받침대에서 내려와서 길바닥에서 한 뼘 위에 떠 있었다. 시인의 고귀한 석상은 이마, 갈비뼈와 아랫배 부분이 쪼개져 있었다. 하지만 책은 가슴에 아직 붙어 있었다. 그 책은 이전에 시인이 쓴 유일한 시집으로, 지금은 읽기 어려운 돌로 된 책일 뿐이었다. 소년은 받침대에 다가가 구리 동판에 새겨진 글자를 다시 한번 읽었다. **"운명은 어떻게 눈처럼 내리는가?"** 소년은 구리 동판에 이마를 대고 단어가 의미를 잃을 때까지 반복해서 생각했다. 그러고서 팔다리가 잘린 거대한 시인에게 향했다. 석상을 바라보지 않고 두 팔로 안았다. 그리고 둘의 길고 날씬한 그림자를 뒤에 남기면서 트램 선로를 따라 함께 걸어갔다. 거리는 조용하고 완전히 텅 비어 있었다. 길은 끝이 없었다. 시인의 석상은 지금부터 평생 소년과 함께할 것이다.

에필로그

감옥

 나는 언젠가 끔찍하고 용서받지 못할 범죄를 저질렀음에 틀림없다. 더는 내가 기억하지 못하는 재판이 끝난 후에 이 최고의 보안 체계를 갖춘 감옥에 보내졌으니. 그들에게 나는 항상 끔찍한 두려움의 대상인 것 같다. 감옥은 동심 구조이고 그 원들은 끝이 없으며 탈출 가능성은 전혀 생각할 수 없기 때문이다. 나는 이 장소에, 이 시각에, 종이 도시에 눈이 내리는 이 수정 구슬 안에, 분홍빛 진주가 담긴 이상야릇한 조가비 안에, 손톱처럼 반투명하고 얇은 껍질로 나의 두 눈까지 덮고 있는 껍데기 안에 산 채로 유폐되었다. 잔인하고 끝나지 않을 고통과 같이 나의 세포가 층층이 나를 꽉 조이고 짓누르고 세포 속으로 녹이고 방해한다. 내가 진짜로 존재하고 분명하게 생각하지 못하도록. 얼음덩어리 안에 옴짝달싹 못 한 채 갇혀 살거나 호박석 속에 갇힌 씨앗처럼 비장하게 소리 없이 울부짖는 것은 틀림없이 그 누구도 견딜 수 없는 일이다. 나는 태어나지 않기를 그렇게 간절히 바랐다.

그들이 나를 언제 데려왔는지 혹은 그 이전에 내가 어떻게 살았는지 모른다. 말하자면 내가 갇힌 감옥의 한가운데에서 외형 없는, 생각이나 기억도 없는 순수한 의식을 주입당한 것 같다. 혹은 내 둘레에 감옥을 세운 것 같다. 아니면 나는 영원부터 여기 있는 건지도 모른다. 이 영원은 나를 둘러싸는 벽들 중의 하나인지도 모른다. 사실 나는 혼자다. 나(eu)*가 내 이름이고, 이 이름을 가진 이는 아무도 없다. 나의 존재를 부식하고 곪게 만드는 이 벽이 가하는 고문에 나 자신만큼이나 순수하고 총체적인 외로움도 더해야 했다. 몇 번이나 내가 외로움, 딱 그만큼을 의미하는 건 아닌지 스스로에게 물어보았다. 누구나 물로 만든 물잔을 혹은 시각으로 만든 눈[目]을 상상할 수 있는 것처럼. 나는 정말 무한한 산 속에 처박힌 외로움의 삼각 플라스크, 딱 그만큼인가?

모래 알갱이 하나가 조개의 살 속을 파고들면 영롱한 회색빛

---

*   루마니아어 인칭대명사 주격 1인칭이고, '예우'로 발음한다.

을 가진 완벽한 진주가 될 때까지 조개껍질의 켜켜이 쌓인 층 속에 갇힌다. 나도 진주의 한가운데에서 미쳐간다. 그곳에서 내 이름을 부를 권리와 내면의 움직임을 유지하기 위해서 나는 여러 가지 놀이를 했다. 첫 번째 벽이 아니라면 이것이 나의 유일한 자유일 것이다. 가장 먼저 나는 수(數)를 만들었다. 수는 나처럼 외롭기 때문이다. 그 수가 **나**다. 수는 아무에게도 말을 걸지 않는다. 누구도 아무에게 수를 외치지 않고 아무도 누군가에게 수로 답하지 않는다. 누구나 무한한 뱀의 척추와 같은 수 위에 손을 대는 데 그친다. 내가 감옥에서 보낸 최초의 영겁의 시간, 나는 모든 수를 셀 때까지 세었다. 각각의 수를 세면서 수 세기의 시간을 보냈다. 첫 번째 무한에 이른 후에 두 번째 무한으로 들어갔고 그렇게 계속해서 무한의 무한에 도달했다. 이후에 무한의 극단에 닿았고 뒤이어 무한의 극단의 극단에 다다랐다. 그러고서 0과 1 사이의 심연으로 잠수했다. 그곳에서 서로를 삼키는 심해어들처럼 끝나지 않는 무한의 무한, 이전의 무한보다 더 많은 무한소를 세었다. 그리고 마침내 1과 2 사이의 심연에, 다른 모든 심연들에 도달하고자 수를 세는 것을 마쳤다. 이 놀이를 하는 데에 내가 이 감옥의 고문을 견뎌낸 수많은 순간 중에 단지 찰나가 걸렸다. 모든 이성적인 수와 비이성적인 수와 이성적-비이성적인 수와 아마도 존재할 모든 수보다 더 많은 순간이었다.

그 후에 나는 언어를 만들었는데 종이처럼 가볍고 바싹 마른, 거미줄에 걸린 비둘기의 작은 뼈 한 줌에 불과했다. 논리적인 공간에 흐르는 공기 속에서 건조하게 댕그랑거리면서 가볍게 빙글빙글 돌고 있을 뿐이었다. 무슨 이상한 소리가 신경을 건드리면서 **만일**과 **그러나**를, **아마도**와 **그래서**를, **언제**와 **왜냐하면**을 꺼냈을까! 어떤 향수 어린 멜로디가 **전혀, 아니, 있어, 더, 이전의, 그만큼, 의, 혼자서**를 속삭일까! 서로서로 붙어 있고 바늘처럼 뾰족한 집게를 품은 채 갇혀 있는 나의 존재와도 달라붙어 있는 말들……. 말을 가지고 놀면서 나는 말의 그림자, 말의 말라버린 사체, 말의 음산한 미라를 가지고 놀고 있을 뿐임을 언제나 알고 있었다. 살아 있는 언어는 너만이 필요하기 때문이다. 그리고 **너**(tu)*는 누구도 가질 수 없는 이름, 그림에서 나온 그려진 손처럼, 그리는 손을 그리는 손을 그리는 그려진 손처럼 불합리하고 불가능한 이름이다. 이 이야기 전체에 한 명의 **너**를 가두어야 하는 이 감옥은 빈틈없고 무한한 것일까? 영원한 얼음 속에 갇힌 두 개의 생명체를 상상할 수 있다면 그 두 생명체의 각자 입술 사이는 얇은 얼음층으로 분리되어 있고, 그 사이는 1밀

---

*   루마니아어 인칭대명사 주격 2인칭이고, '투'로 발음한다.

리미크론만큼, 1옹스트롬만큼 떨어져 있다고 할 때 둘은 어디에서 숨을 들이쉬고 내쉬어 수정으로 만들어진 얇은 막을 녹일 수 있는 온기를 만들까? 말들이 이 입에서 저 입으로 순환해 생명을 얻을 수 있도록 말이다. 나는 결코 진정한 말이 어떤지, 뱀장어(țiparii)나 애벌레(omizile)같이 말이 꽉 차고 빈틈이 없고 따뜻하고 유연할 때 말이 어떻게 보이는지 알지 못할 것이다. 단어 **이슬**(rouă)의 부드러운 렌즈가 단어 **나비**(fluture)의 날개 위에 떨어질 때 나비 날개에 난 솜털같이 가벼운 비늘이 어떻게 보이는지도.

감옥에 있을 때 나는 여러 가지 놀이를 만들었다. 내가 세상을 만들었다고, 그렇게 자신 있게 말할 수 있다. 나는 시간, 공간, 원인, 예정, 공포, 전율, 광기, 파괴, 재앙, 지프리지티레(zifrigitire), 호르호호티자레(horhohotizare), 메르베트룸베키고리에(merbetrumbekigorie)**가 없어 그 이후에는 다른 놀이가 불가능한 최고의 놀이를 마지막으로 했다. 그 최고의 놀이를 아직 하고 있다. 시각장애인이 종종 자신이 살아 있음을 확인하기 위해서 자기 몸을 만지는, 그리고 바로 후회하는 것 같은 놀이를. 왜냐하면 시각장애인이 허공에서 손가락을 교차시키면서 느낄

**　의미 없는 말로 자음과 모음을 연결해놓은 것들이다.

공포는 몸을 만지면서 이 몸을 만들어냈다는 생각 앞에서는 아무것도 아니기 때문이다.

나는 내가 살고 있는 지옥을 분류하는데 그곳에는 세 겹의 감옥이 있다. 첫 번째 감옥을 두 번째 감옥이 감싸고 있고 두 번째 감옥 둘레에 세 번째 감옥이 세워졌다. 살의 감옥, 바람의 감옥, 먼지의 감옥. 이 세 감옥의 둘레에 밤의 원이 있다. 그것에 대해서는 누구도 말하지 못하고 단지 손가락으로 가리킬 수 있을 뿐이다. 너는 아마도 사실상 밤을 가리키기 위해 밤에서 나온 손가락 하나에 불과하기 때문이다. 집게 같은 것으로 나를 꽉 조이는 첫 번째 벽은 **전장**이다. **뇌섬엽**과 **조가비핵** 사이에서 파동을 하는 신경의 얇은 종이로, 우리가 뇌라고 부르는 비극적인 구조물의 한가운데에 있다. 누군가 단 하나의 이름을, 나의 이름인 **나**를 써놓은 얇은 종이 한 장 같다. 이 종이를 뇌에서 분리해서 불빛에 비춰 관찰하라! 그러면 수백만 개의 신경이 서예를 하듯 단어 **나**를 수놓는 게 보인다. 단어 **나**는 조직 속의 심장처럼 박동한다. 그 박동은 거대한 신경을 통해 뇌 전체를 감싸고 있는 얇은 종이의 가장자리까지 전달된다. 뇌 안에 멀리 있는 부위를 빨아들이고 자기에 대한 인식이라는 진하고 빛나는 유액을 들이마시면서. 그러면 그 막은 물질로 부풀어 오르고 나의 이름이 살고 있는 신비로운 진주, 구체가 된다. 이것이 **전장**이다. 내 세포의 첫 번째 내벽들, 눈부신 조개껍질로 만들어진 나를 둘러싼 벽들.

두 번째 벽은 뇌이다. 뇌는 내 두개골을 채우고 그의 유연한 정자 꼬리를 내 척추뼈 고리 속으로 밀어넣는다. 아마도 세상에 있는 모든 뇌가 이럴 것이다. 나만큼이나 비극적으로 갇힌, 뼈와 살에 박힌 정자들. 그들은 결코 머리뼈와 척추뼈에서 해방되는 것을 원치 않을 것이다. 결코. 그들이 이마의 누런 뼈 속 내부에서 아무리 두드려도 산산조각 내 날아오르게 할 수 없을 것이다. 결국 언제나 기다려온 거대한 난자인, 저녁 무렵의 태양을 향해 유영할 수 없을 것이다. 그중에서 나의 것, 내가 그 한가운데에 있는 유일한 진짜 정자는—다른 것들은 그저 나에 의해 꿈만 꾸고 있을 때—환상적인 영역에 맨 처음 도달하여 별들의 마그마처럼 뜨거운 젤라틴과 같은 거대한 영역 속에서 머리뼈가 녹도록, 그리하여 새로운 신화, 새로운 세포분열이 시작되도록 예정되었을지도 모른다. 하지만 **전장**의 하얀 살을 감싸고 있는 잿빛 살은 이번에는 혈-뇌막 장벽 너머에서 내 몸의 붉은 살에 의해 억압받고 있다. 뇌의 궁전은 스스로 방어하기 위해서가 아니라 밖으로 흩어지지 않기 위해서 벽에 의해 둘러싸인 것이다.

세 번째 벽은 피부에 의해 옴짝달싹 못 하게 억눌린 붉은 살,

몸이다. 뇌가 두개골에 억압당한 것과 같고, 생명을 품은 씨앗이 복숭아의 섬유질 가득한 과육과 솜털로 덮인 껍질에 억눌린 것과 같다. 진흙탕 늪에 빠진 듯 거미줄에 걸려 돌돌 말린 몸 내부의 기관들이여! 심장아, 나는 너와 함께 무엇을 할까? 간아, 너와는? 그리고 창자야, 너희와는? 그리고 정맥과 동맥아, 너희와는? 살아 있는 너희 조직과는 내가 무엇을 할까? 그 조직의 생명이 구역질 난다. 사방 둘러싼 돌벽과 철창살이 죄수를 미치게 하는 것처럼 이 살의 재분할의 재분할이 나를 절망에 빠뜨린다. 물질로 내가 무엇을 할 수 있을까? 내 조직을 형성한 분자가, 분자의 핵이, 분자의 보손과 페르미온이, 분자의 쿼크가, 플랑크 단위계에서 발생하는 가시 거품이 나와 무슨 상관인가? 물리의 법칙과 내 살을 구성하는 데에 쓰인 양자장론이 나와 무슨 연관이 있을까? 나, 나, 나를 구성하는 게 아니라? 나는 내 위가 아니고 내 눈도 아니고 내 림프샘도 아니고 내 혀도 아니고 내 손톱도 아니다. 비록 내 것이라고 명명하지만, 그것들은 나와는 아무런 연관이 없다. 그래도 아침에 나는 세수한다. 내 것이 아닌 이 얼굴을 씻고 내 것이 아닌 이 손을 씻는다. 파리가 앞발로 눈을 닦듯이 말이다. 나는 집게로 나를 꽉 조이는 벽이자 영원히 나를 감금하는 가장 잔인한 교도관인 나의 몸, 하나의 육체 안에 존재한다는 조롱과 수치심을 참지 않는다.

하얀 살, 잿빛 살, 붉은 살. 내가 사는 지옥의 동심원들, 디스의 도시*의 지옥. 그 후에 **모든 희망을 버려라**가 쓰인, 내 이마의 뼈를 덮은 피부 껍데기. **전장** 속에, 뇌 속에, 몸속에 갇힌 죄수인 나의 껍데기는 가장 광대한 벽에서 나를 분리한다. 그 벽은 세상만큼 두껍다. 세상 그 자체이기 때문이다. 세상 그 자체, 내 피부 주위의 공기, 공기 주위의 집들, 집들 주위의 숲, 하늘과 비와 내 위로 뜬 무지개, 거친 시간의 포효 속에서 나의 몸과 함께 춤추는 수백수천의 사람들, 별 사이에서 밤에 빛을 내는 비행기, 반짝이는 우리 천체의 도시와 섬과 곶, 천체 사이에서 떨리는 공간, 전체와 전체 사이의 거대한 그러나 미세한 거리, 무수한 별과 별 한가운데에, 그 후엔 상상할 수 없는 거미줄에 송진이 몇 방울 떨어진 것처럼 펼쳐진 무수한 성운 한가운데에 천천히 스며드는 빛, 해류 속 해초처럼 물결치는 수억의, 일조의, 천조의, 백경의, 십해의 성운과 거대 인력체와 라니아케아 초은하단을 구성하는 성운의 무리. 내 의식이 파묻혀 있는 무한한 세상은 내 주위를, **나**의 주위를, 세상을 밝히는 유일한 불빛의 주위를 둘러싸고 있는 무한한 두께의 벽이다. 그리고 세상의 무한함은 가장 작은 것들 중의 하나이다. 이 무한은 두 개 차원의 세상과 이 세상을 합

---

* 《신곡》〈지옥 편〉 제9곡에 나오는 사탄의 도시.

치는 것과 같고, 합쳐진 무한의 세상은 다시 가장 가까운 세상에 의해 통합되고 압제당하고 구속되고 꽉 죄이고 결국에는 으스러지기 때문이다. 네 개의 차원을 가진 이 무한한 세상은 다섯 개의 차원을 가진 세상 안에 갇힌다. 그렇게 무한한 차원을 가진 세상에까지, 그리고 무한의 극단의 차원을 가진 세상에까지, 그리고 무한의 극단의 극단의 차원을 가진 세상에까지, 그렇게 계속해서 공간과 시간과 이성의 끝까지 이른다.

내 죄는 얼마나 무거운가! 내가 속죄하려는 범죄는 얼마나 괴물 같은가! 내 마음의 형태인 이 동심형 관 속에 나를 집어넣을 정도로 나는 그들을 얼마나 두렵게 했는가! 얼마나 많은 시간 동안 나는 울어야 하는가! 수를 세면서 나는 수의 끝에 도달했다. 말을 하면서 나는 말의 끝에 도달했다. 지금 나는 나 자신에게 해줄 말이 더는 아무것도 없다. 지옥에서 영원히 저주받은 자들과 같이 나는 나의 울부짖음과 하나가 되었다.

옮긴이의 말

《멜랑콜리아》, 미르체아 커르터레스쿠의 환상적 자아 탐색

　인류는 세계를 이해하기 위해 오랫동안 고군분투해왔다. 과학은 빅뱅 이론과 같은 체계를 통해 우주의 기원을 설명하지만 예술은 그 너머, 인간의 감각으로는 닿을 수 없는 세계를 직관하고 형상화한다. 글은 존재론적 고통을 마주한 인간이 세계를 견디는 방식이자, 무한한 가능성으로 자신을 구원하는 도구가 되어왔다.

　루마니아의 시인이자 소설가인 미르체아 커르터레스쿠는 이같은 철학을 작품 《멜랑콜리아》에 온전히 녹여낸다. 그는 소설을 통해 인간의 유한성과 무한성, 생과 사, 고통과 구원 사이의 복잡한 관계를 탐색하며, 예술이 실존의 깊은 심연에서 어떤 역할을 할 수 있는지를 환상적이고 시적인 언어로 보여준다. 작가는 이 소설집에서 중편이라는 형식을 빌려, 하나의 내밀한 세계를 만들어낸다. 이 세계는 시간과 공간의 논리를 비틀고 환상과 현실의 경계를 허물며 독자를 '꿈'이라는 이름의 서사적 흐름에 몰입시킨다. 그 중심에는 삶과 존재, 상실과 회복이라는 보편적 주제들이 자리하고 있으며 이를 지탱하는 감성적 구조는 '프롤로그'와 '에필로그'라는 뚜렷한 문학적 장치로 구성되어 있다.

〈다리〉, 다섯 살의 자아, 집이라는 우주 안에서

〈다리〉는 다섯 살의 주인공이 기이한 집에 갇힌 상태에서 시작된다. 이 집은 문으로 나갈 수 없고 투명한 다리를 통해서만 외부와 연결되는데 이러한 설정은 어린아이의 상상력과 불안, 그리고 세상을 향한 첫 인식의 단절감을 상징한다. 주인공이 가지고 노는 세 인형인 광대, 고양이, 망아지는 각각 아빠이자 악, 엄마이자 선(모성), 아이 본인이자 어리석음을 상징하며 인간 존재의 필연적 요소로 기능한다. 엄마는 초콜릿 포장지에 그려진 채 관에 누워 있고 삶을 긍정하게 하는 생산성과 위안의 상징으로 묘사된다. 아이는 초콜릿 엄마의 옆구리를 갉아 먹고 그 안으로 들어가 탄생의 은유적 체험을 한다. 반면 회색 고무로 만들어진 아빠는 낯선 사람, 아이가 희미하게 기억하는 존재로, 이해할 수 없는 우주의 구조를 상징한다. 소설에서 아이에게 엄마는 과거이고 아빠는 그의 미래라고 말한다. 이처럼 작가는 부모를 통해 인간 존재를 가능하게 하는 힘—이해 불가능하지만 필연적인—을 형상화한다. 아이는 결국 자신과 동일시되는 망아지와 함께 고통과 죽음의 상징과 직면하게 되며 이는 인간이 결코 피할 수 없는 실존적 심연을 은유한다.

〈여우〉, 여덟 살의 자아, 사랑과 상실의 두려움

두 번째 이야기 〈여우〉에서는 현실과 상상—환영, 착시 현상—이 긴밀히 연결된다. 마르첼은 병원 병실과도 같고 온기 없이 추운 집에서 여동생 이사벨과 함께 지낸다. 둘은 늘 하던 '토끼 놀이' 속에서, 죽음을 상징하는 여우에게 납치된 동생을 구하려는 여정을 펼친다. 여우는 상상의 친구이자 경계의 존재이며 유년기의 불안을 대면하게 하는 거울이다. 현실의 시간은 느릿하게 흐르고, 두 아이의 상상은 그 틈을 비집고 어른들의 세계를 침투한다. 이는 명계로 내려가 사랑하는 이를 구하려는 오르페우스 신화를 떠오르게 하며 마르첼의 상실에 대한 공포는 개인적인 경험이자 인류 전체의 보편적 고통으로 확장된다. 이사벨의 생사를 앞둔 상황에서 주인공은 상상이라는 방식을 통해 동생을 구하고자 여우 굴을 찾아간다. 그곳에서 또 다른 자아를 만나 자신에게 유일한 생명체인 동생을 죽음의 세계로 보내야 하는 상황에 직면한다. 이 소설은 비교적 현실적인 상황에서 시작하지만, 점점 이야기의 결이 몽환적으로 흐르면서 독자를 정서적인 환상의 장으로 이끈다. 작가는 상실의 끝에서 인간이 무엇인가를 다시 받아들이고, 받아들임으로써 자기 자신과 세계를 조금은 다시 회복할 수 있음을 보여준다.

〈껍데기〉, 열다섯 살의 자아, 자아의 탈피와 재탄생

〈껍데기〉는 작가의 중편소설 중 가장 길고 밀도 높은 작품으로 그의 상징 세계와 미학적 전략이 응축되어 있는 핵심적인 텍스트다. 나비, 공중에 떠 있는 조각상, 신비로운 공장과 같은 요소들은 그의 장편 《솔레노이드(Solenoid)》나 '눈부신(Orbitor) 3부작'에서도 반복되는 상징이며 이 작품에서는 그것들이 하나의 내면적 성장 서사로 통합된다. 이반은 외롭지만, 시가 삶을 지탱해주는 힘이 된다. 도시를 걸으며 새로운 풍경을 만나고 소녀 도라를 알게 된 후 비로소 부모와 우상적 존재인 시인의 그늘에서 벗어나 독립적이고 자신만의 세계를 창조할 수 있는 진정한 자아를 실현하게 된다. 현실과 환상이 교차하는 서사 속에서 이반은 자신의 뇌 안으로 들어가는 상상 속 여정을 떠난다. 이반과 도라는 입사의 통과의례를 보여주듯 피부를 벗어 껍데기를 남기고 곤충의 변태와 탈피 과정을 겪는다. 이는 시각적 은유로 표현되고 탈피와 재창조의 극단적 메타포로 사용되어, 성장의 고통과 아름다움을 동시에 담아낸다.

〈춤〉과 〈감옥〉, 기억과 존재의 근원을 향한 내면의 여행

프롤로그 〈춤〉과 에필로그 〈감옥〉은 세 이야기의 테두리를 만든다. 독자로 하여금 자신이 어떤 '하나의 꿈'을 꾸고 있었음을 자각하게 만들며 작품집 전체를 하나의 유기적 구조로 엮는다. 프롤로그는 마치 독자를 이야기가 펼쳐질 꿈의 공간으로 데려가는 문턱 같다. 시작부터 독자는 익숙한 현실이 아닌, 어딘지 모르게 낯설고 몽환적인 세계로 끌려 들어간다. 이 도입부는 독서의 리듬을 규정하며 작가가 구축한 공간으로 들어가기 위한 일종의 문턱 역할을 한다. 〈춤〉에서 중년의 주인공은 인간의 한계와 죽음의 위기와 직면하는데 또 다른 자아와 춤추듯 싸운다. 반면 에필로그는 이야기를 마치고 난 뒤 독자를 다시 이쪽 세계로 이끌어오며 하나의 여정을 마무리 짓는다. 〈감옥〉은 일종의 메타픽션처럼 작동하며, 시간과 공간을 초월한 시공간에서 '나'라는 존재의 본질을 끊임없이 묻는다. 그리고 독자가 지금까지 읽어온 이야기를 다시 돌아보게 만든다.

《멜랑콜리아》는 단순한 우울의 정서가 아닌, 존재론적 사유의 결정체이다. 인간은 우주 앞에 너무도 미약한 존재지만, 작가에 의하면 우리는 그 미약함을 마주 보며 끝내 예술, 종교, 철학을 통해 자신을 구원할 수 있다. 이 점에서 소설은 알브레히트 뒤러의 판화 '멜랑콜리아 1(Melencolia I)'과도 연결된다. 수학과 기하학, 모래시계와 해골이 뒤섞인 그 그림처럼 이 소설 속 인물들 역시 인간 지성의 위대함과 유한함 사이에서 고뇌하며, 글을 통해 우울을 사유로 전환한다.

이 작품은 인간의 내면에 가라앉은 고통과 우울을 외면하지 않는다. 오히려 그것을 끝까지 응시하고 시의 언어로 승화함으로써, 인간이 어떻게 유한한 존재로서 무한한 가치를 품을 수 있는지를 말한다. 그것은 마치 죽음이라는 심연을 용기 내어 들여다본 이들만이 다시 살아갈 수 있는 새로운 세계를 마주하게 되는 것과 같다.

백승남

은행나무세계문학 에세 • 24
멜랑콜리아

1판 1쇄 발행 2025년 7월 25일

지은이 · 미르체아 커르터레스쿠
옮긴이 · 백승남
펴낸이 · 주연선

(주)은행나무
04035 서울특별시 마포구 양화로11길 54
전화·02)3143-0651~3 | 팩스·02)3143-0654
신고번호·제 1997—000168호(1997. 12. 12)
www.ehbook.co.kr
ehbook@ehbook.co.kr

ISBN 979-11-6737-512-4 (04800)
ISBN 979-11-6737-117-1 (세트)

• 이 책의 판권은 지은이와 은행나무에 있습니다. 이 책 내용의 일부 또는 전부를 재사용하려면 반드시 양측의 서면 동의를 받아야 합니다.

• 잘못된 책은 구입처에서 바꿔드립니다.